jinsheng youxing

夏晓虹／著

今生有幸

中国文史出版社

图书在版编目(CIP)数据

今生有幸 / 夏晓虹著. -- 北京：中国文史出版
社，2022.2
　ISBN 978-7-5205-3299-0

　Ⅰ.①今… Ⅱ.①夏… Ⅲ.①随笔-作品集-中国-
当代 Ⅳ.①I267.1

　中国版本图书馆 CIP 数据核字(2021)第 214361 号

责任编辑：牟国煜

出版发行：**中国文史出版社**

社　　址：北京市海淀区西八里庄路 69 号院　邮编：100142
电　　话：010-81136606　81136602　81136603（发行部）
传　　真：010-81136655
印　　装：北京新华印刷有限公司
经　　销：全国新华书店
开　　本：880×1230　1/32
印　　张：9.75　　字数：210 千字
版　　次：2022 年 2 月第 1 版
印　　次：2022 年 2 月第 1 次印刷
定　　价：58.00 元

序

在本人已出版的著作中，此书与我的生命历程关系最密切。所收各文虽然分为四辑，实则由在学与怀人两类文字组成。

第一辑"学缘篇"，汇集了目前为止我所写的有关北大的记忆。人生会有若干重要的节点，对我而言，最重要的就是入读北大。后来的留校任教，以及至今仍未放手的学术研究，都是在这一延长线上。本辑各篇即围绕在北大的读书生活展开。

幸运的是，我属于恢复高考后第一批进入大学的考生。虽然1978年春才入校，编列却在七七级。而我的回忆也从1977年底的高考开始。第一篇《我的高考记忆》本是应《传记文学》之约，为"纪念恢复高考四十周年"专辑而作。不过，我被北大录取并不顺利，扩大招生后，方得以作为走读生入校。1998年北大百年校庆时，我将这段特殊的经历写成《我的走读生活》，收入了当年学校编辑、出版的纪念文集《青春的北大》。2018年迎来一百二十周年校庆时，回应《刻在灵魂深处——80年代之北大记忆》的邀稿，我提供了《北大参赛记》。此文是从个人参与的两次竞技，略见北大日常的体育活动。

而在留学生楼陪住，可以算是我在北大读本科时最特别的经验。总共四年的大学岁月，我在留学生楼倒住了两年多，这段生活对我之重要由此可见。陪住让我对外部世界的物质文明与思想观念有了直接接触，也正是从留学生管理一隅，我看到了中国改革开放的逐步推进。本文的写作缘起于铃木将久教授的会议邀请。2018年11月，他在东京大学举办"1980年代中国的校园文化"报告会，我提交了此文。现场宣读时，在座有多位曾在北大留学或访学过的日本学者，其中与我同期在留学生楼住宿的，至少可以举出尾崎文昭（原东京大学教授）与坂元弘子（原一桥大学教授）二位。尤其是尾崎兄，不但当场以他的观感回应了关于黑人留学生的话题，而且在会后聚餐时，还认真纠正了我误记的细节。

另外，中国高校藏书最丰的北大图书馆，乃是宿舍楼和中文系之外，校内我出入最多的场所。从本科开始，直到退休五年后的今天，我一直在频繁使用其中的各类资源。2012年馆庆一百一十周年之际，我以《享受最优厚的待遇》一文，表达了我的衷心感谢。

本辑最后是三篇书序。《北大缘》系为陈平原的《北大精神及其他》所写，我有意用四位中文系老教授的逸事，呼应其探求"故事背后的精神"的一贯努力。现居加拿大的大学与研究生同学王景琳兄新近完成了《燕园师恩录》一书，他的笔墨集注在恩师，我为该书所作《我们的大学时代》，更多讲述的却是同学情谊。复旦大学出版社自2010年起，为20世纪四五十年代出生的学者集中推出了

"三十年集"系列丛书，我有幸加入其中；饮水思源，选集既名为《燕园学文录》，自序单独发表时，亦冠以《从北大出发》之题。

除以上所述第一辑关乎我的北大经历，本书余外三辑均可归入怀人一类。承上而来的第二辑为"师长篇"，其中占据三文的是我的研究生导师季镇淮先生，我对他实有最多的怀念。在此之外，我还为他的两本著作《来之文录》与《司马迁》写过序。受教于季先生，决定了我此后的专业方向——以近代文学与文化研究为重心，并且至今不改。以《杜甫评传》闻名的陈贻焮先生，则是我在北大最先熟悉的古代文学老师，本科时代即已到家中请教。而陈先生之富于"童心"，在老教授中实属罕见，故令我印象最深，回忆文章即以《我眼中的"性灵派"学者》名篇。季镇淮先生之外，在古代文学教研室给我们上过课的老师中，周先慎老师与我交往最久，频次最高。他以古典小说鉴赏的精到、生动饮誉学界。在他的直接影响下，本科与研究生阶段，我也追摹周老师，写过不少赏析文字。

接下来的两位都是身居国外的学者。大名鼎鼎的夏志清先生，和很多人一样，我觉得他犹如金庸笔下的"老顽童"周伯通。只是，夏先生天真中仍有世故，否则也写不出风靡学界的《中国现代小说史》。相对而言，中岛碧先生就寂寞得多，但在日本中国学界，她却是绕不过去的重量级学者。无论是古代经典，如《诗经》的赏析与《列女传》的译注，还是现当代文学，如钱锺书的《围城》、杨绛的《干校六记》与《洗澡》的翻译，中岛先生出手的都是精品。我的纪念文章《带回中国的记忆》也有缘被译成日文，在中岛碧生前与同人结成的飘风社社刊上发表，由此完成了从中国再返回日本的思念之旅。

而此辑最后一文悼念的张静蔚先生原本距我的专业最远，他是中国音乐学院的教授，不过，我们还是在近代音乐史料的研究上发生了交集。在本书所有的逝者中，他是我最晚认识，并且接触时间最短的学者。但早在见面之前，我已深深受益于他的资料工作。文章标题《构筑中国近代音乐史的基石》，概括了我所体认的张先生最重要的学术贡献。此文本为张静蔚先生的遗著《晚清音乐图像》所作之序，能对此书的出版稍尽绵薄之力，我觉得很荣幸。

第三辑"友人篇"所录各文，都是对平辈中早逝者的怀念。当然，所谓"平辈"，年龄有的或许与上一辑中的某位师长相差无几，有的甚至更年长两三岁。这大抵是因为我们遇到了不正常的时期，本应为两代人，却被叠压到一起。比如第一篇所写的德国海德堡大学教授瓦格纳，1941年出生；最后一篇纪念的崔可忻大夫，则是 1936 年生人。较之上述最年轻的师长——生于 1939 年的中岛碧先生，真正是在伯仲之间。而我们之所以结识了瓦格纳教授，本是凭借其夫人——在北京中关村长大的叶凯蒂的穿针引线。至于崔大夫的"降级"，则缘于她的先生钱理群是我的先生陈平原的师兄。

回头来看，这些朋友的归宿多半在海外。瓦格纳与我在陪住时认识的美国留学生柯珮娜不必说，即使如叶晓青，去国前是上海社会科学院历史研究所的研究人员，最终却留在了澳大利亚；我曾经的同事、北大比较文学研究所的张京媛，后来也定居美国。自然，她们还是我的同行，执教于大学，仍在从事学术研究，因此也就有了持续的交往。而且因为书中这篇忆念老友张京媛的文章，我又和京媛在波士顿的姐姐取得了联系，知道了更多关于她的病情细节，也从她姐姐传送的照片中，看到了更多京媛的绘画遗作。

以我们的经历，交往的朋友自以学界中人居多。不过，本辑最后三文的主人公却属例外。柯珮娜与崔大夫前面已提及，夹在二人中间的谢秀丽则是台湾著名美食作家与评鉴家焦桐的夫人，她做过报纸编辑，最后又办起了出版社。秀丽可说是我见过的最标准的贤妻良母，因为焦桐还是一位诗人，帮助夫君实现不断生发的浪漫梦想，就成为秀丽最重要的人生目标。在其身后，焦桐也以编印一本《晒恩爱：怀念秀丽》，表达了他百身莫赎的绝大悲痛。

而且，直到写序时我才发现，这些与我的人生轨迹相交的朋友，竟然全都止步于癌症。正是由于癌变有一渐进过程，这些朋友面对死神的来临，也各自绽放出生命的异彩。瓦格纳 2019 年 4 月 28 日在哈佛大学与我们分手后，6 月 26 日于海德堡大学专门为他召开的致敬会上，发表了他平生最后一次学术演讲，那是我们在哈佛会议上听到的关于五四运动研究报告的最新扩充版。生命不息，研究不止，同样是叶晓青的人生信条。她更以抵达珠峰大本营、挑战生命极限的惊人之举，完成了精神的超越。崔大夫则以参透生死的大智大勇，从容地安排好身后事——联欢会上的"天鹅绝唱"，为自己编纪念集。如此精彩的"告别演出"，在我的记述见报后，一位《北京青年报》的热心读者深受感动，竟专门制作了配乐朗诵的音频，用声音传递她的崇高敬意。

最后一辑"亲人篇"总共六文，一半是为父亲而作，分别写于他的周年祭、三年祭与六年祭。其中《寻梦者的漂泊之歌》是对父亲刘岚山生平的简要叙说；《父亲与〈新民报〉》则记录了他在《新民报》，尤其是《晚刊》（即今日之《新民晚报》）的工作与作品发表，那是父亲创作才华勃发的时期；《父亲的"书碑"》又续写他到北京后，在人民文学出版社的编辑生涯。第二篇文章的写作，是由于《新民晚报》2006年发表了老诗人圣野怀念父亲的文章《想起了刘岚山》；而十年后的2016年，该报又发表了资深编辑张林岚的《桅灯下的留守者》，忆述了与父亲的相遇，重点仍落在1940年代后期的新民报社。这两篇文章，邵燕祥先生都曾细心地剪下来，寄给我。邵先生是父亲的老友，我与他却缘悭一面，如今已是人天相隔，悲夫！最后一文是为人民文学出版社成立六十周年编印的纪念图书《怀念集》，由责编郭娟约稿而来。其实，关于父亲，已有四川诗人木斧的《不醉刘岚山》一文，但尚无对其编辑业务的记述，我的文章于是努力补缺。

为父亲写下的那些文字，最早也在其故去一年后。怀念妈妈的《失去的是最珍贵的》却是很快动笔，内心尚处于哀痛中，因此感情会显得更浓重。当然，这也是我以为更合适的笔调。而父母去世之际，我竟然都不在身边，这已经成为永远无法弥补的人生憾事。

最后二文，一篇是追记我的堂舅夏自强。舅舅1947年入读燕京大学历史系，到1951年毕业留校，虽然只有短短四年，但燕大的办学精神却影响了他一生。加之北大沿用了燕大的校园，舅舅随后也转入北大任教，燕园因而成为他的终焉之地。他也为母校燕大留下了最多的文字。将这些文章汇集成册，舅母取了一个恰切的书名——《一生的燕园》，我也为此写下了这篇序。最后一则短文纪念的表哥邢序凤本是一位业余诗人，平生最有名的诗篇《主席走遍全国》一直被当作"河北民歌"，在 1960 年代传遍全国，却几乎没有人知道他才是真正的作者。我希望以恢复历史原貌，告慰他的在天之灵。

总之，一路走来，回顾上述那些人与事，我为自己考进北大感到庆幸，为自己遇到了这么多值得回忆、书写的亲友师长而感恩。于是，书名也现成浮现，是即《今生有幸》。

2021 年 8 月 12 日于京西圆明园花园

目　录

1

学缘篇

我的高考记忆

像我这个年纪的人多半经历复杂，如果按照过去填表的要求，"本人身份"一栏恐怕无法单纯写作"学生"。实际上，除了没有资格当兵外，工、农两行我都干过。而无论哪个时段，上学读书都是我的梦想。

1969 年去吉林插队后，我曾经非常盼望能够获得推荐入学的机会。特别是先后当过大队妇女主任的两位同校女生接连被推荐上了北京医学院与北方交通大学，更让我燃起了希望。我觉得下一年应该轮到我了，因为我已是这个北京集体户中唯一的女生。为此，我甚至很投机地写了平生仅有的一份入党申请书。应该说，大队党支部水平相当高，肯定洞穿了我的心思，并没有让我"得逞"。不过，很快，我也调整了方向，改为办理病退回到北京。因此，1977 年恢复高考时，我已是北京皮毛三厂刚刚学徒期满的工人。

记忆往往不见得准确。1998 年北大校庆时，我写过一篇《我的走读生活》，其中简略涉及了高考情况。那时没有网络资源，故仅凭记忆，我将复习时间提前到夏天。实则，按照现在可以方便查到的资料：1977 年 8 月上旬，邓小平方才主持召开了科学与教育工作者座谈会，奠定了"统一考试"的决策基础；10 月 12 日，国务院关于恢复高考的文件下发；全国人民则是通过 10 月 21 日《人民日报》社论《搞好大学招生是全国人民的希望》以及《高等学校招生进行重大改革》的消息，才普遍得知此事。

按照这个时间表，12 月 10 日北京开始高考，中间的复习时间满打满算，只有一个月零二十天。当然，那年头也有各种小道消息流传，提前测知高考恢复也未必全无可能。但无论如何，《人民日报》白纸黑字的权威声音，在当年习惯于忠实执行不断变化的中央指示的各级组织那里，还是得到了雷厉风行的落实。对考生而言，最大的优惠政策是，我所在的工厂不仅不阻拦报考，而且还提供了最少十天到两周的带薪复习时间。似乎我们能考上大学，对于皮毛三厂来说也是荣耀。

记不清厂领导是否有过这样的鼓励，反正我熟悉的有向学之心的青年工人报名者总有七八人。而这样的福利仅此一次。第二年我妹妹复习考试时，就没有享受到如此待遇。当然，北京的工厂在 1977 年是否曾经普遍施行过这一政策，我也不能确定；可以肯定的是，皮毛三厂的假期对我人生道路的改变意义重大，令我至今感激不已。

话说我家兄妹三人，均间隔两岁，正好在小学和初中阶段遭遇"文革"，此时也都以简陋的初中毕业学历，激起了参加高考的兴致。只是，我妹妹那年来不及准备，比我晚一年才如愿以偿。我和哥哥则开始一同复习。虽然我们的报考目标不同，他瞄准外语学院，我向往的是历史与中文学科，但复习的主要内容还是相同的。加上同院一位邻居宓汝成（中国社会科学院近代史所的铁道史研究专家）的女儿与我们年龄相仿，来往密切，三人常在一起温习功课。

而"文革"发生时，我在景山学校读六年级。虽然该校在全国率先进行教育改革实验，五年即小学毕业，1966年6月，我已在初中部，不过，与正规的中学教育相比，我们还没有开过物理和化学课，数学也只学到了代数的三元一次方程。以这般浅陋的知识参加高考，显然只能投报文科院校。而各门考试的科目已经预先知道，文科有政治、语文、数学和史地四门，报考外语院校者再加试所选语种。我哥哥虽比我在中学多读了两年书，可惜他对数理化完全没有兴趣，严重偏科。我们也都很清楚，语文和历史大抵靠平日的积累，突击没有用，地理可以稍微补补课，复习的重点于是落在数学。

说到数学，这本来应该是我的强项。起码我在景山学校读书的年代，一直以数学成绩突出而为老师、同学知晓。每次班级推选参加学校组织的数学竞赛，我都是当然的选手，并屡屡获奖。但这些"光辉"的业绩都属于小学的算术时代，进入中学课程，我在学校习得的代数不过是起步而已。

幸好，我对数学的浓厚兴趣并未因下乡插队而中断。集体户里的同学萧霞，父亲是"文革"前担任解放军总政治部主任的萧华，家里有不少战士出版社翻印的"数理化自学丛书"。记得她带到乡下的这套数学课本是绿色封面，当时我们觉得这是最耐读的书。收工回来无事或者不出工的日子，我们就一本一本地看起来。自修教材的好处是，所有的习题在最后都附有答案。因此，从《代数》开始，我们相继学完了《三角》《平面几何》与《立体几何》。我的解题能力也得到了萧霞含蓄的称赞，记得她后来给我的信中提到，我们一起做过题，她觉得我的智力够用。

1977 年高考复习，时间紧迫。要在有限的时间里，温习曾经自学过而多半已遗忘的代数、三角和几何，还要补习未曾接触的解析几何，确非易事。这里有无数的公式要熟记，无限的习题要演算。我于是发明了一种自认为相当有效的简便方法，即将大量初级水平、用于巩固知识的习题丢弃，在每组练习中，只挑选最后一两道最难的题目去做，如果能够解出，不仅足以锻炼智力，也可以记住相应公式。凭此招数，我居然完成了全部数学科目的学习。

那时，我每天的乐趣就是和邻家女孩对答案，讲说解题过程，然后就是互相吹捧。她与我有同好，都喜欢挑战难题。我们在数学上的互助，也颇有一种棋逢对手的知己感。而每次的演算虽然煞费苦心，一旦豁然贯通，那种精神上的兴奋与满足，很让人陶醉。由于过度思索，必定血压上升，所以虽在初冬夜晚，我们仍然头脑发热，以致留下了夏日温课汗流浃背的错误记忆。遗憾的是，以其才智，这次高考宓津津竟然未被录取，我一直为她抱屈。

考试的日子很快到来。现在已经记不起我是在哪个考场答题的，想在网上找一份当年各科考试的题目也未能尽如人愿，仍然只好依赖不那么可信的记忆，去拼凑我的考试现场。

关于政治课的试题，我已经没有留下任何印象。那些紧跟时势的题目，很容易用当年广播、报刊中不断重复的话语搪塞过去。而时过境迁，这些东西在大脑的存储空间中早已被消磁或覆盖，本不足为奇。

史地课也没有留下什么记忆。不过，以我们那时"胸怀祖国，放眼世界"的国际主义视野，对第三世界小国穷国的名称与首都倒是格外熟悉。复习时，只需在地图上确定各自的位置，便答得出邻近国家。

印象最深的还是语文卷，这也是大家最为关注的试题。记得其中一则引用了鲁迅先生关于"中国的脊梁"的说法，要求回答这里喻指的是哪些人。我那时没有读过多少鲁迅的著作，凭感觉推测应该是共产党以及进步人士，便把这句话放在抗日战争的背景下，胡乱做了发挥。这道题我显然没有猜中。

占分最多的是作文，有八十分，题目是《我在这战斗的一年里》。使用"战斗"这个词语，很有些"文革"遗风。不过，从1976年9月后，政治风云几经流转，"四人帮"被抓与邓小平重新主政，其间都很有"战斗"的意味。对于普通人来说，个人的命运也将随同国家的命运发生巨大的转变。只是，当时我们"身在此山中"，尚没有那么敏锐的意识。至于本人实际的"战斗"，只是整日和皮毛厮混，落笔时难免举步维艰。虽然用了些写作的老套子，前后呼应，从国家大事说到个体人生，但把两者勉强牵连在一起，总觉太过悬殊。并且，"战斗"一词始终无法落到实处，行文空泛，我自己已是十二分的不满意。归来，向同住一院的舒芜先生汇报，他倒是安慰我，说"写得还不错，等着好消息吧"。直到后来看到《人民日报》刊登一位老高三学生的同题作文，竟然以复习期间妻子的生产串联成文，而百转千回，仍和"战斗"的时代挂上钩，这才深刻体会到什么叫"高明"。

既然作文不能出彩，为了给判卷老师留下点好印象，其时正热衷于旧体诗写作的我，便在卷末顺便誊录了专为此次高考新成的七绝两首。原诗今已寻觅不见，唯隐约记得，其中嘲讽了范进中举的癫狂，似乎自信考试的结果不会影响我的远大前程。这样的"言志"，自然属于典型的口是心非。日后，每当在研究生考试阅卷时看到类似的诗词，都会羞愧地想起当年自己拙劣的表现，而对该生心存同情。

最后要说到的是我费力最多的数学。语文因为完全没有复习，最终得了七十八分，也算正常。本来期望数学能拿九十分以上，没想到好像只得了八十八分。其实现在已经记不清楚，我的这个最高成绩属于数学还是史地。扣分的原因是，倒数第二题应该用解析几何的做法，但我慌忙中忘记了公式，很麻烦地用平面几何的方法推算出来，虽然思路别致，终因费时过多，以致最后一题仅开了个头，就到了交卷时分。而且来不及验算，有道题多出的增根没有发现，又被扣去几分。不过，平均下来，四门考试总算过了八十分。

实际上，获知这些分数时，我已知道未被任何一所志愿中填报的大学录取。那时倒不是"艺高人胆大"，纯粹是不知天高地厚。受到一同报考的年轻工友激励——有位大姐竟然三个志愿分别填报了北大三个系——我当年也标的甚高，我钟情的学科是中国史，偏偏北大当年历史系只有考古与世界通史两个专业招生，前者要出野外，太辛苦，后者我又没兴趣。只好退一步，选择了中文系，好歹还有古代文学可以和史学沾边（古文献专业当时在北京没有公布招生）。接下来的第二、第三志愿，仍然回归我的所爱，分别是北师大和南开的历史系。填写南开大学时，我着实下了很大决心，好不容易重新获得的北京户口，实在不甘愿放弃。其实，问题的关键首先在南开大学是否要我，但这个前提始终未曾出现。

起初，我哥哥曾被家人寄予很大希望，他居然通过了日语笔试，得到了参加北京外语学院口试的通知。不过，我哥哥的日语先是跟着广播学，后来由父亲领去见他的老领导楼适夷，算是拜过师。不过，楼伯伯1930年代留学日本，到指导我哥哥时，自称已开不了口，只能指点读书。可就是凭借这点哑巴日语，时年二十六岁的哥哥竟能混入后生小子群中，一道参与面试，在我看来已相当了不起，尽管年龄与口语均处于劣势，让他绝无胜出的可能。

至于我的大学之路，简言之，即是好事多磨，最终峰回路转。本来以为已经无望，第二波考试制度改革施放的"扩大招生"新政却再度惠及众多考生，我也有幸以第一志愿补取。比正常入校的同学晚了一个多月，1978年4月初，我终于走进了北大校门，从此不再离开。

值得一提的是，我所在的工厂还有两位朋友也与我一同扩招上了大学。其中长着一张娃娃脸的小刘记不清是去了北京钢铁学院还是理工大学，入学后，我们还来往了一段时间。另外一位面容姣好的小张则考入第二外国语学院，她同我一样留校任教。大约十年后，我们在友谊宾馆主楼的露天咖啡座曾经偶遇。记得当时她告诉我，她和先生已经准备移居美国。她身边的那位男士温存儒雅，也是二外教师。明白这应该是最后一面，我祝他们好运。

入学后，我还回过一次工厂，看望师傅和年轻的工友。其中一位女师傅问我上学有没有钱，当得知我因为插过队，才有每月十几元的生活费，她不禁真诚地为我惋惜。我离开皮毛厂时已是二级工，月薪四十元，这在当年比其他工厂待遇高，难怪师傅们不理解。倒是车间里一位平日淘气叛逆，却与我私交甚好的男生小毕一改常态，显得异常严肃。送我出来时，他直言相告："其他考上大学的人都没有回来过，以后你也不必再来了。"我理解他善意的提醒，从此不再去打扰他们。如今，小毕和其他当年在一起的工友应该早已退休；而我生命中一年零四个月的托身之地北京市皮毛三厂不知是否还安在。祝福我的工厂和朋友！

2017 年 8 月 14 日于京西圆明园花园

（原刊《传记文学》2017 年第 10 期）

我的走读生活

我与北大险些失之交臂。

1977 年，我正在北京市皮毛三厂当工人，学做"领袖"手艺——在皮毛行当里，做领子和袖子需要功力深厚。忽一日，传来恢复高考的消息，我们这些半途失学的青工自是欣喜非常，纷纷摩拳擦掌，跃跃欲试。本人也不甘"堕落"，开始忙里偷闲的复习准备。因中学课程几乎全部空白，只好放弃一向自觉有天分的数学，改攻文科。考试科目中，语文、历史、地理均靠平日积累，可不费力气；唯有数学，虽云喜爱，却未系统修过，读过一本简易的微积分教材，又派不上用场。于是，整个夏季，我都在汗流浃背地演算代数、几何题。

在报考表上填志愿时，着实费了番心思，当时的感觉颇有些生死攸关的意味。倘若志高分低，便绝无录取的希望；而如果自失良机，弃高取低，也会后悔一辈子。现在想来，那时北京的考生大约因见多识广，多半有傲视天下的气概。询问之下，我的工友们竟毫无例外地选择"北大""清华""北京外院"这些在我看来高不可攀的名校作第一志愿。一位年龄长于我的朋友，更毫不迟疑地在所有志愿

11

栏中，一概填写上北大，而依次列出她最想考取的三个系，大有非北大不上之势。受此精神鼓舞，我也在第一栏填写了"北京大学中文系"。

不过，因为我太想得到读书的机会，同时又耳闻我的第一志愿在北京地区只有九个名额的内部消息，我并无"天之骄子"的自信，所以在随后的两个志愿中，分别写上了"北京师范大学历史系"与"南开大学历史系"。读历史是我的愿望，可惜当年北大只有考古与世界通史两个专业招生，前者太辛苦，后者不对口味，只好改填中文。至于挑选南开，在我说来，已是准备做出最大牺牲。我之重做北京人，原是费了无穷气力，绝不肯轻易丢弃这一珍贵的北京户口。只是后来向外地同学讲到我的"委曲求全"时，才受到嘲笑，发现原来还是悬得太高。三所大学都属于重点院校，我的志愿并没有拉开档次，便可能一辱俱辱，全部落空。

最初的结果正是这样，发录取通知书时，我们一班朋友全部榜上无名。平心而言，当年我并不觉得十分意外。世界之大，天外有天，北京本是藏龙卧虎之地，断不缺少高人。何况那年作文的试题"我在这战斗的一年里"也与我路数不对，整天与兔皮羊皮厮混，毫无战绩可言，文章不免空洞。主课如此，落选于是不能算沉重打击。我那些出考场依然感觉甚佳的友人，虽有些失落感，毕竟大家仍同在一处，明年尚可鼓勇一试。偏是同班组一位平日异常淘气、其实心细如发的男孩，对我有些不放心。一日，车间打扫卫生。我在小学时，已练就一脚跨出窗外擦净两面玻璃的本领，此刻也照行其事。这男孩疑心我因落榜心绪不佳，特召唤我退入窗内，并加以婉解。我很感激他的好意，虽然他错会了我的意思。

看起来，1978 年初，北大的校门已经对我关上了。谁知事情竟会出现转机。

因系第一次恢复高校招生考试，积压的人数太多，许多成绩优秀的考生，只为年龄偏大而被取消录取资格，不免愤愤不

1978 年 4 月入学时，贴在学籍表上的照片

平。后来与我同时入校的一位同学，便设法打听出各门科目的分数，不断上访，据理力争。依靠他们的努力，北京市破例创行"扩大招生"办法，由各高校在落榜者中，再挑选一批合格者。我有幸加入这一行列，才终于在 1978 年 4 月初的一天，踏进我向往已久的北大校园。

第一次走进中文系的印象很深刻。我们十名后来者，集中到 32 楼一个颇为幽暗的房间。当时中文系的办公室设在一层。费振刚老师时任文学专业党支部书记，负责与我们谈话。我们被告知，先前报到的同学已上课一月，我们必须补课。这使我得以在小范围里，最先认识了我后来的研究生导师季镇淮教授。另一项重要的消息是，除文学专

业外，新闻专业（当年在北大，现已归还人大）也扩大招收了四十名学生，与原先的三十名同学正好分编为两个班。系里已决定，新闻专业扩招的学生全部住校，宿舍相形紧张，文学专业的同学只好走读。好在当初早有思想准备，走读是录取的条件，扩大招生并未扩大学生宿舍，这一规定合情合理。新闻专业的同学运气好，那只说明学校的体谅学生；校方力有不及时，我们理所当然应该保持走读，方才名副其实。当然，系里考虑到我们中的一些人住处太远，不可能天天往返于北大与南口、石景山之间，因此为其中的四位同学安排了住宿。

课程总是从第一节排起。幸好我有插队的经历，回城不过两年，不似现在这般惰性已深，起早尚非难事。我家当时分住两处，龙潭湖一带太远，去北大等于由东南至西北横穿整个京城，乘车没有两个小时不能到达。我于是选择崇文门外的花市居处为日常落脚地，凡有课之日，便先步行至崇文门 111 路电车的起始站，坐到动物园，再换乘 332 路公共汽车。经过一段实践，发现每次 6 点半以前出发，即可准时赶到学校。这自然是借了早起人少、车行快捷的光。

每每 6 点钟起床，今日觉得痛苦万分，当时却习以为常，可见人是有潜能的，只看是否激发。3 月份的北京，清晨寒意仍重。走出门来，吸一口清冽的空气，微微打一个寒噤，昏昏然的头脑顿时清醒，立刻精神大振。马路上空寂少人，偶尔可以遇到一位清洁工，在昏黄的灯光下，有规则地运动扫把，那是间或疾驶而过的车声之外仅有的音响。

因为这一届学生太多，加之专业课是与上一级的工农兵学员以及"文革"前的大学生"回炉"班同修，每门课均有一百五六十人听讲，大家又格外珍惜来之不易的受教育机会，课堂的出勤率总是超过百分之百（因有非正式的旁听生）。为此，那一学期无论党史还是中国文学史，所有的课程都安排在哲学楼 101 的大教室上。这间教室的结构是讲台在大门一侧，座位向里延伸。迟到的同学须经过讲课老师，才能入座，这在当年也被认作是极不礼貌的行为。我既然已知晓乘车的规律，便可以摆脱这种尴尬，总能在铃声响起的那一刻，准时步入教室。同学中有人对此表示惊异，其实关键在于掌握好下车后的节奏。从 332 路的中关村车站到哲学楼之间的一段距离，可以用不同的速度行进。若临近上课的钟点，便做奔跑科；若时间充裕，便做散步状。只要在进教室前调整好呼吸，旁人即看不出差异。

不只按时上课，当年的同学确实学习认真，一丝不苟。每到课间休息，授课的老师总被提问者包围，一如现在考试前的答疑场面。大约因为很多年没有遇到这样好学的学生了，老师们也很感动，倾心指点，诲人不倦。对于分数，许多同学极为看重，视之为知识水平的标尺，分毫必争。记得入读刚刚一个多月，即逢古代文学史期中考试。随班听讲的内容与补课加进的成分重叠在一起，还来不及消化，便匆忙上阵。考试分开卷与闭卷两种形式，闭卷侧重常识，开卷注重分析与理解。后者要求写一篇关于《左传》的文学性一类短文，更见功力。不想抄笔记，对此段文学又很陌生，加之没有时间细读全书，答卷自是写得不能令人满意，只得了 4-的低分。另一位走读的同学得分是 3+，在我

15

看来，与我的分数一般无二。她偏认为4-究竟在4分的行列里，比她的分数高一层次，便执着地找老师理论。又有一位古典文献专业的同学，酷爱古代文学研究，放弃本班较为简单的中国古代文学史课程，改随我们一起上课、考试。他交来的开卷作业，竟是一篇五六万字的长篇论文，让我钦佩不已。老师却不加鼓励，而坚持北大严谨治学的传统，劝告此同学先打好基础，从短文写起。这对我也是一次有益的教训。

走读生活里，最为难的是午间休息。无课可上，图书馆关门，吃罢午饭，即无处安身。因系第二批入学，熟悉的只有已经入住的扩招同学，只好打她们的主意。那时，国外来求学的学生很少，因而备受重视。同学中有一位本是阿根廷国籍的华侨，要求住中国学生宿舍，系里便专门安排了一位年轻教师与她同住，帮助学习，照顾生活。我们未入学前，她们独自拥有一个房间。此时，两位家远的走读同学已挤住进去。随后，那间房子也成了我和另一位女生的落脚地。尽可能地压抑聊天的欲望，但侵入本身已构成实在的打扰。怀着歉疚的心情，我们仍日复一日地占用她们宝贵的时间与空间。

由于总是上大课，文学班很少单独活动，本人又缺乏交游与识人的才能，以致进校很久以后，同班同学还认不全。更有一次在饭堂吃饭时，犯了一个严重的错误。一位先来的同学，因患小儿麻痹，留下后遗症。平日只在课堂相见，不曾留意。此回共进午餐，聊得畅快。待其转身离去，忽发现她一腿微跛，不禁冒昧动问："你的脚怎么了?"幸好此同学大度，泰然自若地说明病因，倒让我颇为难堪。

不过，走读也有一点好处，虽然很微末，但在收入与物价均甚低廉的当年，穷学生对此也很计较。今日说来已有点不可思议，入学的第一学期，我们吃饭采用的是包伙制，每月只需付十五元，一日三餐便有了着落。菜的花样自然很少，几无可挑选，早餐也永远是馒头、棒子面粥加咸菜，但每次撕一张餐券交给食堂的师傅，即可换回管饱的一顿饭。我们几个仍在走的走读生，也得到了同样的三套餐券（早、中、晚颜色不同），却是不可能用完。我不会提前半小时赶到学校，来吃这顿便宜的早餐，也不会在没课的下午，专等吃晚饭而滞留不归，学校因此同意我们把多余的饭票退换成现金。其他住校的同学便没有这等优惠，虽然也可能来不及吃早饭，北京同学周末也必定回家。于是，我们因享此专利，受到羡慕，而有了唯一的一点优越感。

　　谈到吃饭，第一次上课我就惊异地发现，所有同学除书包外，都还随身携带着一个多半是用毛巾做的口袋，内装两个搪瓷饭盆与勺子，走到哪里都发出一片叮当的声响。通常在教室就座与散课时，才会听到这一此起彼落的音响。若在课程进行中，不小心充当了声源，当事人总觉不好意思。至于以震动饭盆的方式提醒教师应该下课，那是后来的发明。当时食堂尚无存放餐具的橱柜，有此装备，下课后便可直奔饭厅，而不必绕回宿舍。知其妙用，我很快也如法炮制。尽管不多时，毛巾口袋外表便泛出灰黑色，却仍懒得洗涤，毫无愧怍地提携此不洁之物到处行走。

　　初入学时，本是抱着走读四年的决心，然而，势变情移，我们竟然抵不住诱惑，很快改变了初衷。套用"文革"

时流行而当年仍在沿用的政治性俗语"堡垒是很容易从内部攻破的",走读生的分化,最终动摇了我的意志。起初入住的四名同学,尚有家居郊县、无法当日往返的实际困难。但其中一人住址虽属丰台,实与另一归属于市内宣武区的同学只隔街相望,后者对于仍须走读的判定已不免抱怨。加之不久后,系里从办公用房中又挤出一间,同时进校的六名男生虽需打地铺,毕竟一并解决了住宿问题。继续走读的于是只剩下我和另一位女生,在坚持光荣传统的同时,心里自然不会平衡。有事找领导,经过一番申诉与研究,文学专业对女生宿舍做了调整,阿根廷籍同学与陪住老师搬去一个小房间,原在那里的两位同学与四名走读生合并,鹊巢鸠占,我们倒成了这间宿舍的主人。

那是 6 月间发生的事情。从此,我结束了走读生活。"走读生"在中文系也成了一个历史名词,渐渐被人淡忘。我们开始融入班级这个集体中,而期末考试已经临近……

1998 年 1 月 18 日于西三旗新居

(原刊《中华散文》1998 年第 6 期)

北大参赛记

  需要先解释一下题目："北大"在这里不是主语，而表示场域。本来想以"在北大打比赛"名篇，可惜下面写到的赛跑似不宜挪用球类运动专属的"打"字；若在"北大"前冠以"在"，意思倒是很明确，但读来又觉不顺口。因此定了现在这个很大的标题，其实要讲的完全是私人的一点小事。

  其次应当说明的是，我并非校队成员。我在北大所有的体育活动仅限于上体育课，并参加过两次以系为单位的比赛。体育课上，我的表现也相当平庸，每项运动都过关，却很少达到优秀。比如游泳，二十五米为及格，五十米良，一百米优，我也只勉强挣扎到半百。这样就很清楚了，读书期间，我是以一个普通学生的身份，参加到层级不高的赛事中。

  不过，我那不可能出色的赛场表现，也曾经有幸载入班史。2009年，为了纪念入学三十周年，我们班出版了《文学七七级的北大岁月》。班长岑献青在《文学七七级纪事》的"1980年"项下有如下记述：

> 4月9日　中文系运动会。
>
> 夏晓虹和赵红参加女子一千五百米项目。赵红获得第四名，晓虹成为这个项目的一大亮点，她不仅跑跑走走，中间还停下来喝水，像个马拉松运动员，硬是走到终点，最终获得第六名。（不过，这个项目的运动员也就六名，呵呵。）

这段记述固然证实了我的业绩不佳，但何以值得在班级纪事中写上一笔，局外人恐怕还是难以理解。幸好，那时我在留学生楼陪住，时间充裕，每天都留下了详细的日记，正好可以拿来填补记忆的缺失。

依据我的日记，我所参与的中文系运动会是在1980年4月10日举行的，比小岑所记迟了一天。由于是当事人，我相信自己的记录更准确。七七级本是春季入学，其时我们正上三年级。

而以班级为比赛单位的系运动会，很容易调动全班同学的集体荣誉感与参与意识，大家也确实是各尽所能，积极报名参赛，以至连我这个平日疏懒的人，竟也要参加两个项目，即四百米的赛跑和由四人组成的四百米接力赛。当然，我有自知之明，赛前已料定，四百米绝对拿不到名次。不过，这并不影响我的积极性，因为当年看重的是参与的态度而非能力。现在已很难想象，比赛前一日，我还专门和同在留学生楼陪住的沈楚瑾一道去操场练习交接棒，以免拉低小组成绩。可见，我很在意为班级争光。

比赛最先进行的是百米跑和田径两个项目，我也热心去观战：吴北玲这个老腰疼居然跳远达到三米六，小沈推

20

铅球一出手就是七米多，而铅球大王照例非小岑莫属，成绩总在八米开外。就在看王小平跳高时，有"老夫子"之称的朱则杰走过来，与我和宋红交谈。他希望我们在看《李太白全集》时注意两点，他想证明一首诗不是李白所作，因诗中不避"世"字，题目中又出现了"李"。他认为，如果其他诗里都没有这种情况，就说明此诗一定是窜入的别家作品。

朱则杰刚讲完，四百米的比赛者已开始在跑道上飞奔，我显然来不及加入了。而当我看清只有四人上场时更是大为后悔，假如我参加的话，最少也能拿到第五名，可惜错过了良机。正因抱着这样的遗憾，才有了后来我的"惊人"之举。

四百米结束后，接着就是一千五百米赛跑。这个项目报到的更少，只有三人。班里同学不免心痒，都在推耐力极好的赵红参赛。此时我也觉得应该将功补过，为班集体的荣誉奋斗一下，于是表示：只要赵红肯上，我愿意奉陪，"就是走三圈半，这分也可以挣到手了"。赵红终于拗不过大家的推遣，和我一起向一千五百米报名处走去。一边走，我还一边叮嘱赵红："不要跑得太快了，咱们走也得一起走，不要剩下我一个人太难看。"赵红却反过来和我说："你别跑得太快了。"这原本不劳吩咐，等下就立见分晓。

这时，新闻二班也跑过来几个女生，准备报名。我赶快劝阻说："这个项目只取六名，你们只能来一人，否则我们俩就要下去一个。"这其实是很不讲道理的说法，因为没有任何比赛规定，参赛者人数须与录取人次相当。不过，新闻二班同学赶来报名的动机原与我们相同，都想要"捡漏"；又见我虚张声势，似乎胜券在握，于是主动退避，只一名女生添加进来。

一开始起跑，尽管我占据了里侧最好的跑道，但马上就被别人超过，且远远地落在后面。我的鞋也没有换，此时总觉得不跟脚。而赵红早已紧紧追在三位领先者身后，跑到我前面去了。不久，唯一落在我后面的新闻二班女生也超过了我。

第一圈跑完，我已经觉得很累，盘算这一分是稳能到手了，我于是放慢脚步走起来。接下来的每一圈都是如此，在跑道两边的拐弯处，我都会停跑，行走大约一百米。站在场地中央的体育老师于是一再向我喊话："别走哇！我们这是赛跑，这样太不好看。"我却只要跑到距离他比较远的地方，就又开始走。反正在出发线上，我已和他打过招呼："走下来是不是也有分？"他当然说："还是慢慢跑吧。"很明显，我把赛跑变成了竞走，已经有违竞技要求。

这时，我们班的男女生都兴奋起来，一齐为我鼓劲。我一边走，一边喝了几口李志红和查建英递过来的茶水，感觉像是在跑马拉松一样。赵小鸣在主席台上也一个劲儿地冲我喊："瘦瘦！加油！"日后进入《光明日报》且擅拟标题的刘志达更是妙语连珠，一会儿说："不管风吹浪打，胜似闲庭信步。"一会儿喊："你是中国的脊梁"。梁左也在跑道边习惯性地假咳着，语重心长地对我说："夏晓虹，你可得坚持住啊！"

而我的落伍，从我还未跑到最后一圈，第一名已多跑完四百米，赶到了我的前面，即可知差距之大。如此也不难想见，偌大的操场上，最后只剩下我一人，在众目睽睽

22

下跑跑走走，毫不愧怍，也并不放弃，场面确实奇特。

当还剩下最后一百多米时，小岑特意过来为我带跑，我也相当配合地做出冲刺状。新闻班的同学很有专业意识，此时也赶来抢拍镜头，可惜这张具有"历史意义"的照片我一直没看到。总算抵达了终点，尽管其间有一圈左右是在走路，但完成了一千五百米的运动量，人还是觉得非常累，所以下面的接力赛不能跑了。原准备由我顶替的李志红虽然抱病，也还要上阵，并且四人配合默契，应该比我在场的战绩更好。

而我挣的这一分，到计算总成绩时才显示出它的重要性。女生总分最高的是文学专业七八级，为七十多分；第二名就是我们班，四十多分，只比第三名的新闻二班多了

1979 年春与沈楚瑾（后排正中）、赵红（前排左一）等同学合影

23

一分。刘志达于是郑重宣布："今天我们班是以一分之差取得胜利的。这一分是哪儿来的？就是夏晓虹得的那一分。"大家立刻叫好赞同。我想到的却是新闻二班同学的不平，那两位被我劝退的女生如果上场，每个人肯定都比我强，我们两班的名次也将随之对调。但显然，这一回幸运之神有意眷顾文学七七，男生也是以一分之差险胜第三名，我们班因此以总分第二，获得了一副羽毛球拍的奖品。至于在我心中留下最深印痕的，则是这次运动会上全班同学表现出的团结友爱与齐心协力。

接下来我要叙述的第二件赛事已经到了研究生阶段。这次没有日记或其他资料提供支持，只能凭借个人记忆还原现场。

时间先就无法准确认定，很可能是在1984年5月，但也不排除1983年的9、10月间。因为与七九级同学有关，而她们是1983年9月开始读研，我则在1984年7月硕士毕业，加上比赛通常分春、秋两季举办，故有此推定。当时是各系研究生分别组队进行排球赛。此事本来也和我不相干，以至赛程过半，我连现场都没有去过。

虽然并未与闻其事，我却清楚了解中文系研究生女队的实力。此前在本科阶段屡战屡胜、获得过全国大学生赛冠军的北大女排，其中的主力队员一半在中文系。同班的沈楚瑾算一个，更重要的是女排队长兼主攻手孟悦与二传手靳玮，分别为文学七八与七九的同学。关于孟悦，传言她原为北京女排主力，假如不是得肾炎提前退役，就没有郎平今日的风光。靳玮也出身崇文区业余体校，受到过相当专业的训练。二人此时已先后升入研究生，既然校队最重要的两名球员在此，中文系的取胜可谓毫无悬念。

就在这样的背景下，我意外地受邀参赛。原因是，主力队员中有人手腕受伤，唯一一位七九级的替补队员却又在场边观战时，被飞来的球砸中，受到惊吓，无论如何不愿上场。这时有人想到了我，个子够高，弹跳力也不错，应该可以补缺。而我虽然在体育课上摸过排球，也见过老师示范基本的动作要领，却还是完全未入门，连如何站队、每人的角色以及作用都搞不清。所以先是推辞，后经晓以大义，特别是明白了自己在场上只是滥竽充数，这才应承下来。

我参加的这场已是决赛。对手为法律系研究生女队，其中主攻手兰晓梅在学校运动会上一直是明星式的人物，曾取得多项竞赛冠亚军。其他队员也都有基本的实力，绝对没有我这样毫无基础的"白丁"。不过，我自觉我的上场还是非常重要，否则本队不足六人，比赛也无法进行。

根本上我是认为，这个队有三个人就够了：一传垫一下球，传给靳玮，靳玮再托送给孟悦，便可以一锤定音。只是，对方发球过来的落点不同，所以还是需要多两个一传手跑动接球。当然，靳玮与孟悦的搭档，一个是稳准的递球，一个是大力的扣杀，已经保证了我队的必胜无疑。我在场上，正是一个无所事事的多余人。

比赛总共进行了两场。按照事先的约定，孟悦把我排在了轮换发球的最末位（很遗憾，我至今都没搞清我的站位）。第一场打得很顺畅，基本是如上所说的一个来回就结束，甚至还没有轮到我摸球，我方已经以悬殊的比分取胜。由于这场赛事我完全不须出力，虽置身赛场，却悠游自在，像个局外人一般走来走去地踱步，只是遵照队友的指示，转换位置而已，孟悦因此戏称我为"场上指导"。

第二场情况有点改变，对方开始适应孟悦的进攻，组织了好几次成功的反击，一度形成拉锯之势，比分也咬得很紧，交错上升。我自然无法像上一场那般悠闲。先是轮到了发球，感觉已经用了很大的力道，然而，没过网。接着，对阵发来的球落在了我面前，旁边的队友有意相让，给我一个过瘾的机会，我也毫不犹豫地出手一垫，球飞了。尽管两次失手，证明我的球艺的确很烂，同队诸人却只觉得好玩，并无一句抱怨或责备。我也一再把这当作日后吹嘘战果的笑料：总共两次触球，一发不中，再发出界，可我们照样得胜而归。

作为冠军队成员，事后我得到了毛巾、香皂一类的奖励，颇有无功受禄之感。不过，这还是小意思。经此一役，和其他班同学结下的战斗友谊，已成为我心底温暖的记忆，无论何时想起，都觉得快乐。

2018 年 1 月 6 日于京西圆明园花园

（原刊 2018 年 1 月 20 日《北京青年报》）

我所经历的北大留学生楼陪住

一、缘　起

　　我是恢复高考后录取的第一届大学生，1978 年春进入北京大学中文系读书。第二年即被派去留学生楼陪住。这个日期在我们班长岑献青的日记中有明确记录，即 1979 年 3 月 6 日："部分同学被抽调到留学生楼陪住，其中有：郭小聪、高小刚、刘德联、刘志达、查建英、龚玉、吴北玲、王小平、张继凌、夏晓虹、杨柳、郭丽平、郝秀竹、沈楚瑾、宋红、江锡铨等。"（《文学七七级纪事》，《文学七七级的北大岁月》410 页，新华出版社 2009 年版）其中男生五名，女生十一名，这应该是我们班陪住人数最多时的名单。而全班总共四十八人，也就是说，三分之一的人去了留学生楼。

　　上述同学中，除了张继凌与江锡铨，都是北京同学。而首选北京同学陪住，估计出于两个考虑：一是北京同学说话语音应该更标准，但其实未必，北京话也是方言，并非普通话，所以，普通话说得好的外地同学也有可能增补进来；二是北京同学周末一般都要回家，这也可以给留学生同屋留下一点自己的空间。

当时北大的留学生集中住在学校南门附近的两座楼，女生在 25 楼，男生在 26 楼。两楼中间的一处是开水房，留学生食堂位于 26 楼东北。按照《北京大学纪事（一八九八——一九九七）》的记载，1978 年 9 月，来自五大洲二十四个国家的七十一名留学生入学（下册 823 页，北京大学出版社 1998 年版）。我陪住的两年半间，留学生人数应该没有大的变化，估计在四百人左右。

若向前追溯，北大接受留学生始于 1952 年 9 月，由于那年高校院系调整，清华大学的十四名东欧学生最先确定转到北大。不过，"东欧交换生中国语文专修班"的名称没用多久，当年 10 月，教育部即批复北大的呈文，因学生成分已有改变，准予定名为"外国留学生中国语文专修班"。这个专修班的首位主任，是由时任北大教务长的周培源先生亲自兼任。而第二年 3 月，学校教务处统计 1952 至 1953 学年第二学期学生的注册人数，外国留学生已达二百八十五人（参见夏红卫、孔寒冰《"北京大学新中国留华校友口述实录丛书"总序》，1 页，舒衡哲口述，贺桂梅、倪文婷访谈《回家的路　我与中国》，北京大学出版社 2018 年版；王学珍等主编《北京大学纪事（一八九八——一九九七）》上册 459、461—462、470 页），可见增长之快。

而由于进入留学生楼陪住，有了个人相对独立的空间，我开始记日记。至今保留下来 1979 年 9 月 24 日至 1980 年 6 月 18 日不足一年的记录，这也是我大学期间唯一写下的两本日记。因为疏懒，虽然陪住未结束，我的日记仍无疾

1980 年夏在北大 25 楼与安娜聊天

而终。所以，具体何时离开留学生楼，搬回到我原先的女生宿舍，目前还无法确定。但可以肯定的是，这是在 1981年夏季暑假来临前的 7 月。也就是说，大学四年，有一大半的时间，我住在留学生楼里。到 1982 年 1 月，我大学毕业。

　　陪住的第一个学期，我的同屋是英国留学生黎蔚如。她是华裔，原籍广东，所以会说粤语。她本来有一位七六级的工农兵学员同屋，但因为要在暑假前完成硕士学位论文，黎蔚如希望换一位水平更高的中国同学帮助她，经过考试入学的七七级同学自然最合适，我于是进入留学生楼。黎蔚如在夏季回国后，我接着转为美国留学生范雅卿（英文名 Anna Fan）的同屋。安娜也是华裔，但和黎蔚如不同，他们家里不说汉语，因此，她的中文程度并不比其他留学生高明。安娜本来只想留学一年，但后来延长了一年。

29

1981 年夏从北大毕业后，她转到中国科学院教英语。

二、陪住制度

陪住制度应该是"文革"中已经开始，但具体年份还有待确定。大多数留学生对陪住并不拒绝，甚至会认为可以有更多机会学习中文，并通过同屋了解中国。当然，也有一些留学生没有同屋，他们或者是和家眷同住，或者身份已经是教师。但实际上，管理留学生的留办（"留学生办公室"的简称）是希望所有的留学生都有中国同屋。因为有一位美国学生曾拒绝陪住的安排，说她不习惯和别人同住，留办仍要求她写个情况说明。

为留学生安排中国同屋，在经济上对学校是有损失的。外国学生因此可以节省一半的房费，这也是很多留学生不拒绝陪住同学的一个原因。不过，那个年代的中国只讲政治正确，不管经济利益。于是，陪住就不只是帮助留学生学习中文那样目的单纯，还有更重要的政治方面的意义。我的同学刘德联就曾经受到留办"外事无小事"的一番教育。

刚派去陪住时，留办立刻召集我们开会，详细宣示了各项外事纪律。规定之细，甚至涉及和留学生一起吃饭如何付账的问题：首先应尽可能避免在外面吃饭；不得不用餐的时候，可以他/她付一次，你付一次；你付的钱，可以说明情况，到留办报销。我不知道是否有人到留办报销过餐费，但当时的感觉是很不爽。陪住最重要的责任是，留学生中如果有什么情况，无论大小，都希望能及时汇报。而据我所知，我们这些陪住同学多半都是被留办批评，受到表扬的是极个别人。

按照留办的规定，中国学生不能自由请留学生到家里。如果对方提出，要经过留办同意，才能答应。我们班的查建英最先"以身试法"，她请美国同屋去家里做客前，先禀报了留办。留办倒是同意了，不过那结果更让她吃惊：她带同屋到家里时，发现她所住的中国社会科学院宿舍从大门开始，一路都清扫得干干净净，楼梯扶手也擦得一尘不染，而且院子里看不到一个人，完全和外国国家元首的来访待遇相同。这样尴尬的场面，也成为查建英第一篇小说创作《最初的流星》中的情节：

> "留学生要到你家去做客？当然。当然。不过……"这"不过"后面包括接待室里的三次谈话。家庭情况，居住环境，党的政策，需要掌握的分寸、原则，种种注意事项。

> 她（按：指母亲）慈爱地看了我一眼，"街道里昨晚就大扫除了，今早又挨家通知不让小孩子出来乱跑，居委会这么重视，家里还能随随便便？"（《早晨》1979年第4期，《文学七七级的北大岁月》514、515页）

留办的举措倒成了最好的小说素材，而我们这些知道出典的人，读到这里都会暗笑，由此也可见小查当年的愤怒与无奈。

有此前车之鉴，我请安娜来家中做客时，即完全绕开

1981年春与安娜在圆明园

了留办。反正安娜是华裔，外表上看不出是外国人。日本留学生也是这样被带到中国同屋家里，只有金发深目的欧美留学生无法瞒天过海，难为他们的同屋了。

虽然"陪住"这个词留办也在使用，但他们并不满意和认同。记得一位老师表示过："我们本来是主人，'陪住'不是反客为主了吗?"不过，这也没办法，显然是找不到更合适的词语。反倒是留学生中通行的"同屋"，在欧美学生口中，更使用了带有昵称意味的"roomie"，让中国同学觉得很舒服。

三、突发事件

陪住期间，留学生中发生过几次不大不小的事件，也值得一说。

1979年10月9日，一大早，留办就召集中文系的陪住同学开会，主要是告知埃塞俄比亚留学生阿贝贝伤人事。这位非洲学生4日凌晨2点闯入26楼后面的防震棚，打伤了一位七十多岁的老大爷。因已造成伤害，要负刑责，学校准备开除其学籍，公安部门也会做必要处理。而由于校内正在闹学潮，大字报的主题是要求校领导改善学生的生活条件；加以最近非洲留学生经常闹事，学校领导虽已与埃塞俄比亚使馆打过招呼，对方的代表一秘态度也很好，但留办还是担心有些留学生会借机寻事，因此，要求我们帮助协调。不过，中午将此事经过向全体留学生宣布后，并未出现异常情况。看来留办是多虑了，伤人者应受惩处，没有人会反对。至于阿贝贝本人，处分应该是有的，但还不至于除名。

同年12月6日，又发生了留学生声援柬埔寨难民的事件。由于红色高棉1975年掌权后，实行恐怖统治，失去民心，越南乘机侵入，数万难民涌入泰国，在边境一带集聚，境遇悲惨，引起国际社会强烈关注。中国的报纸也有相关报道。因此，当四十七个国家三百三十八名留学生签名的声明以大字报的形式贴到三角地布告栏时，虽然引来大批人观看，却也没有受到阻拦。那个年代，在三角地贴大字报还是很常见的事情。

参与的留学生们对这次活动进行了认真的准备。先经过三次讨论，拟定了四点要求，征集了两千八百多元捐款。6号下午，他们又派出二十五人作为代表，兵分三路，把声明和捐款送到各相关国使馆和中国外交部等处。由于安娜全程参与，我的日记对此事件也做了详细记述。

从组织讨论开始，留学生们的态度已表现出很大不同。有的签名也捐钱，有的只签名不捐钱，有的二者都拒绝。其中最热心的是欧美同学。比如我的同屋安娜，她虽然说自己钱不够用，却还是捐了十美金。最激烈的是高小刚的美国同屋李聪仁（斯科特·克莱门斯），"打定主意想去泰柬边境，做人道主义救援"，"行李都打好了"，是哈佛博士费能文和其他几个留学生整夜和他谈话，才把他按住（高小刚《陪住》，《文学七七级的北大岁月》253页）。不过，美国同学中也有对政治活动不感兴趣者，如张继凌的同屋欧凯妮，据说无论在美国还是中国，从来不看报。她去参加过一次讨论，得出"这样的讨论不会有什么用"的结论，从此不再参与。杨柳的同屋是意大利学生，也去开过一次会，回来说："美国人很奇怪，他们的国家打了别人的国家，他们又为这个国家出钱。"她对此事也不热心，说："可能美国人比较有钱吧，但是我没钱。"日本学生我只记录了佐佐木蓉的说法，因为我觉得她的表述很有意思。她说，没有看报，不知道柬埔寨发生了什么事，所以不能签名；不了解情况就给钱，是不负责任。这样说也很有道理吧。

去送捐款和声明的过程也很有趣。安娜所在的那组六个人，先后去了美国、泰国和越南大使馆。美国大使接见了其中三人。到泰国使馆也很顺利，见到了一等秘书。留学生代表提出，有些同学想去泰国帮助难民。其时，我的同屋安娜也想过利用寒假到泰国做志愿者。但一秘说："如果你们是医生或护士，我们欢迎；如果不是，我们不希望你们去难民营。"最难办的是越南使馆。里面的人拒绝接受他们的声明，他们把声明扔进使馆，那人又马上扔出来，留学生们只好悻悻离去。最后走到联合国救济开发署驻华代表处，把捐款交给了他们。而在学校讨论时，曾有瑞士留学生提出，应当把钱交给设在瑞士的红十字会，但其他同学不同意。到苏联使馆的交涉则是另一番情境。不接受声明的大使馆人员，却问他们是哪个国家的留学生。留学生们极力想把话题拉到难民问题，此人故意回避，转而大谈苏联如何好，鼓动留学生去苏联学习，说我国会提供很好的待遇。留学生们很生气。而且，他们对去苏联使馆有一种恐惧心理，担心苏联人会把在声明上签字的学生姓名登记下来，建立档案，以后到欧洲旅行时，克格勃特务就会把你暗杀掉。

无论这个活动有无结果，我对这批热心的留学生都心存好感。以前读毛泽东的《纪念白求恩》，其中称赞白求恩"一个外国人，毫无利己的动机，把中国人民的解放事业当作他自己的事业，这是什么精神？这是国际主义的精神，这是共产主义的精神"，本来以为这种精神只有极少数先进者才能具备，但在我身边的留学生身上，我看到了"国际主义"已经成为基本的素质与情怀。

还有一件事也留下了印象。一位日本同学没有请假，私自跑到山东某海滨城市旅游。拍照时，镜头涉及到军事禁区，被认为有搜集情报嫌疑，送回北京。留办准备给予遣返回国的处分，后来大概查实乃无心犯过，得以继续学业，只是这位留学生最终还是提早退学回国了。

本来以为留学生楼门口有值班室，会很安全，但也发生过盗窃事件。1980 年 4 月 23 日下午，就在 25 楼 205 室的南斯拉夫同学下楼打开水的五六分钟内，一个窃贼窜入，偷走了她的手表、钱包和眼镜。住在对门的张继凌，正好看到了这个女贼坦然坐在房间里的情形。而此人在得手前，先已敲过几个房门，借口找人，寻找作案机会。最终，窃贼还是被抓住了，原因就是她太贪心，一次成功，居然再来尝试。这回又被张继凌撞见，自然不会让她再遁逃。此事的后果，固然是大家从此提高警惕，随手锁门；但由于门房师傅当时在聊天，没有注意到女贼的出入，给了她可乘之机，于是，加强门卫检查也顺势而生。

四、文化冲击

70 年代末 80 年代初，中国人和外国人接触还是有禁忌的。我们被派去陪住，因此也颇有踏入禁区的意味。虽然对我们来说，和留学生交往已经成为生活常态，但所有进入 25、26 楼的人都要详细登记，又不断提醒我们禁锢的存在。登记的后果有时会很麻烦。刘德联就抱怨过：他的一位朋友曾很生气地告诉他，"被领导找去谈话，问和北大的外国人有什么关系"。吴北玲也曾备感忧虑地提到，北大有人去她的男朋友孙立哲的单位调查，弄得孙立哲都不敢到北大来了。这都是因为二人在留学生楼陪住惹的祸。而外国学生如果和中国学生来往多了，留办也会很紧张。刘德联的芬兰同屋汉努参加了学校的自行车协会，常和中国学生一起活动。留办也把刘德联叫去，问他的同屋常和什么人联系等等（刘德联《陪住二三事》，《文学七七级的北大岁月》127 页）。不过，让留办没有料到的是，本来希望隔绝的接触，反而因为陪住同学的入住而更深入。

在留学生楼陪住的一大好处是，可以看到很多境外期刊。由于外文不好，我所阅读的都是在香港刊行的杂志，包括《动向》《争鸣》和《七十年代》。一些国内敏感的话题，在这些刊物里有充分的报道和评论。

出于学习英语的考虑，同屋是美国人更提供了便利。

陪住期间，我也看过一些英文小说，比如约翰·斯坦贝克的《愤怒的葡萄》(*The Grapes of Wrath*) 简易读本，赛珍珠的《大地》(*The Good Earth*) 等，印象最深也最喜欢的是奥威尔的《动物庄园》(*Animal Farm*)。一边翻查字典，一边设想这些适用于动物的生动词语如何在中文里找到恰当的对译词，我当时的判断是不可能完美，因而很庆幸我读了原文。

在此之外，为了方便我的阅读，安娜也从美国使馆借来过很多中英对照的读物，她看英文部分，我看中文。如斯坦贝克的《人鼠之间》(*Of Miceand Men*)、费滋杰罗的《大亨小传》(*The Great Gatsby*)、亨利·詹姆斯的《黛丝·密勒》(*Daisy Miller*) 等。这些书基本都出自香港今日世界出版社，现在大家已很清楚，该社为美国新闻处的文宣机构。而凡是在中国教英语的美国人，都可以向大使馆申请得到其赠书。安娜就因此收到过一大箱图书，包括马库斯·坎利夫的《美国的文学》上下册、康马杰编辑的《美国历史文献选萃》、《今日世界》杂志社编印的《美国大学介绍》，这几本书至今仍在我家的书架上。

在平日的接触中，留学生也经常会提出和我们惯常的思路不同的见解，让我茅塞顿开。看过意大利留学生尼克莱达主演的电影《不是为了爱情》，我表示不喜欢那个"四·五"英雄，他没权利因为受难就要求补偿。而美国留学生柯珮娜（她是安娜的好朋友）最不满意的是："怎么可以由两个男人商量决定谁应该要她，而不问问那个女孩的意见!"她认为，应该是那个女孩爱谁，谁才可以得到她。由此掘发出影片不自觉带有的男性中心意识。

针对留学生楼入门的登记制度是只查中国人，不查外国人，一位美国留学生去留办抗议。留办回应说"是为了你们的安全"。这位学生继续抗议："你为什么认定中国人都是坏人，外国人都是好人？这不是歧视中国人吗？"这话本来应该由我们说出，可惜我们当时完全没有这个觉悟。而此事本来也和这个美国学生毫不相干，但她就是感到不平，因为这违反了人类平等的基本原则，所以她要仗义执言。反倒是我们自己很自然地接受了这种不公平而毫无意识。

不过，有些观念我还是无法接受。比如安娜讲到她姐姐因为每周要坐飞机去上课，花销太大，向她借钱，还要付利息。我表示不理解。安娜觉得这很正常，她姐姐也满意，因为借她的钱，利息比银行低。

而对我冲击最大的应该是留学生之间发生的婚恋故事。其时，刚从"文革"的禁锢中走出，说到与"性"相关的话题，我还是羞于启齿。为了给我启蒙，柯珮娜和安娜曾经找了一本英文书，让我看其中表现怀孕过程的大量图片。在这样蒙昧的背景下，我住进了留学生楼。

应该与置身异国、多少会感觉孤单有关，交男女朋友在这里是常态。有些只是临时性的，犹如今日所谓"抱团取暖"；但也有很多留学生是认真的，终结良缘。其中最著名的是木村英树与佐佐木蓉这一对。1999年，我被学校派去东京大学文学部教书时，又和木村教授成了同事，真是有缘。也是陪住后我才知道，海外华人社会有些也很保守。我听来自德国的俞明珠与俞明宝姐妹抱怨过，在德国时，华裔男生、女生即使有婚约，也不能牵手在街上走，否则会挨骂的。因此，无论在哪种情况下，留学生到中国后，在与异性朋友交往方面都会感到相当自由。

我的第一位同屋黎蔚如有一个苏丹男朋友，她是认真的，回国后，还准备到苏丹去订婚。最终止步于直布罗陀海峡，她朝着苏丹方向痛哭了一通，还是折返回国。毕竟，要在苏丹生活一辈子，这个决心很难下。和非洲学生谈恋爱，在当时的我们看来很稀奇，总觉得肤色是个很大的障碍。但后来发现，这并非个别现象。当然，比较而言，被接受的非洲学生基本都来自北非，他们的栗色皮肤是许多留学生审美中的极致。那时，经常可以看到欧美学生趴在阳台或校园的草坪上暴晒，希望肤色能变深。

不过，我所知道的与非洲学生的恋爱都没有结果，除了自身的原因，父母的反对也是巨大阻力。而父母干涉的情况多半出自华人或日本家庭，欧美学生的自主性会更强。通过和留学生接触，我们也感觉到，若说种族歧视，我们这些中国人似乎更根深蒂固，虽然我们的宣传整天把"亚非拉人民"挂在嘴上。

而我所亲历的中外学生联姻，最早是1980年5月，加拿大留学生马梅兰与北大学生小朱结婚。两人去海淀区政府领了结婚证，包括我的同屋在内的几位留学生一起送了贺礼。7月马梅兰回国，小朱也随之转去加拿大上大学。我的同学杨柳对此事的评论是："我不相信什么爱情的力量。"我也认为，马梅兰做事很有主见，而小朱则可能有别的用心。这也反映出我们当时的偏见。

五、文娱活动

在留学生楼陪住的一个好处是，可以观赏很多文艺演出。一般情况下，留办每周都会组织留学生看一场电影或一出戏剧。电影票通常也发给陪住生，戏票因比较贵，往往只限于外国学生。不过，很多留学生由于各种各样的原因不能观看，把票转给了同屋，或请其他不去的朋友领出票来转让，这样，我们的机会仍然很多。当然，留办不喜欢这种做法，我的同屋也因此受到过批评。但她觉得，这是她的权利，她完全可以自由支配。

除了影院与剧场，留学生楼里的电视房也是我们经常流连的地方。根据我的日记，陪住期间，我确实是电视房的常客，只要没外出，几乎都会在那里出现。以致安娜认为我不用功学习，不是看杂志，就是看电影，并称我为"moviefan"。现在"fan"（粉丝）这个词已经很流行，而当初我也承认安娜说的是事实。

这里仅以 1980 年 1 月的日记为样本，呈现我的观影（剧）情况。需要说明，在此期间，我还要准备哲学、古代文学史和当代文学史三门考试，已经减少了观看次数；而且因为天冷，一些留学生在房间里用电炉取暖，25 楼多次停电。

1 日（周二）：在家看电视，国产片《小字辈》。

2 日（周三）：在家看电视，国产片《秋翁遇仙记》、电视剧《在旋涡中》。

4 日（周五）：晚上不断停电。

5日（周六）：在电视房，看美国电视连续剧《从大西洋底来的人》。

6日（周日）：在电视房，看国产片《山乡风云》。

8日（周二）：去青艺剧场看话剧《猜一猜谁来吃晚餐》。

9日（周三）：本想看卓别林的电影《寻子遇仙记》与《悠闲阶级》，没买到票。

12日（周六）：回家看电视，《从大西洋底来的人》第二集。

13日（周日）：在家看电视，长春话剧团演出的《救救她》。

14日（周一）：回校，晚上停电。

15日（周二）：在电视房，看国产片《风云儿女》。

17日（周四）：哲学考试，晚上停电。

19日（周六）：在电视房，看《从大西洋底来的人》第三集。

20日（周日）：中午去民族文化宫，看香港影片《侠骨丹心》。

22日（周二）：在电视房，看国产片《春雨潇潇》、京剧《打渔杀家》。

26日（周六）：在电视房，看《从大西洋底来的人》第四集。

28日（周一）：古代文学史考试。

30日（周三）：在北京市工人俱乐部看话剧《西出阳关》。

31日（周四）：晚上不断停电。

总计在这一个月里，我看了六部电影、五集电视剧、四场戏剧。与此同时，还有学滑冰、打牌、整理邮票等，也占用了不少时间。显然，相比其他没来陪住的同学，我们有了更多接触最新影视作品的机会。

此外，有些电影或戏剧演出是自己购票或留学生招待的。印象最深的是日本留学生木田知生邀请我和宋红、木村、佐佐木一起，到前门观看京剧《赵氏孤儿》。不仅戏剧情节动人，扮演程婴的马长礼无论唱作，也都格外精彩（1979年12月5日日记）。观赏京剧《谢瑶环》也是沾了木村与木田的光，他们买了票又不想去，送给了我和宋红。这场戏演员阵容整齐，杜近芳与叶少兰分饰两位主角，赢得了满堂掌声（同上12月24日日记）。

陪住期间，我还有混入友谊宾馆看电影的经历。说是"混入"，是因为友谊宾馆的电影馆主要对住在里面的房客或外面的外国人开放；如果是中国人，也应与住宿者熟识。我和安娜、柯珮娜曾一起去看过美国电影《蝙蝠》，因电影票不卖给中国人，于是先由纯粹西方人模样的柯珮娜进去买票，我和安娜在门口纠缠了许久，与里面一位朋友通了电话，才得以登记进入（1980年4月25日日记）。可见那时为了看电影，我有多疯狂。

安娜的姐姐学的是钢琴伴奏，姐夫是著名的黑管演奏家，多次来中央音乐学院讲学。她的舅舅当时也在中央乐团拉小提琴。在这样的环境里，安娜成为西方古典音乐的爱好者原很自然。她有一台录音机和很多音乐磁带，所以我们房间里总是充盈着交响乐或芭蕾舞的旋律。我也是第一次从她那里听到了琉特（lute）这种古老乐器的演奏，虽然音声单调，我还是觉得非常新奇，以至至今不忘。

也是在留学生楼，我初次接触了境外的流行歌曲。最先听到的是黎蔚如带来的两盒磁带，现在只记得其中有欧阳菲菲与凤飞飞的演唱。由于听惯了高亢、刚健的革命歌曲，初听这些"靡靡之音"时，还真有一点生理上的排斥。当然，听久了才觉出好来。同学中倒不乏先知先觉者，1979年，我就为同学李彤转录过欧阳菲菲与凤飞飞、为龚玉转录过邓丽君的歌。当时，这几位歌手风头正健，我们欣赏的节律可以说与海外同步。

留办在春秋两季也会组织春游和秋游。如1979年深秋去香山，1980年春去密云水库和鹿皮关，我都参加了，相册中也留下了这两次出游的照片。

由于留学生的强烈要求，留办居然还在1980年圣诞节

1980年4月，文学系七七级陪住同学与美国留学生在鹿皮关

前夜，派车送大家去宣武门的天主教南堂做弥撒。我和几位中国同学很好奇，也夹杂其中，混进教堂一观究竟。那晚的主教布道也堪称与时俱进，既训导教徒要爱国守法，也痛斥"撒旦一般的'四人帮'"如何祸国殃民。让我们略显尴尬的是，在主教以一声"阿门"结束讲道后，教徒们纷纷跪地祈祷。我们这些接受了"无神论"教育的中国学生一时不知如何是好，只得后退两步，给前排的教众让出空间，而把自己的本来面目完全暴露出来。

六、后续影响

1981年暑假后，留学生们搬进了刚盖好的勺园新楼，陪住同学也一并迁往。不过，随着留学人数的增多，勺园的房间也越来越紧张。大致以八二级为界，也即是说，从1983年开始，不再为留学生安排新的中国同屋，陪住制度终止了。

而早在新楼完工的前一年，留学生们已听说，搬去那边要取消陪住。很多人认为这样不好。我当时的想法是，"也许是出于多收外国学生的考虑，如只是为了隔离是很愚蠢的"（1980年2月29日日记）。这样说，应该是感觉到对于陪住的效果，留办很不满意。不过，从学校1981年3月决定外事处与留办分离（《北京大学纪事》下册，868页），意味着留学生管理脱离了与国家外交对接的外事管控，回归教育本体，就此看来，陪住的结束倒是体现了对外开放的日益深入，是值得肯定的进步。

今日回顾，在一个思想解放的潮流正在兴起，而"文革"禁锢尚未完全打破的时代，到留学生楼陪住的经历，已经成为我的大学生活中最难忘怀的记忆。而对于许多人，这份影响甚至会伴随一生。我们班同学集体编写过一本《文学七七级的北大岁月》，其中有三篇半（刘德联、高小刚、张继凌三文加上郭小聪的一节）以陪住为话题。许多同学也将这份同屋友谊保持至今，如张继凌三十多年来一直信守当初为欧凯妮修改中文日记的承诺（《一个承诺，一份坚持》，《文学七七级的北大岁月》229—231 页），七九级同学刘一之与王友琴的日本同屋矢野贺子也是几十年的挚友，至今两人还同在日本一所高校任教。最有名的例子当属七六级学生、著名诗人企业家黄怒波，他在留学生楼陪住过一位冰岛学生，此人的夫人后来做到冰岛外交部长。在冰岛出现经济危机时，出于同屋友情，黄怒波曾捐资一百万美金，成立了"中冰诗歌基金"，举办"中冰诗歌节"。2011 年，黄怒波在冰岛买地，又一度成为热点新闻。而这一切都缘起于陪住。

总而言之，陪住对我的意义是实在地打开了外部世界的窗口，让我切身感受到别种生活方式与思想观念的存在。因而，我很庆幸自己有此一段经历。

2018 年 10 月 31 日于京西圆明园花园

（原刊《同舟共进》2019 年第 3 期）

享受最优厚的待遇

——写在北大图书馆建馆一百一十周年

北京大学图书馆的历史不用我细说，但它以藏书量雄踞全国高校之首，则毫无疑问。还在使用卡片目录的时代，我已知道，除了检视北大自身那些连绵排列的卡片柜，另室放置的燕京大学图书馆藏书目录也必定不能放过。我在那个房间的一个角落里，还曾经看到过中法大学与中德学会的几屉书目卡。后来读吴晞编著的《北京大学图书馆九十年记略》才得知，除上述各家藏书外，1952 年院系调整后拨入北大馆的图书，尚有美国新闻处、清华大学、辅仁大学、中山大学的收藏。自然，随着 1949—1952 年教育系以及农、医、工各学院从北大分离，北大图书馆也有部分相应的藏书流出。不过，对于我这样以中国人文学为主业的研究者而言，在北大工作，最优厚的待遇就是，你拥有了世界各大学中最好的图书资源。

我与北大图书馆的渊源始于 1978 年 4 月。作为中文系七七级的本科生，入学不久，我就得到了写有姓名与学号的五张借书卡，那也代表了当时的大学生最多可以借阅的图书数量。而无论当年还是现在看来，五本书的限额实在太少，不足以应付门数众多的课业需求，尤其在论文写作时，更是捉襟见肘。也正是从那时起，我养成了买书的习惯。对于一个不习惯抢占座位、追求自在的阅读状态的人来说，不假外求是最好的应对之道。不过，即使除去经济方面的考量，也并非所有的书都适合收藏或能够买到。系里和图书馆也考虑到我们的难处，改善的办法是，以班级的名义借回大批教学参考书，供同学们轮流阅读。此外，我的偏爱古典在有限的出借额度中更是占尽便宜，因为那时线装书与其他洋装书一样，都可以外借，并且一函只算作一本。所以，有的同学对此很羡慕，觉得我实际上是多吃多占，一个卡等于翻了许多倍使用。

从本科生到研究生，再到留校，我经过了在北大的三级跳，借书卡的数额也由五到十，直至二十，最终合并为一张电脑管理的磁卡。而我与图书馆的关系，却由大学时代的很少在阅览室读书（记得多半是为了阅读那时尚不允许外借的外国小说），变成频频在馆内逗留终日。诸如库本室、旧报刊室、工具书阅览室、古籍部的不少图书馆员，就是在此期间熟悉起来的，这让我在查阅过程中，得到了很多温暖的帮助。

改变本科阶段喜欢卧读的习惯，倒不是由于本人突然变得勤奋起来，实在是研究领域所造成。由硕士论文《梁启超的"文界革命"论与"新文体"》的写作开始，近代已然成为我自觉自愿选定的学术方向。不满足于整理、排印的作家诗文集与小说单行本，以研究梁启超为契机，我从追踪其"新文体"发生的《新民丛报》阅读中，获得了丰富的史料与乐趣。在众声喧哗的原生态场景里，早已逝去的作者及其作品都是如此的鲜活与生动，近代文学研究也在我眼中顿然改观，呈现出巨大的魅力。由此一发而不可收，我成了旧报刊室的一位长期读者，并先后认识了在这里工作的几任馆员。以至当我向学生们提起"小张"，即现在该室最年长的馆员张宝生时，学生不禁失笑——他们眼里的"张老师"，应该称为"老张"了。

毕业后很多年，我一直住在学校的集体宿舍或西门对面的畅春园、蔚秀园，走到图书馆相当便捷。凭借这样得天独厚的条件，我完成了不少著作。其中带有史料汇编性质的几本书，更是充分利用了北大图书馆的旧报刊。

1987年，我与陈平原开始合编《20世纪中国小说理论资料》第一卷，文献收录时段设定为1897至1916年。除了到江南、广东一带访查小说、抄录序跋外，北大图书馆是我们进行这项工作的大本营。正是由此发端，我们对近代文学期刊有了大面积的接触。而此书也成为近代文学研究者几乎必备的资料集，在我们所有的著作中，引用率一直位居前列。

赶在百年校庆前两年，1996年秋，我和陈平原再度合作，编选《北大旧事》。当时旧报刊室已从本馆迁出，设在原燕大图书馆（现北大档案馆）二楼，离我们居住的蔚秀园是更近了。仍然主要依托这里的收藏，加以史料熟稔，由我负责的选文部分进展相当顺利，全部书稿一个月即大致编成。而按照规定，旧刊不允许复印（一说是因为该室没有复印机），我还曾经以微薄的费用，请在那里工作的老谭帮忙抄录过朱海涛的系列散文《北大与北大人》。

在我编校的书中，花费精力最多的当数《〈饮冰室合

48

集〉集外文》。自 1993 年起，我用了大约十年的时间，搜辑梁启超散佚的著述，最后的成书字数接近一百四十三万，算是相当可观。尽管几次国外访学令我受益良多，不过，支撑全书的那些基础性工作，照样是在北大图书馆进行的，这也是我在该书序言中提到"尽先利用"的意涵所指。而此次大规模的搜访，又引领我走入旧报纸的世界。较之杂志，报纸显然更容易散失，我的辑佚因此也于此间收获最丰。并且，不止此也，清末民初的日报立场各异，细节丰富，贴近现实，乃是返回历史现场的最佳通道，因而也成为日后我的所有研究最为依赖的资料库。

可以毫不夸张地说，正是在北大图书馆里，实现了我的学术兴趣的不断转移；其丰厚的馆藏，支持了我的研究工作的顺畅展开。并且，即使到了现在电子化的阅读时代，如要查阅 1949 年以前的报章，国家图书馆也只能提供缩微胶卷，我却还是有机缘坐在北大馆，亲手触摸那些发黄的纸页，搜寻被影印本删略的广告，感觉历史的气息扑面而来。这在当下已属难得而奢侈的阅读，却又是研究者不应缺失的感性体认。

实际上，不止我个人，旧报刊室也已然成为中文系近现代文学研究方向的学生们不可或离的宝地。可想而知，2004 年暑假开始，图书馆的旧馆部分将进行全面维修改造，该室将暂停开放的消息传出后，学生们有多沮丧！恰好在那个秋季学期，我预定开设"晚清报刊研究"选修课。于是，以此为由头，我找到曾经在畅春园 55 楼做过邻居的戴龙基馆长，请他设法解决旧刊的阅览问题。戴馆长果然急人所急，硬是在已经拥挤非常的连体新馆中，为我们保留了一方天地。我和学生们因此可以在现刊室中专门辟出的一小块空间里，挨挤着坐在紧凑摆放的四张阅览桌边，肆意查看所有的晚清民国期刊。这项特别的举措在馆中持续了一年，由此给小张等人造成的不便与工作量的增加，常令我心怀歉疚；而看到众多学子的课程作业以及学位论文得以按时完成，又使我至今心存感激。

过刊室之外，我流连最久的地方该数到古籍部了。起初，馆藏线装书并未单独分出，查找目录卡片时，如书号前带一"X"，即为其身份标识。当然，这只是限于北大的藏书，燕大的旧藏没有这样的区别。线装书体积大，若需要查看的只是其中一篇文章，又不知所在卷数，要管理人员搬出全部文集，实在也觉心中不忍。于是很怀念在它们一律被归入库本室之前的岁月。那时，现在二楼文学图书借阅区的地方，是教师研究生阅览室，燕京大学与北大图书馆的大套丛书，无分平、精、线装，统一汇聚此处，查找、翻阅极为方便。应当是人心不古，或者是风雅窃贼防不胜防（曾经不止一次发生过函套尚存而内瓤尽空的失书案），馆方最终不得不取消了此一"便民"设施。

以前在这间教师研究生阅览室，以及以后在库本室和古籍部，翻书的过程中时常伴随着欣喜的发现。许多著名学者的藏书或签名本，很长时间一直混杂在其他书中。我见到最多的是胡适藏本，其上多有批语，可见胡适读书之认真。而亲近手泽，不仅每每令人感动，也会有许多佚失的学术因缘借此浮现。顺手记下过几则胡适留在书籍封面的题记，如：

> 　　**陆陇其《三鱼堂文集》:** 此本内凡关于吕留良
> 的文句都挖出了。颉刚有补抄本,我借来补写完
> 全。(他有一书未抄,今无从补。)　　十三,三,
> 廿三,胡适
> 　　**郑孝胥《海藏楼诗》:** 十,十二,十五,苏堪
> 先生之子炎佐先生送我的。　　　胡适

写得最长的文字出现在黄遵宪的《人境庐诗草》辛亥本上:

> 　　我求《人境庐诗草》,已求了十五年了。梁任
> 公是原刻此书的人,尚不能为我寻一部;我几乎
> 要绝望了。忽然北大的学生罗翊唐(名镇藩)先
> 生为我向公度先生的本家黄钧选先生(名锡铨)
> 求此书,钧选先生也只有这一部,竟割爱赠我。
> 他答罗君书云:"弟再三熟思,胡君既负殷勤表章
> 之心,弟亦应有热诚贡献之义。"此意极可感谢。
> 故详记之。
>
> 　　　　　　　　　　　胡适,十,十二,廿四

其他不必说,单是 1921 年岁末黄锡铨的赠书,与次年 2 月
胡适在《五十年来的中国文学》(依据胡适日记中题名)
里对黄遵宪的大力表彰,便有了如此紧密的关联。而这些
不见于文集的散碎史料,对于了解胡适的思想历程却很有
价值。并且,诸如此类的题跋,在北大馆的胡适藏书中所

在多有。近来闻知，馆方已决定将胡适留存的图书、文稿等全部集中，成立文库。我的期望是，在编纂胡适藏书目录时，如能附录题记，实为嘉惠学林的善举。

至于古籍部中最让我惊喜的发现，却是一册在燕大图书卡片中登录为"新民丛报底稿"的稿本，现在的图书目录中沿用了此名，亦注为"梁启超等撰"。而早在辑录梁氏佚文时，我已注意到这个书目，只因自设的《〈饮冰室合集〉集外文》收录范围仅限于梁启超生前已发表者，故始终未曾索阅。直到 2008 年 4 月，为查看其中的《请设立中央女学院折》，以为考察梁氏女学观做准备，顺便细读其他诸文，方憬悟此册文稿，实与传闻中的梁启超为出洋考察宪政五大臣代拟报告一事相关。我当即借用古籍部的电脑，抄录下所有六篇文献。日后又参考其他史料，撰写成《梁启超代拟宪政折稿考》，首次澄清了此一公案的来龙去脉，为梁启超以清政府的政治通缉犯身份，强力介入了属于核心机密的国家体制改革谋划的奇遇，提供了坚实的证据。

说到文化名人手稿，近年北大图书馆为扩展服务功能，多次举办过以个人收藏或专题为主的文献展览，及时传递了相关资讯。而我得益最多的是"胡适存友朋书札展"。2009 年 5 月，嘉德拍卖公司与北大图书馆合作，将征集到的这部分拍品全部在馆内先行展出，为研究者提供了一次绝佳的与梁启超、陈独秀、徐志摩书信"亲密接触"的机会。依靠这批最新面世的资料，1920 年代梁启超与胡适的学术、文学交往得到了更为清晰的展现。凭借由此获得的先机，我也很快写出了两篇考论文章。

值得一表的还有我们从北大馆多余的藏书中分润的故事。最得意的是两套书：一为张静庐辑注、1954 年由群联出版社印行的《中国近代出版史料》初编与二编，一为仅缺创刊号的全部《燕京学报》。前者根据书页上记录的购买时间，可知为 1989 年 1 月 9 日由图书馆散出，我们以每册二点五元的价格收入囊中。后者则是 1991 年 9 月，我们在不久前搬来原燕大图书馆二楼的旧报刊室书架上发现，且复本甚多。按照每册五元的定价，全部四十期杂志缺一本，买下来还不到二百元。我们又另外挑选了一些"燕京学报专号"，如顾颉刚与杨向奎的《三皇考》、钱南扬的《宋元南戏百一录》、许大龄的《清代捐纳制度》等，并将多买了一册的《三皇考》送给了葛兆光。这套《燕京学报》连

《中国近代出版史料　　　　　《中国近代出版史料
（初编）》书影　　　　　　　（二编）》书影

同几本专号，因和我们后来的研究关系不大，变成了真正的收藏；倒是两册《中国近代出版史料》时常放在手边翻阅，屡屡从中获益。

而从借阅书刊、参观展览到购买复本书，北大图书馆确实全方位地介入了我的学术研究。我之能在治学的道路上有尺寸进步，自与我所享受到的这份最优厚待遇密不可分。因此，在北京大学图书馆一百一十年馆庆之际，我愿意记下三十多年来的点滴往事，以表谢忱。

2012 年 9 月 17 日于京西圆明园花园

（原刊《书城》2012 年 11 月号）

北 大 缘

——陈平原《北大精神及其他》序

虽然三年前与平原君合编过《北大旧事》，但谈论北大精神，仍为我力所不及。若说到与北大的关系，我倒比平原君开始得早。他还在南国采红豆时（平原君曾为中山大学学生刊物《红豆》的编委），我已在燕园读书六年。应了那句俗话："远来的和尚好念经。"或果如东坡居士所体验："不识庐山真面目，只缘身在此山中。"如今我这位"先辈"（日语所谓"先辈"真是妙语），倒要从他的校史散论中品味北大，北大对于我，于是变得既熟悉又生疏。

有朋友曾半真半假地说，我和平原君是黄金搭档，连看材料都节省一半时间。后半句话我可不敢苟同，研究领域虽接近，资料却须自己读过才作得准。但我也不否认，知道对方的兴奋点，阅读时自会顺便留心。我个人的体会，还是用传统的"互补"说法更准确。即如"不贤识小，贤者识其大"，倘若去掉其间的褒贬意味，我倒以为可以概括我们之间的差异。

以北大而言，他更看重的是"逸事"背后的"精神"，我记得的却多半是"精神"的表征——"逸事"。我对北大作为课题的兴趣，到编完《北大旧事》即告结束；而对于平原君，这不过是研究工作的开始，冠于卷首的长序便为牛刀小试。随后，我们一起去纽约的哥伦比亚大学访学。在我埋首于清末民初的旧报纸之际，他却盯准"北大与哥大"的题目，一连写出八篇短文。到去年年初，《老北大的故事》完稿时，他的校史研究已初成阵势。如今，北大的故事又从红楼说到燕园，我曾经亲承謦欬的师长与平原君的个人感怀一并进入书中，《北大精神及其他》对我而言，便更平添了几分亲近感。

　　记住的仍然是逸事。我的导师季镇淮先生是中文系出名的"忠厚长者"，他做人的认真与处事的天真，常常使我抱愧。我写过几篇文章记述他的为学与为人，那已经成为令我终身受益的精神财富。而他在"文革"中最有名的故事，今日说来或觉不可思议，我倒以为颇能体现季师的风范。他在西南联大读书时，即由导师闻一多先生介绍加入了民盟；1949年以后，更进而成为中国共产党的一员。这是当年追求进步的青年共同的选择。不过，由于季师在民盟的工作很有成效，组织决定他的党员身份不公开，以利统战。季师也严格遵守这一规定，直到"文革"发生，所有的档案一律曝光，他的资历才被揭秘。但在某次中文系党、群分开排队时，经人提醒走入党员行列的季师，很快又回到群众的队伍中，那理由便是："组织还没有决定让我公开身份。"先生讲究的是处世端方。

　　吴组缃先生在我心中则永远是一位智者。听先生上课，专业之外的所得甚多，那也是他最得意之处。吾生有幸，听过先生的"中国小说史论"与"《红楼梦》研究"两门课。至今，先生讲课时"跑野马"的本事，仍令我佩服不已。无论如何貌似离题万里，我辈钝才已代生杞人之忧，吴先生却能在不动声色中，以"四两拨千斤"的巧力，将话语的洪流顷刻兜转，而重新言归正传。他辨析薛宝钗有意攀附贾宝玉，指认所谓癞头和尚送薛刻在金锁上的两句吉利话，正与宝玉"命根子"上的铭文相配，不过是薛家弄出的把戏。其为自家锻造的根据，经先生明察秋毫，正在薛蟠那句"妹妹的项圈我瞧瞧，只怕该炸一炸去了"上露出了马脚（以后翻书的印象，似乎和尚只送了吉言，锁确是薛家自制）。先生的勘破世故，本从学者的阅历丰厚与作家的观察敏锐而来。

林庚先生的课我上过"屈原研究"，那可以算作是先生的"告别演出"。因为此后先生不再登台主讲一门大课，许多当年的高足、如今已是我们老师辈的先生，如陈贻焮、袁行霈等，便也恭恭敬敬与我等后学同坐听讲。以"屈原"而不是"楚辞"命题，乃是由于先生认为，屈原的创作足以涵盖楚辞的成就。可以想象，如无屈原，楚辞绝不会成为先生情有独钟的研究课题。虽然早在 30 年代林先生即以诗人闻名，但在听课时，印象更深的却是学者的严谨。《天问》一篇在屈原作品中向称难解，错简也成为解释歧异的重要原因。林先生虽亦用此法破疑，却同时强调小心谨慎，不可滥用；否则，任意编排，何求不得？"你要人造卫星，我也能从中找出。"

王瑶先生是平原君的导师，我见其师虽早，入门反在其后。70 年代末 80 年代初，每逢校庆，必举办"五四"科学讨论会。自我入学，王瑶先生从未开课授徒。因此，得知先生将在办公楼礼堂的"五四"论坛做报告，我当然不会错失良机。然而，洗耳恭听的结果，竟是不知所云，先生浓重的山西口音，通过扩音器放大，愈发难懂。以后，我的同学做了先生的研究生，我们之间流传的笑谈：先生骑车在校内路遇弟子肃然敬礼时，绝不像其他老师那样下车寒暄，只是微一点头，即刻掠身而过；弟子去家中聆听教诲，便只敢半边着凳。有了这番铺垫，后来随平原君拜见其师，也不免心中紧张，特别对学术话题缺乏自信。但先生也有让人忘记敬畏的时辰，那就是每年一次的春节宴请学生。我因小有酒量，而得以近坐陪酒，并成为屡遭先生批评的平原君的榜样："搞文学的怎么能不会喝酒？"先生始终是一个内心骄傲、富有尊严的学者。

1989春节在王瑶先生家，钱理群、陈平原、温儒敏（自右二至左）与王先生（右一）聊天

58

我正是依照如上的叙述顺序，幸运地与中文系文学专业的四大导师先后结缘。缘分虽有深浅，对我来说，这却是平生珍贵的忆念。

有这样的师长与逸事，又焉能不生出"北大情结"？我因此与平原君也可算是同道同好。尽管我的小道与偏好只够拾遗补阙，但也许能给如平原君一般善识其大的读者，提供解读北大精神的若干例证，则吾企踵望之。

1999 年 6 月 26 日于东京弥生寓所

（原刊 1999 年 11 月 6 日《文汇读书周报》，原书由上海文艺出版社 2000 年出版）

我们的大学时代

——王景琳《燕园师恩录》序

本书作者王景琳是我的大学同学，他把近年所写关于北大老师的回忆文章结集成册，邀我作序，理由是"我的老师也是你的老师"，让我无可推托。并且，就同班同学而言，景琳兄也算是我在学期间交往最多的男生，确实有话可说。

话说当年，我是以第二批录取的走读生身份进入北大，错过了与全班同学相互介绍认识的机缘。加以从小学以来沿袭已久的男女生之间的界隔，让我与本班男生也少有往来。以至在感情最袒露的毕业留言中，不止一位男同学提到，大学四年，不记得和我直接交谈过。这其中，景琳兄应是极少数的例外，尽管我们真正熟识起来，也还要到研究生阶段。

大学期间，我第一次对景琳兄留下深刻印象，乃是在三年级第一学期陈贻焮先生开设的"三李研究"选修课上。当时课程刚刚过半，景琳兄即率先呈交了题为《李白从璘辨》的论文。有着"赤子之心"的陈先生批阅后，立刻热情洋溢地在课堂上大力夸赞，景琳兄由此脱颖而出，成为我班古代文学研究的新秀。还记得陈先生对景琳兄大作的评说，除了肯定其好学深思，善于发现问题和组织材料，更指点了论文作法。景琳兄的初稿应是将最关键的史料尽先端出，然后再从头说起。陈先生认为，这条材料应当留在最后，经过百转千回，曲折道来，最后一锤定音，文章才好看。这一教导对我的论文写作也很有启发，所以至今不忘。

与景琳兄更多的交集在读研究生之后。特别是1983年夏，按照当时的研究生实习规定，景琳兄的导师褚斌杰先生要带领弟子南下进行学术考察，我的导师季镇淮先生因年迈体弱，不宜出门，便将我托付给褚先生，因此得与景琳兄以及后来做过深圳大学校长的章必功兄同行。王、章二兄跟随褚先生，研究方向为先秦两汉，我则在近代段。我于是笑称，正是有赖我的加入，本来到了曲阜，拜过孔庙就该折返的二人，才可以延长旅程至江南。必功兄走到南京，已是归乡情切，直接回了铜陵。剩下我和景琳兄，一路跟着褚先生，经上海，到绍兴，从杭州返京。十来天相处，可以想见，说的话足够多。

和我不同，景琳兄性格比较外向。沿途交谈留给我的感觉是，他对自己的学术前途有明确的规划与充足的自信。其实，早在大学本科时期，景琳兄已抱定从事古代文学研究的志向，选课亦自觉有所偏重。因此，读研对他正是必由之路，录取后选择专业方向时，景琳兄也顺当地进入了先秦两汉文学段，在自己感兴趣且有所积累的领域里继续深耕。这些是我早就知道的。

而我此前不了解的是，景琳兄原来与任课的多位老师保持着相当密切的联系。这是读此书稿的一大发现。七七、七八级的学生求知若渴是出了名的，课间休息时，授课老师被提问的学生包围，是教室里常见的一道风景。我虽不在此列，但也知道，大多数提问者也就到此为止，不会再登门求教。而景琳兄不然，他与本书中写到的多位老师显然有更频繁的接触。

比如彭兰教授，早就听说她是闻一多先生的干女儿，由闻先生主持，与日后同在北大任教的著名哲学家张世英结为伉俪，颇具传奇色彩。和景琳兄相同，我也慕名选修了彭先生讲授的"高岑诗研究"，却连期末上交的读书报告写了什么也已想不起来。景琳兄则不仅在课堂上与彭先生有深入讨论，而且多次登门求教，甚至毕业论文的重大修改也是听取了彭先生的意见。我对彭兰先生最后的记忆是，她来参加我们班的毕业合影，因下雪路滑，跌倒摔伤，让我们一直很内疚。现在才知道，原来当时因景琳兄常出入其门，班长特意委派他接送，而彭先生性急，提早出门，方有此闪失。

自然，从专业角度说，景琳兄最熟悉的还是古代文学教研室的老师，如吴组缃、林庚、吴小如、陈贻焮、褚斌杰、周先慎诸先生，在本书中都有精彩、生动的记述。其他如现代文学教研室的孙玉石、乐黛云、袁良骏，以及当代文学教研室的谢冕教授，景琳兄也因修课之故，对其学问、风采有所体认。最让我意外的是，除了文学专业的老师，像古文献专业的阴法鲁教授，汉语专业的曹先擢教授，我在校读书时完全未听过课，景琳兄却与之多有过从。不但亲承音旨，他与阴先生还一度比邻而居，拥有了更多日常的交会。所修曹老师开设的《说文解字》课，竟然也是专为他与必功兄开的小灶。如此转益多师，深入堂奥，景琳兄治学精进、日后著述丰赡亦在意料中。

值得称道的是，景琳兄叙写师恩并不满足于散碎的回忆，由课堂内外的受学出发，他还进一步查找资料，阅读代表作，在每篇文字中，尽力展现诸位师长的学术历程，引导读者一窥其研究格局。例如，从何九盈先生为我们上"古代汉语"课以及课外的系列讲座说起，牵引出其关于全球化时代汉语与汉字文化意义的著述；记阴法鲁先生一文，以讲授"中国古代文化史常识"课的"概论"开篇，依次述及阴先生在《诗经》研究、中国古代音乐史，尤其是参与破译宋代词人姜夔的十四首自度曲方面的成就；开讲《说文解字》的曹先擢先生乃是一位善于做"小学问"的大学者，因1970年代参加修订《新华字典》，从而与辞典学结下不解之缘，并最终从北大调往国家语委。诸如此类，由其人及其学，景琳兄逐一娓娓道来，使这册小书拥有了厚重的分量。

而从本书的首尾两篇，可知景琳兄进入中文系，原本抱着成为作家的梦想。尽管后来转向学者之途，早年的文学感觉却并未磨损。这使他在忆述诸师长的学问时，也能体贴入微地摹写出其人性情。如林庚先生的诗人气质，阴法鲁先生的善体人意，谢冕先生的活力四射，孙玉石先生的坦诚谦逊，以及褚斌杰先生在"开朗大度、与世无争的背后，隐藏着一颗久经磨难的谨慎之心"，一生不断挑起论战的袁良骏先生，也有一个"不为人所理解的孤独、寂寞的灵魂"。凡此，都在景琳兄笔下得到揭示，令人过目不忘。

文学七七级毕业照

　　景琳兄研究生毕业后到中央戏剧学院工作，1991 年更远走加拿大，至今已近三十年。在异域他乡，景琳兄始终不忘北大出身，无负师长教诲。改以汉语教学为主业后，立成享誉一方的名师；课余尚勤勉治学，与夫人徐匋合著的《庄子的世界》，出版后亦大获好评。撰写此书，在景琳兄是感恩教泽绵长，我辈从旁观看，又感动于其间充盈的至情。

　　何况，阅读景琳兄大作，对于我更是一次温暖的回顾之旅——年轻时的读书生活，师长们的音容笑貌，同学间的朝夕相处，不时浮现眼前。那是一份永难忘怀的珍贵记忆。

2020 年 12 月 11 日于京西圆明园花园

（原刊《中华读书报》2021 年 6 月
16 日；原书由凤凰出版社 2021 年出版）

从北大起步

——《燕园学文录》自序

编《燕园学文录》给了我重温三十年生命历程的机会。

1978 年 4 月，作为受惠于"扩大招生"的一员，我比大多数同班同学晚了一个月才走进北大的校门。没想到，由此开始的与北大中文系的缘分竟绵延了三十多年，直到如今。

入学前，我像很多七七、七八级的同窗一样，并没有接受过完整的中学教育。虽然我们这一级不再称为"工农兵学员"，但除了未当过兵，吉林插队七年、北京工厂一年半的履历，已足够让我与"工农"沾上边。这样的人生经历也使我的就读文科变得无可选择：只学过一年初中数学，理化课程完全空白，我自然不会存非分之想。不过，在这看似无奈的接受中，已有的社会阅历却成为学习人文学难得的凭借与底蕴。

大学毕业前夕，假如不是因为担心被分配做中学老师，我很可能已经承继父业，在人民文学出版社干上编辑一行。按照当年的分配方案，我应该去该社的《当代》杂志，和在诗歌散文组的父亲成为同事。而此"一念之差"，让我又

一次无可选择地报考了研究生，并得以投入季镇淮先生门下，收敛起大学时代对唐诗的兴趣，转向那时对我来说还相当陌生的近代文学。从此，近代尤其是晚清也让我倾注了最多心力，它对于我的意义已不只是研究对象，同时也内化为一种眼光与态度。无论走到哪里，"晚清"都会超越时空，介入我所在的当下。

研究生学业终了，何去何从的问题再一次出现。自认为不适合做教师的我，仍然本能地希望逃避。填写分配意向时，我问季先生："是把去文研所放在前面，还是留校作为第一志愿？"季先生并不理会我在问话中暗藏的排序，十分肯定地说："当然先填留校。"我又是无可选择地服从了导师的要求，北大任教的生涯就此开始。而二十六年过去，教学相长，逐渐成熟的不仅是学生，也包括我自己。讲授专业课的压力，驱使我无法止步，必须不断开拓研究领域，探讨新的课题。

如今回想，我之所以能一路走来，有尺寸之进，最根本的原因是入读北大，并且自此没有离开燕园。我的无可选择，其实也正不必选择。

我很庆幸，在我读本科的时候，北大的老师们由于"文革"十年的压抑，未能在讲台施展才华，遇到我们这些求知若渴的学子，于是每常小叩大鸣，倾心指授。作业发还，不但可见多处批点与评语，而且不乏字斟句酌的文辞修订。但凡论述中有一点可取之处，老师们都是揄扬鼓励，毫不吝惜；即使意见不同，既坦率批评，也不强求接受。那真是一段其乐融融的求学经验。也正是由于有这样的老师指引与提携，我才能够在漫漫学术之路上起步。

我也很庆幸，在我读研究生阶段，导师为季镇淮先生，他把我领进了近代文学研究之门。相对于辉煌的古代文学与热闹的现代文学，时当1982年，夹在中间的近代文学还是一块灰暗、冷落的地带。季先生却以他高远的文学史眼光，认定此中大有可为，率先在此方向招生。我也得以追随先生，较早地踏足这方未经大力开垦的沃土，并与我喜欢的梁启超其人其文相遇。可以肯定地说，日后我所以在近代领域流连不去，其发端尽在季先生的宽容与赏识。

从梁启超研究出发，晚清向我展开了更生动的面容与更丰厚的蕴藏。由此开掘出的晚清女性生活、晚清启蒙教育等新话题，虽然似乎已游离我的本业"中国文学"，但在我看来，这恰是精彩纷呈的"近代文学"题中应有之义。而晚清文学的价值，已越来越得到学界体认，"附庸"正在

"蔚为大国"。在这个意义上，我个人的研究也可以作为这门学科逐渐成熟的一个印证。

为了编辑这个选本，按照复旦大学出版社整套"三十年集"丛书的体例要求，需要在每年的选文前写一段"纪事"。我不能完全信赖记忆，还得借助历年存留的文稿与所记的流水账，尽可能准确地还原现场。这次翻检让我有时间仔细地回溯往昔，许多感慨与感动油然而生。在一个不高的起点上，能够走到今天，我觉得自己很不容易。而重新触摸那些发黄的纸页，温习当日老师的教诲；在一张草稿的背面，无意中发现刚刚毕业的我第一次授课的记录——《人民日报新闻研究班近现代文学讲座计划表》，我这位不久前的学生名字，竟然与我所尊敬的季镇淮、沈天佑、孙静、严家炎、孙玉石等老师们排列在一起：其中明白显示出的是，在学术之路上，老师们对我一贯的呵护与扶助。

书中收录的三十年中的三十篇文章，从 1980 年的课程作业《谈谈李白的"好神仙"与从政的关系》改写而成的第一篇稍微像样的论文，到 2009 年为所编《清华同学与学术薪传》一书撰写的《缘起》，都是写于北大，可视为我的问学经历的一份记录。名之为《燕园学文录》，既是写实，也是留念。

2010 年 11 月 22 日于京西圆明园花园

（原刊 2011 年 1 月 20 日《文汇报》，
原书由复旦大学出版社 2011 年出版）

辑二

师长篇

以学为乐　以史为志

——季镇淮教授印象

缘　分

好像是一种特别的缘分，一入大学直到研究生毕业，季镇淮教授始终是我的学术引路人。

1978年3月，我与其他九位因扩大招生而迟来的学生，反而有幸先认识了这位北京大学中文系的著名教授，季镇淮先生专门为我们补讲中国文学史的先秦部分。那年季先生六十五岁，头发花白，身材宽厚，穿着一套当时流行的深灰色制服。刚经过"文革"的学生，还不习惯使用一度被废除的尊称，通常只按职业分类，对所有的教员一律称"老师"。季师是唯一的例外，不过一两天，我便改口叫他"先生"。这不只是年龄上的区别，也包括学问上的崇敬。

大学本科期间，我选修了季先生的"韩愈研究"专题课。期末作业有心取巧，于是比较韩愈的《南山诗》与王维的《终南山》，站在尊唐抑宋派的时兴立场上，对韩诗的铺陈不以为然。季师本力赞韩愈的文学革新精神，读我的

71

与季镇淮先生合影

文章却并不生气，虽以商量的口吻表示此一"比较研究的结论，则似有问题，尚待进一步讨论"，而评语的基调仍是鼓励，且给以"优异"的成绩。嗣后，我听说，季先生不止一次向其他老师推许我的"能读《南山诗》"，在青年人中不多见。季师的输心相待，只有让我更觉惭愧。

因了这一份好感，大学毕业后，季先生又收我做他的硕士研究生。80年代初，近代文学尚属冷门，研究乏人。季师学问广博，先秦两汉或隋唐又均为学生看好，他却不趋时尚，独具慧眼，特于近代段招生。待我入得门来，先生又不急于为我填补空白，将我封闭在晚清专心用功，反开放门户，向上追寻，要求我从清初大家别集读起。我体会，季先生是把治学看作一项崇高的事业，鄙视急功近利，而注重打好根基。何况，在他心中，文学史也呈现为生生相续的动态过程，研究其中任何一段，都不可能在对前后文学演进一无所知的情况下做出成绩。这一学术思路，无疑将使我终身受益。

在我之后，季先生虽还带过一名研究生，论文阶段却因病重体力不支，转由别位老师指导。我因而成为季师的关门弟子，并一向引以自豪。

穷而后工

做了及门弟子，追随多年，对季镇淮先生的学术生涯自然有较深了解。在一篇自述小传中，季师这样讲到他的求学经历："家贫，本无进学校希望，中学毕业后，始不可止。"短短数语，包含着如许多的艰辛。

入学开蒙，季先生进的是旧时私塾。父亲的愿望不过是要他识得些字，仍以种田为本务。季师却从作对子开始，迷上了诗文，并凭着其文学才华，进新式小学后，从三年级直接插班入六年级。中学时代，他在学校已有文名，作文常在校中张贴展览，以为模范。由《左传》中自我命题，季先生作了好几本文章，一些曾在当地报纸发表。有位大学生不肯相信其文出少年，当面出题，先生毫无难色，文成后，此人方表佩服。舞文弄墨既成习惯，季师日后的从事文学研究，便为水到渠成之事。

不过，其中尚多波折。一心向学其志虽坚，却因无力支付学费，淮安高中毕业后，季先生只能选择不收钱的高等院校。他同时考上了山东大学中文系与安徽大学外文系，不料，济南开课不久，即由于抗战爆发，津浦路战事紧张，学校停办而回家。偶于旧报纸上见长沙临时大学招生启事，季师又千里赶赴。为照顾战区学生，尽管甄别考试已过期，教务长潘光旦仍特许其以山大学生名义借读。而当时临大中的北大、清华、南开三校中文系并无学生，全系仅先生一名借读生。随着战火蔓延，长沙仍未能久留。不出三月，学校南迁，季师又毅然报名参加徒步旅行团。一路跋山涉水，劳顿异常，而与师友结伴，吟诗论文，入洞探源，先生于是不以为苦，反觉其乐无穷。

抵达昆明后，通过转学考试，季先生正式成为西南联合大学中文系的本科生。主持考试的恰是系主任朱自清，他作为影响最深的导师，得到季先生终生的爱戴与崇仰。其时的风气是中文系被冷落，经济、英文等专业受青睐，因毕业后容易谋职。季师也动过转系的念头，终因深入骨髓的对文学的喜好，才没有委屈自己，坚持下来。并且，一发而不可收，大学结业，又更上层楼，考入研究院深造，师从闻一多先生三年，专治古典文

青年季镇淮

74

学。季先生平生坚实的学问功底，多半得自西南联大的一段苦读。

读书得间，季师撰写了不少学术论文。大学三年级在《中央日报》昆明版发表的《〈老子〉文法初探》，运用瑞典汉学家高本汉《〈左传〉真伪考》一书中的比较语言学方法考证《老子》，得出"《老子》和《论语》是一个文法系统""《老子》书应成于战国晚年的齐鲁人之手"的结论，与历代相传的老子为东周楚国人的成说不同。这虽源于季师在家乡读书时对梁启超和胡适等人辩论疑古及《老子》的著作年代问题所引发的兴趣，而从语言学的角度为梁说张目，仍充满新意，难怪此文大得罗常培教授赏识。就读西南联大六年余发表的文章，大多已收入《来之文录》第一辑。未面世的论稿当然还有，如《闻一多全集》中的《"七十二"》一文，初稿便是季师所交的一份读书报告，后加入闻先生与何善周先生的讨论与补充，成为"集体考据"的成果。而据闻一多先生的说法，文中"主要的材料和主要的意见，还是镇淮的"。

研究生期间的学位论文，季师选择的题目是《魏晋以前观人论》，因经济窘迫，已通过结业考试的先生，终竟未能完成此文，至今引为憾事。不过，大量阅读文献资料的功夫并未白费，复员回京后，出自其手的一批关于汉末魏晋人物的短论，引人注目地接连在朱自清先生主编的《新生报》"语言与文学"专栏刊出，显示了精湛的识见与深厚的功力。初执教清华，季师正是意气风发。贺昌群先生的力作《魏晋清谈思想初论》一问世，季师即在朱自清先生的鼓励下，凭着对材料的熟悉与缜密的思考，充满自信地向贺书质疑。此时展现在季先生面前的，已是一片辉煌的学术前景。

文学史情结

任教大学，业有专攻。特别是 1952 年院系调整之后，季镇淮先生由清华转入北大，文学史的教学也随之一分为三，先秦两汉、魏晋南北朝隋唐、宋元明清的时段划分，虽方便了教员，易于深入，却也会带来限制研究视阈的隐患。季师的想法有所不同，在专任第一段课程的同时，他仍心存全史，对各段文学均做过精深探究。

总结两位恩师闻一多与朱自清先生在文学史研究上的贡献，季师以为其最终的事业即在著成完整的通史。他多次提到闻、朱两先生有意写作中国文学史或文学批评史，由于两位导师早逝，季先生自觉有责任代偿心愿，完成遗志。而其把握数千年中国文学的研究策略，同样得益于闻、朱二师。闻先生考察中国古典文学，便从杜诗入手，"由杜甫研究而扩及全唐诗的研究；由唐上溯六朝、汉魏，直到古诗的源头《楚辞》《诗经》"（《闻一多先生与中国传统文学研究》）；朱先生研治中国文学批评史，"首先着眼于古代以来批评史上若干传统的概念的分析研究，弄清它们原来的意义和在各个时代的变化"（《纪念佩弦师逝世三十周年》）。在剔抉阐发之中，已显露出季师的独到眼光与深有会心。

以闻、朱二先师为楷模，季先生的中国文学史研究也采取了"重点突破"与"以点带面"相结合的可行方法。

在漫长的中国文学史中，他选取了处于两端及中间部位的秦汉、唐朝、近代为主攻方向，又在其中择出足以代表此一时代文学成就、有承前启后之功的司马迁、韩愈与龚自珍用力考究。以作家研究为基础，辐射开去，便可厘清各个阶段的文学脉络；再上下勾连，左右旁通，贯穿全史亦大有希望。因而，季师用功处虽在个别作家，着眼点却在整部文学史，考论三家不过是其赖以构建全史的一方基地或重要支柱。

对于文学史写作，季先生也有一套成熟的意见。他尝借用桐城派"义理""考据""辞章"并重的说法，加以概括、发挥。所谓"义理"，即正确、合适的理论与方法；"考据"，即充足的资料；"辞章"，即文字好读。三者之中，最别致的是对文章的看重。学术论文讲究材料充实，言之有据，却很容易导向行文枯燥，填砌满目，非有专业兴趣，不能卒读。而季先生根深蒂固的好文习性，使他把各类文体一律作为艺术品对待，自觉地当作古人所说的"文章"来写。他作《司

《司马迁》初版书影

马迁》一书，对相关史料虽竭泽而渔，落笔时却化繁为简，将大量考证压在纸背或移入注释，引文力求精练，因而出语可信而又文脉畅通。季师将这一道工序看作是文学史著作能否成功的关键，前此所有的努力都要靠它最终实现。

为完成这部理想的文学史，季先生已做了长期的积累与准备。几年前，巴蜀书社计划出版一套"学者自传"丛书，向季师约稿，他经过慎重的考虑，婉言谢绝了。我追问原因，季师的回答很简单："我的主要著作中国文学史还没有写出来。"他要以毕生的精力，去做这一件他认为值得奉献终身的事业。

纯粹学者

季镇淮先生在师生中，属于那种有口皆碑的"忠厚长者"。在他面前，我常常会因发现其天真而自惭世故，虽然他是长者。久处书斋的生活，使他对历经变迁的世态人情保持着一种有距离的独立。社会上的拜金主义、腐败风气也有耳闻，终不能污染、改变其性情。

时常会发生这种事情：一篇文章发表，杂志社表示希望你认购二十本，季先生便如数买下，又为送人困难而发愁；一本学者辞典要你提供资料，看校样时，再附带要求购买三五册价格不菲的成书，季先生便不知所措，左右为难。如果有我在场，自不会让先生花这些冤枉钱，因为我知道他的经济并不宽裕。

但季先生从来就不是一个自私的人。昆明时期，闻一多先生曾以其字"来之"为文，专为他治印一方。闻先生过世后，无论从收藏价值还是纪念意义上，这方印章对于季师都是可一不可再的重要文物。而一旦得知闻家收集遗物的消息，他便忍痛割爱，捐献璧还。前年清华大学出版社印行了王国维的《古史新证》，原初的讲义底本也是由季先生提供的。此本尽管稀见因而珍贵，季师却认定它保存在清华才是物得其所，更能发挥作用，于是一发慷慨赠送。

　　而做起学问来，季先生又是一丝不苟，严格得近乎苛刻。这当然是他对自己的超常要求。研究生期间听季师讲龚自珍诗，一句"金粉东南十五州"，在别人也尽可囫囵吞枣，蒙混过去，多家注解均语焉不详。季师偏抓住不放，多方询问，广查书籍，并屡次要我读书留意。历经十余年，这一存置心中的疑案才终于获解。在为季师八十华诞祝寿兼纪念《中国文学史》出版三十周年的座谈会上，他兴奋地讲到新近的一大收获，从《资治通鉴》的胡三省注中，他到底找到了"十五州"的出典。季先生由此慨叹道："书是要一个字一个字读的，不读熟也没有用。"我体会这话的意思是，经典作品须反复熟读，这些功夫总于治学有益。

　　在学术研究上，季先生从来不愿偷工省料走捷径。一部《韩愈》书稿，"文革"前即已完成，因遭遇十年动乱，未能及时出版。1983 年，一位齐鲁书社的编辑通过我向季师征稿，虽经我力劝，先生终不肯脱手。他以杜甫"毫发无遗憾"的警言自求，感觉原稿有多处需要补充加工，以旧面目示人便对不起读者。近年因哮喘症频犯，白内障日重，季师借书、读书已越发困难，而《韩愈》一书的修改并未放手，仍时断时续艰难地进行。对全书的总体结构，他有意做较大调整，把韩愈放在唐代文化的背景中考察、论述。这需要重读大量的资料，对于一个年迈体衰的人，该具有怎样的勇气才能做出如此的决定！季先生正不会知难而退，他果然从《全唐文》读起，从头开始。韩愈生平中的大事小节，他都逐一考证，不轻易放过。为了张籍年长于韩的旧说，他细心考索，终于证明事实恰好相反。一个被研究者漫不经心遗漏的长安"十二街"确址，因韩愈、孟郊诗均曾提及，也引起季师的关注。为此，他遍查《三辅黄图》《长安志》《唐两京城坊考》等书。听说本校历史系教授阎文儒钩稽古代史料与近年考古发现，撰成《两京城坊考补》一书，他又嘱我买来，仔细阅读。

我时常感觉，就心态而言，季师比我更显年轻。他总有许多著作计划，总是兴趣盎然地谈到可以研究的不计其数的题目。虽然他在学术上早卓然成家，七十之年却仍然高吟"大器晚成许自期"。在《幻想和希望总是引导我前进》一文中，季师这样讲述他对退休的感觉：

> 我是照章进入老年的。我承认我是老年人，因为我正式退休了。我心理上还是那样，比实际年龄差十岁，好像六十多岁。……人以得利为乐，而我仍以读书为乐，不以为苦，以苦为乐，这也是没有办法的事。

一辈子与书为伴，一辈子治文学史，这本是季师早已择定的人生道路。而我也祝愿，刚刚治愈眼疾、"不知老之将至"的季师能了其心愿，为我辈后学留下一部可以传世的中国文学通史。

1996 年 1 月 15 日于蔚秀园

（初刊 1996 年 2 月 24—25 日台湾
《中央日报》）

最后的遗憾

——悼念季镇淮教授

1997年4月间访学哈佛，突然辗转得知恩师、北京大学教授季镇淮先生不幸去世的消息。不能一瞻遗容，谨写以下文字，以抒悼念之情。

去年1月中旬，我应台北一家报纸之约，为"印象大师"专栏写了一篇"季镇淮教授印象"，题为《以学为乐以史为志》。结稿后，给动过白内障手术、尚无法看书的先生念诵一遍。他仔细听完，颇加赞许，以为所述能发其心事，尤其题目可概括其平生志向。不料十三个月后，我短期赴美，生离已然成为死别，修撰文学史的计划也终竟成为季师未了的心愿，人间憾事直是无可弥补。

去年初秋，季先生不慎摔伤后，身体状态便每况愈下。当我去协和医院看望他时，印象中一直乐观的先生，竟表现出少有的灰心。他不愿意接受手术，从年龄与健康的角度，这可以理解；只是他那样平淡地谈到"坐轮椅"，而丝毫未涉及其中的不便，已使我感到悲凉。提起几天前在他家中讲到的整理日记一节，我认为有关1938年赴滇徒步旅行团的部分很有史料价值，曾建议季师拿出来发表，当时谈得兴致勃勃的话题，此时已引不起正在做牵引的先生的任何兴趣，他以一句"现在一切都谈不上了"作为答复，不够机敏的我也无言以对。

出院后，为便于家人照顾，季师移居到清华。前一年的眼科手术并未带来预期的视力恢复，我始终觉得这给他的心理打击很大，也与身体的迅速衰弱直接相关。试想，一位一生以读书为乐的学者，突然间被判定不再可能拥有自由阅读的能力，该是多么痛苦的事情！在医院季先生的拒绝听收音机，以及回家后的放弃重新行走，实际都表现出面对无情现实的清醒选择。既然自己终生从事和热爱的学术研究已无法继续进行，生命对于他也就失去了最大意义。

由于中间一个月的香港讲学，加之搬家与办理出国手续的忙碌，到 3 月 7 日赴美前，我只有三次机会与季师见面。一向怕麻烦别人的季先生，因为此次住院请人看护开销太大，竟破例要我代他向系里申请困难补助；并多次表示，他想回北大，甚至可以住在中文系，请学生照顾。在他心目中，北大、中文系就是他的家，是他应该叶落归根之处。

视力衰退以后，季师对旧体诗词的写作表现出前所未有的兴趣。还记得读研究生期间，一位朋友有意编一本当代诗词选，托我征稿于先生。他当时的回答是：不拟发表。原因在于他的导师闻一多与朱自清先生，当年为提倡新诗，将旧体诗视作腐朽文学，虽私下创作，却决不发表。季先生也取法两位导师，写旧诗纯属个人爱好，只作为自娱，不以之面世。这种对导师的尊重与对新文学传统的忠诚，曾给我留下深刻印象。而白内障手术后，季先生竟几次提到想出版其旧体诗集的话头，并请家中聘用的一位略识之无的小保姆，在专门购买的上好宣纸上以大字抄写旧作，供整理之用，其专注与执着令人惊讶。其实，吟诗作赋本是季师的天性所好，虽然可为一时的文学使命感压抑，然而如此写出的终究是真性情的结晶。也许已经意识到生命无多的季先生，希望以这种方式向世人袒露心灵——既然文学史的研究已被迫中止。

不过，我的印象中，季师一直到临终，学者的严谨与认真仍保持不变。最后一次见到先生时，他因多日失眠及体力不支，神志已不很清楚。我来前，他正反复询问家人南京一位学生的名字，他只记得姓张。被告知"大概是张中"时，他说："好像对，但证据不足。"我加以肯定后，他才放心睡去。然而只有片刻工夫，他又似乎觉得有什么不对，突然发问："为什么名字叫'中'？"这一次我们都无法回答了。

这可以作为一个象征。季先生是带着许多没有解决的疑问离开人世的，关于韩愈和孟郊诗中都曾提到的"十二街"确址何在，关于长安到潮州的驿路究竟有几种走法……而让我辈后学感到遗憾的是，季师考究多年的有关韩愈、龚自珍的专著竟因此未能脱稿。我不能设想季先生会改变其学术个性，我只能怨恨命运多舛，留给季师从事研究的时间太少。

愿先生在天之灵得到安息！

1997 年 4 月 17 日于哈佛大学

[初刊 1997 年 6 月 9 日《明报》（美东版）]

从西南联大走出的学者

——《季镇淮文选》前言

　　自 1982 年师从季镇淮先生读研究生后，常聆听教诲；1991 年为选编《来之文录》，曾细读过季师大半文章；且于其病逝后，又辑成《季镇淮先生纪念集》——凭此经历，自认为对季先生的学术生涯已知之甚深，编此集乃是易如反掌。谁知并非如此。

　　季镇淮先生最重要的学术"关节点"，如西南联大时期成为闻一多先生的研究生，复员北上后受聘为清华大学中文系教员，1952 年院系调整后来到北大，出版有

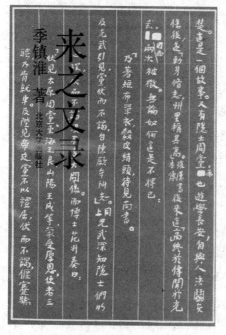

《来之文录》书影

《司马迁》《闻朱年谱》《来之文录》《来之文录续编》等著作，以其学术成就与声望，曾任中国闻一多研究会会长、韩愈研究会名誉会长、中国近代文学学会顾问等，凡此，在学界早已为人熟知。不过，若落实到"学术年表"，需要仔细辨认季先生留下的每一步足迹，作为后学的我，却常因无法填满其间的诸多空白而深觉遗憾。这里固然有"文革"十年的荒废，即使此前的十七年，接连不断的政治运动也应该牵扯了先生很多精力，极大地妨碍了其学术工作。因此，这些不在年表里的内容其实是不可忽略的。

1940 年 1 月，还在大学三年级读书的季先生发表了其第一篇学术论文《〈老子〉文法初探》。此文移用瑞典汉学家高本汉著作《〈左传〉真伪考》的语言比较方法，将《老子》与《论语》《孟子》的文法进行抽样比对，从而得出了"《老子》和《论语》《孟子》是一个文法系统""《老子》这部书，以时间说，应成于战国晚年，不能比《孟子》早；以空间说，应产生于齐鲁，不能出自楚国"的结论。此文以新思路与新论证，支持了梁启超 1922 年提出的"《老子》这部书的著作年代，是在战国之末"（《评胡适之〈中国哲学史大纲〉》）的说法，在当年诸多名家的论争中，贡献了一位年轻学子的意见，无怪其文会赢得系主任、语言学家罗常培先生的格外赞赏。

凭借这一起点甚高的良好势头，在"以最优成绩录取"（闻一多 1941 年 10 月 24 日到清华大学校长梅贻琦信）、成为闻一多先生的研究生后，季先生又曾与导师合作，撰写了《"七十二"》一文。他先完成初稿，闻先生看后，引发兴趣，又同助教何善周讨论，"分途再搜材料"。在这

"一次'集体考据'的实例"中，闻先生自谦"只多说了些闲话，并当了一次钞胥"，却大力肯定"主要的材料和主要的意见，还是镇淮的"，褒扬研究的结果"更足以坐实这问题意义之重大，和镇淮的解释之正确"。此文在《国文月刊》发表时，闻、季、何相次而下的作者排名，也凸显了季先生在其间的分量。

由于家庭负担重，经济压力大，季先生在清华大学文科研究所读书时，除兼做半时助教，也在昆明的五华中学任课。由此获得的新鲜的教学经验以及对中学国文教材的反省，在《教书杂记》中有生动而深入的表述。因该文发表"在很有影响的由西南联大师范学院国文系主办的《国文月刊》上"，且有切身体验，"意见中肯"，据学弟吴宏聪先生日后回忆，当时此文即"引起社会关注"，"绝大部分语文教师认为很有参考价值，于是一传十，十传百，季镇淮的名字不胫而走，有人到处打听季镇淮是何方神圣"（《留在我心中的记忆》）。这一情节也尽可让我们领略季先生当年之意气风发，风头甚健。

当然，过多学业外的操劳，也使得季先生无法集中精力完成学位论文，此诚为一大憾事。不过，从朱自清先生的日记中，我们还是可以得知，这篇拟名为《魏晋以前观人论》的大作，起码已经写出《春秋时代的观人》《战国时代的观人》诸篇；并且，对于第一篇，朱先生也有颇高评价，认为"季文有独到见解与道义之力量"（1943年2月26日日记）。此语自不轻易夸奖学生的朱先生口中说出，应能代表西南联大中文系教师的普遍印象。

而直到1946年秋，来到在北平复校的清华大学任教后，季先生的学术才华才得到了尽情舒泻。此后两年，在为遭暗杀的导师闻一多撰写年谱之余，季先生也在朱自清先生主持的《新生报》"语言与文学"副刊发表了多达十三篇文章。与此同时，他也成为《平明日报》副刊"读书界"器重的作者。这些可称为"学术随笔"或"学术杂文"的精彩论说，以其先前的研究与积累为根基，上自先秦的隐士（《儒道与隐士》《隐士的时命》），中涉唐代的诗人（《陈子昂断想》《贾岛断想》），下及当代的学界（《现实和历史》《书外杂谈之余》），纵横议论，一发而不可收。此外，一篇考证"文"字之意义变迁史的长论《"文"义探原》，也在顾颉刚主编的《文讯月刊》上刊出。

受朱自清先生指派，季先生此时还与研究生同学范宁、王瑶一起，各自领受一部著名学者的重量级学术新著，加以批评。季先生挑战贺昌群的《魏晋清谈思想初论》，即运用了早先练就的字词分析法，从贺先生对阮瞻回答王戎问孔、老宗旨异同的"将无同"一语的误解入手，引王若虚《滹南集·谬误杂辨》之说，论证"'将无'是魏晋人用以表示反问的语气词，不能拆开来把'无'字当为名词解"，从而以小破大，有理有据地解构了贺著在儒家的"中"与道家的"无"之间建立的"儒道乃同归"这样意义重大的联系（《评〈魏晋清谈思想初论〉》）。

引人注目的是，1949年新中国建立后，季先生显然基本放弃了先前的研究方向，而另辟新途。对如此巨大的调整可以有两种理解：拓宽学术领域与寄托不同情怀。就前者而言，1950年代前半期，季先生关注的重点是《史记》，后半期则转向韩愈。1954年完成、次年出版的《司马迁》，

88

以及 1958 年连续发表的《韩愈的基本思想及其矛盾》与《韩愈的"古文"理论和实践》，可视为标志性成果。在这之后，便是个人兴趣和集体项目之间的冲突与调和。季先生对韩愈研究一直不曾放手，1960 年代完成的《韩愈传》，因为"文革"的骤起而未能印行。而 1958 年后，接连加入 1955 级文学专业学生们的《中国文学史》写作、《近代诗选》编注、《人境庐集外诗辑》汇录，以及随后的参与主编与撰写一卷本《中国文学史大纲》与四卷本《中国文学史》，都让季先生投进了大量的时间与精力。而由此开启的近代文学研究，则成为季先生晚年最牵挂的事业。

"文革"结束后，季先生先是出任《中国大百科全书·中国文学》卷的"近代文学"分支主编，再接受了中国社会科学院文学研究所主持的《中国文学通史》十四卷本中《近代文学史》的主编一职，后又应邀以总编辑委员的身份，介入上海书店规划的《中国近代文学大系》的编选。在上列每一大型集体项目中，已经年届六七十岁的季先生都是亲力亲为，身先士卒。他为《中国大百科全书》撰写了十七个词条，有些条目甚至长达七千多字。为酌定《中国近代文学大系》总共十二集三十卷的编纂体例、选目与各集《导言》，季先生以通信的方式，写下了将近两万字的建言，并成为大系《总序》的三名作者之一。与这两项结局完满的工程不同，《近代文学史》不幸半途而废，但责任实在合作者（包括我在内）的拖拉，至于分属季先生执笔的部分，如预定的"晚清文学概说""龚自珍""康有为""梁启超"，以及新增的"前期的王国维""前期的鲁迅"，都已如数交稿。

对于两位恩师闻一多与朱自清，季先生也始终如一地保持着敬意与关切，力所能及地参与各种纪念活动与研究工作。关于二人最早的年谱均出自季先生笔下（后合编为《闻朱年谱》），均是在两位导师离世两年内撰成。"文革"后，他又率先与何善周、范宁等组成《闻一多全集》整理小组，为1993年出版

《闻朱年谱》书影

的十二册本全集做好了前期准备。他主编过《闻一多研究四十年》，为《闻一多集外集》写过序。闻先生殉难周年、三周年、五周年，他分别撰写了《一多先生的精神》《闻一多先生论大学教育》与《回忆闻一多先生》；朱自清先生病逝一个月后，从家乡回来不久的季先生也迅即写出了《黄昏前的大踏步——佩弦先生片断》的深情回忆。即使已经步入晚年，诸如朱先生逝世三十周年、闻先生诞辰九十五周年的纪念研讨会，以及全国首届闻一多研究学术讨论会举办时，季先生都以一名老学生的身份，亲临会场，并提交论文。而其平生所写的最后一篇大文章，即是1994年11月9日定稿的《纪念浠水先师闻一多先生诞辰九十五周

年》。整个写作过程也令人感动。据其子女记述：

> 当时父亲已是八十一岁高龄，他认为参加纪念闻先生的研讨会有义不容辞的责任，全力支持。为撰写文章，他从 9 月就开始收集资料，做准备工作。由于紧张劳累，喘病时发，又因视力不济，他是在佩戴深度眼镜加放大镜的困难条件下，历时两月完成写作的。……大会召开时，父亲由于气力不济，只念了一段讲稿，后由其他同志代为发言。……会后父亲病倒了，经过两个月的医疗修 [休] 养才得恢复。父亲说，他的文章都是用力写的，其实有些则是用命拼来的，这次就是一例。(季和子等《怀念父亲季镇淮》)

如此终身不变的坚持，应该说，已经超越了单纯的师生情义，而代表着对一种学术传统自觉的承继与阐扬。

季先生的研究具有历史与现实交汇的特征，这对于一位专治古代文学的学者来说颇为难得。强烈现实感的注入最初确实直接受到了导师闻一多被国民党特务暗杀的刺激，在随后发表的《汉末的人物批评》《司马昭杀嵇康的年代》《嵇康之死辨闻》《竹林故事的结局》等一组学术杂文中，借古讽今的笔法与鞭挞暴政的用意清晰可见。闻先生由诗人到学者、进而为斗士的生命历程，也为季先生树立了楷模。而这一关切现实的人生追求落实在学术著述中，便成为贯穿其间的情怀与寄托。借用 1948 年写作的《书外杂谈之余（一）》的表述，季先生把"研究的态度"分为"信古""疑古""释古"与"批判"（"议古"）四种。他最赞赏的是"批判"，并引朱自清先生的话，肯定研究者不应"只以解释为满足"，而要进一步"去批判它对人民的价值"。而此一"人民的立场"也为闻一多先生所持有（见季师《闻一多先生与中国传统文学研究》）。因此，"人民性"作为一种终极的价值判断准则，亦同样呈现在季先生所有的著述中。《司马迁》之关于"褒贬尺度的人民性"与"人民性的来源及其局限"的讨论，《韩愈的基本思想及其矛盾》对于韩愈的复古思想"既反映着唐王朝统治者的主观幻想，也反映着广大阶层人民的善良愿望"的论述，正是这一研究态度的具体实践。

　　就学科分类而言，季先生乃是以古代文学研究为本业。不过，自起步阶段始，受闻、朱二位导师的影响，其研究已呈现出对历史文化的浓厚兴趣。他曾概括闻先生的研究"总是自辟道路，直探本源""从根本做起，彻底解决问题，以便进一步创造"（《闻一多先生事略》），《"七十二"》一文即是初试笔墨。而在朱先生"一个字不放松，像汉学家考辨经史子书"（见《纪念佩弦师逝世三十周年》）的治学方式启发下，他也曾搜集金甲文与先秦典籍中的"文"字，写成《"文"义探原》。即使在当时喷涌而出的学术杂文中，这一品格也得到了彰显。1947年5月11日《隐士的时命》于《平明日报》"读书界"发表时，编者特意加按语指称：

　　　　来之先生是一位中国文学的研究者，然读者
　　一看文章，就知道像他这样的中国文学学者是不多的。古代的经籍他读得烂熟，但他并不就以能背唐诗宋词为已足，或以指出一二情调与声韵技术为学问，而是研究文学作品后面的思想。换言之，他的着眼是全盘文化的。

编者对此大为推崇，甚至以为"我们敢于以此文同当今讲中国文学的任何作品相比"（《编余》）。这的确是一个极高的评价。

于是我们可以看到，在季先生的文学研究中，对历史背景与思想内涵的阐释总是成为不可或缺的部分。他早年批评《魏晋清谈思想初论》以"百代之流""当今之变"与"清谈思想"三篇分述，"把它们彼此之间错综关联的全图毁坏了"，"没有把思想的发生和现实环境密切关联起来"，虽自承不免"求全责备"，却正好映现出其努力的方向。上引关于韩愈的论述，即是将韩愈作为一种社会思潮的代表，认为其出现"符合了这一历史时期的现实要求"。其中的结论，如"以韩愈为首的复古主义运动，在贞元时代，它既是唐德宗力求恢复和稳定王朝统治的有效的思想宣传，而在元和时代，它就成为唐宪宗决心削平藩镇的思想基础"，便言之有据，令人信服。而其已经完成的《韩愈传》最终没有付印，也与季先生晚年意欲重写，将韩愈的创作放在唐代文化的阔大背景下来论述有关。试想，从头阅读《全唐文》，对于一位七十岁的老人来说，需要多么大的决心与毅力！之所以如此执着，乃是因为季先生始终坚信，"只要它是文学作品，就是历史，是种特殊形式的历史"（《司马迁的传记文》）；"只要这些历史背景弄清楚了，文学的现象与问题就容易了解了。至于一篇作品的艺术欣赏，也不可能离开历史内容而得到抽象的美的享受"（《略谈文学史研究中的问题》）。

虽然注重历史内容，但论文写作在季先生看来，仍然应该具有文学性。套用清人的说法，就是在"义理"与"考据"之外，还要讲究"辞章"（参见笔者《几代人的事业——季镇淮教授谈文学史》）。最明显的例证是《"文"义探原》，这样一篇纯粹考据性的长文，读来却轻松流畅，绝无此类文字通常所有的艰涩窒碍。原因即在季先生把大量考辨与材料放在了注释中，而只在正文中推进论述。如关于"文学"与"文辞"的区别，他写道："文学是古代传留下来的鉴戒文件，文辞是适应目前需要的应用文件。自然，文辞保存久了也便成了文学。至于文学在种种场合中，代替了文辞的作用，譬如赋诗，却是春秋时代的特有现象。"短短一段话中，原本含有两条注解。而把论文作为文章来经营这一写作风格，在以非专业读者为主要对象的《司马迁》一书中，更得到了自觉贯彻。如此追求，明显得益于朱自清先生的教诲。朱先生本人"对学术性的研究文章也无不注意于文字的表达锤炼"，《经典常谈》的深入浅出、雅俗共赏即是典范；而他为学生"看文章总要注意文字"，这种态度也给季先生留下了深刻印象（见《纪念佩弦师逝世三十周年》），从而在自己的论著中有意追摹。

即使是 1949 年以后逐渐明确的文学史研究目标，也与闻、朱两位先师有关。季先生多次忆述，闻一多先生"在遇害前几个月，表示要写一部唯物史观的中国文学史"（《闻一多先生事略》）；朱自清先生"主张考据批评的概念，显然是为构造中国文学批评史创造条件的"（《回忆朱佩弦自清先生》）。两位导师未竟的事业，也成为季先生最大的心愿。尽管面对的是具体的作家作品或某一时段的文学，季先生的用心指向却是全史的构建。他所采取的步骤、策略也同样取法于闻、朱二师：闻先生研究传统文学，开始于杜甫，"由杜甫研究而扩及到全唐诗的研究；由唐上溯六朝、汉魏，直到古诗的源头《楚辞》《诗经》"（《闻一多先生与中国传统文学研究》）；朱先生研究中国文学批评史，也先"从小处下手，弄清楚每一个批评概念的来龙去脉"（《回忆朱佩弦自清先生》）。因此，在中国文学史研究中，季先生选取了位于首尾与中间部分的先秦两汉、唐代与近代为主攻方向，并分别以司马迁、韩愈与龚自珍这三位具有全局性影响的作家为重点，左右扩展，上下勾连，以求打通整个文学史脉络。虽然受制于各种因素，此宏愿未能最终实现，但其思路仍颇具启示意义。

实际上，小至对于作家的选择，季先生也未尝不与导师先入为主的评鉴暗合。闻一多先生对韩愈有一独特的评价："唐朝的韩愈跟现代的鲁迅都是除了文章以外还要顾及国家民族永久的前途；他们不劝人做好事，而是骂人叫人家不敢做坏事。"季先生认为这个见解"非常正确"（《闻一多先生与中国传统文学研究》）。而他之看重韩愈，固然是因为韩愈"是司马迁以后最大的散文作家"（《韩愈的"古文"理论和实践》），却也在文章之外，与闻先生同样欣赏韩愈的"人格"。即便不完全赞同斗士闻一多斥责陶渊明、谢灵运的闲逸与游乐诗作"多么无心肝，多么该死"，但既然认定"闻先生所持的批评标准（按：即人民的立场）是无可非议的"（《闻一多先生与中国传统文学研究》），在自己的研究中，这些作家于是也不在其观照中。何况，青年时代的季先生已经在《隐士的时命》中犀利地揭露过汉代隐士与统治者之间"暧昧的因缘"：政权稳固之后，"朝廷需要的是装饰品"，"往来朝野之间平正的儒家，独居野处无所谓的道家供应了"这一需求；而如同严子陵与叙旧的汉光武帝同床同眠时的情景一样，"隐士们都想要压着皇帝的大腿的！不过这也无关大体，光武仍得自称曰'朕'，子陵仍然称他'陛下'，主客身份，总算表示得清楚"。如此理解隐士传统，难怪季先生对隐逸诗人提不起兴致。

在我的记忆中，季先生是位温厚长者，不善言辞，但他内心其实非常有激情。闻一多先生遇害后，季先生写信给同时受枪击的闻子立鹤，语气之激越为我从来未曾亲耳听到过：

> 你用身体掩护已被击倒的爸爸——这就是你用血肉来捍卫民主正义。你这一勇敢的行为，是我，以及大多数青年永远的楷模。闻先生不单是你的爸爸，也不单是我的先生，而又是全国青年的导师，和全国人民的代言者。他的血债不单是你和我会记住，全国青年、全国人民都会记得的！
> （闻立鹏《怀念季公》）

而他所选择的司马迁、韩愈与龚自珍，其人其文无不具有一种郁勃之气，恰与闻一多先生的激荡情怀相通。季先生对这三位古代作家的偏爱，以及对闻先生始终如一的崇敬，也应与阅读所带来的快意以及律动的合拍相关。至于其集注于古代散文的治学取向，则可谓有意识地回避了两位导师的研究专长，而另辟新地。自然，这也不能排除季先生对文章写作别有心得。

从对导师的尊重，已足可见出季先生品格中的忠信本色。有件往事亦有助于理解此说：季先生本是 1949 年 1 月即已加入共产党的老党员，但因任民盟领导，身份保密。"文革"中，造反派曾勒令党群分别列队，已经"身份暴露"的季先生先是听从旁人的提醒，站到了党员行列中，很快却又转到群众一边，他的考虑是："不论什么情况，党组织没有正式决定公开我的身份，我就不能以党员身份公开活动。"（倪其心《季师轶事记趣》）如此固执地坚持与守护承诺，也使他对自己的学生以及有益大众的学术工作充满责任感。在北大中文系的老教授中，他应该是参与集体项目最热心并且真正身体力行的一位。尽管这些组织与撰写活动大量挤占了其个人研究的空间，多次的文学史写作也规限了季先生的思考与笔墨，但他仍然无怨无悔地投入其中。毕竟，在他心目中，这样的书写距他向往的构建中国文学全史的理想是更近了。

季先生一生著述不算丰厚，但正如其自言，"文章无论长短，也无论关于古人或今人，在我都是用力作的；每写成一篇，即使只有千把字，也是一次战斗的结果"（《〈来之文录〉后记》）。这样用力写出的学术文章，已经成为今人必须正视的文化遗产。《司马迁》一书经上海人民出版社两版印行了至少十四万五千册后，又竞相由北京出版社、香港中华书局于 2002 年推出新排本,即是明证。而其晚年倾心经营、努力开拓出的近代文学研究领域,在季先生本人可谓为"衰年变法",对于中国文学史学科,则是一份绝大的贡献。以此功绩,季镇淮先生已可声名不朽。

此次编选,编者在校对引文上颇花力气。一些由于当年文字抄写辨认不清或笔误造成的讹错,在整理时为避免烦琐,已径行改正,目的是提供一个尽可能完善的文本。这一点是需要特别说明的。

2010 年 2 月 22 日于京西圆明园花园

(原刊《书城》2010 年 5 月号;
原书由北京大学出版社 2010 年出版)

我眼中的"性灵派"学者

——纪念陈贻焮先生

假如需要借用中国古代文学史上的术语概括我对陈贻焮先生的印象，第一个冒出的现成词语便是"性灵派"。因为在我眼中，陈先生是十足的性情中人。

初识陈贻焮先生是在1978年的9月。对于七七级的学生来说，那是大一第二个学期的开始。文学专业的"中国文学史"应该讲述魏晋至隋唐段，而为我们登台授课的老师正是陈先生。记得那时听课的学生很多，七六、七七两个年级以外，还有号称"回炉班"的"文革"中毕业又重新考回读书的老大学生，总有一百来名学生，把如今已经拆去的第二教学楼一间颇大的阶梯教室挤得满满当当。从学生们所在的高处看去，原可用"身材魁梧"形容的陈先生并不威严吓人，连他那已经谢顶的硕大脑袋也不能让人心生畏惧。倒不完全是由于我辈占据的"地理优势"拉近了师生间的距离，陈先生于言谈笑语、举手投足间自然流露出的"童心"，才是亲近感产生的根本原因。

大学一年级的印象永远是新鲜难忘的。而在我的记忆中，陈贻焮先生已与六朝隋唐文学史合为一体，因此，我也把陈先生当作是这段文学史最合适的主讲人。从"建安七子"到大、小"李杜",这期间诗人辈出,群星灿烂,站在讲台上的陈贻焮先生也如鱼得水,尽展所长,讲得兴会淋漓,更见本色。就是在那时的课堂上,我知道了陈先生喜好吟诗。至今仍然记得,讲解西晋诗人左思的"振衣千仞冈,濯足万里流"(《咏史》其五)两句时,陈先生即兴在黑板上写出其取义左诗的得意之作。最初只打算摘抄片段,却是说来话长,便辗转牵引出全篇。可惜我当时太专注于文学史知识,对那些旁枝摇曳的"插曲"未做记录。不过,陈先生那孩童般纯真的笑容,已先入为主刻印在我的脑海中。

北大的中国文学史课程采用所谓"一条龙"的讲法,即是将历史线索与作品赏析合并讲授,以便学生两相参照,增进理解。这正对陈贻焮先生的路数。以学者的谨严演述文学史,以诗人的悟性解读作品,陈先生可谓两得其妙,游刃有余。翻看当年的笔记,诸如"陶渊明作诗如打太极拳,鲍照作诗如打少林拳""李白诗中常见'大鹏',杜甫诗中喜用'凤凰'",此类锦言妙语,每能予人启示。

当时,文研所与游国恩等先生主编的两套文学史教材尚未重版,不过,课程框架仍沿袭其所厘定的"思想内容"与"艺术特色"二分法。这在今日已觉陈旧的分割,当年却以简便易记,大受教师与学生双方的欢迎。只是,二者之中,陈贻焮先生显然对"艺术特色"情有独钟,心得尤多,笔记中便不免厚此薄彼。即使被他依照当年最高的评价、冠以"人民诗人"之称的杜甫,言其诗歌的思想性,也只列出同情人民、揭露上层、表现爱国热忱与政治洞见三条，远不及论杜诗的艺术性有六项之多来得精彩。如谓杜甫抒情诗语言尤其凝练，举"万里悲秋常作客"一句为例，七个字竟有四五层意思。即"作客"悲，"常作客"愈悲，又逢秋风悲凉之日，更加以"万里"之外，怎能不令敏感的诗人悲从中来，不可断绝？其体贴入微，示我辈学生古诗涵泳门径，则得益处又不止于文学史。

虽然从课堂上已感受到陈贻焮先生的和蔼可亲，但我之得入陈家门，却还在大三第一学期选修过他开设的"三李诗歌研究"课之后。若论对三家的分析，李贺、李商隐原无法与李白对垒，陈先生无疑更倾心于"谪仙人"的风采。而我从此课中最大的收益，是窥见了先生的治学法门。那确是一次有意为之的经验传习演示课。陈先生以其成名作《唐代某些知识分子隐逸求仙的政治目的》（收入《唐诗论丛》）为李白研究的基本文本，并抄录、油印了该文所涉及的相关史料，将写作缘起、资料准备、文章组织、结论产生的过程逐一详细道来，金针度人，对于我们这些尚未进入研究领域的学子，实有指点迷津之效。

课程讲授过半，同学们已陆续交上作业。陈贻焮先生也以其提携后辈的一贯热忱，当堂表扬其间稍可入目者。我的读书报告选择了《谈谈李白的"好神仙"与从政的关系》一题，在陈先生上文所论李白在朝中的表现基础上，又着重补写了入朝前与赐金放还后两部分内容，居然得先生青目相加。作业发下，几乎每页都可看到先生作为赞赏标记在左侧行端画下的钩，甚至一页中会连续出现几个表示特别欣赏的双钩，让我兴奋不已。末页空白处，陈先生还认真地写了如下评语：

对有关问题的材料掌握较全面，理解得较正确。越到后面创见越多，我看了很高兴。文章前半说明你学得好学得活，文章后半说明你有独立进行科研的能力和基础。浓缩前半，更深一步加强后半，便可写成一篇有质量的论文。

落款日期是 1980 年 6 月 26 日，而我的文章完稿于 6 月 15 日，又非立时交出，陈先生应该是以最快速度审读拙文的，这也使我心生感激。不消说，陈先生的大作已为我提供了基本思路，可以借力不少，因而，此文的写成一半应归功于先生本人。况且，这是我第一次涉笔论文，学识的浅陋，行文的稚嫩，自知会贻笑大方。先生的赞誉我只当作鼓励，但其中感性化的词语确令我感动，并对从事学术研究开始具有几分信心。

以此文投石问路，借请教修改意见之机，我也首次造访了位于未名湖北岸镜春园的陈先生家。很快便从先生口中得知，这方宅院原由吴组缃先生全家居住，后吴先生让出东厢房，两家人因此做了多年邻居。到我探访时，吴先生已经落实政策，移居朗润园，而小院的住户格局，自"文革"后也有了很大改变。

我入此院，最先看到的是右墙边的丛竹，正长在陈先生的书房窗前。想象先生伏案写作时，竹影婆娑，推窗送绿，应是十分惬意。不过，入冬后，见识了房间居中站立的火炉，方悟到此居室的狭隘与生活的不便，对陈先生后来追随吴先生乔迁至公寓楼的欣喜，也有了几分理解。

但我还是以为，假如条件改善，四合院于陈先生更相宜。若论与自然亲近，与人亲近，平房小院无疑比不相往来的楼房更具亲和力。院落中，东侧的草木长得格外茂盛，当与先生的好尚有关。冬日里，每见先生的书案上摆放着一盆吐绽芬芳的水仙花，讲起侍弄经验，先生也津津乐道其绝招：白天以湿棉团覆盖水仙根须，将花盆搬到院中晒太阳，晚上再注水，花才能够开得多而久。由此我才知晓，水仙不必雕刻，一样可以开花。

和养水仙的道理一样，陈贻焮先生待人接物，也一本自然。先生很健谈，且客人无论年龄长幼，在他面前都不会无话可说。这甚至让我产生了未必正确的感觉：他很喜欢有客来访。而使我们得益的聊天，对于正在争分夺秒写作《杜甫评传》一类大著作的先生来说，其实是一种干扰。

与陈先生交谈的众多话题中，印象最深的是诗。以下的场面对许多拜访者并不陌生：谈到高兴处，先生会站起身来，从书桌左面的书柜里，捧出几册线装抄本，那是他手录的自家诗集。每册封面上，均有著名学者为之题签。先生也常抄录几首新作，复印多份送给索要者，我也有缘得到过。而且贪心不足，更得寸进尺，1988 年冬，又与平原一起登门开口，请先生亲笔书写诗作，单独赠送。现在仍清楚记得，先生将两页以俊逸的行书写就的诗笺亲自送到我们的陋室，并兴致勃勃地逐首念诵说明所带给我们的感动。如今，先生已归道山，展观元气淋漓的笔墨，仿佛还能见到先生摇头吟哦的情景。其中一纸为抄录旧日所作

103

七绝四首，全篇如下：

春花秋月媚幽姿，淡抹浓妆各自宜。
要识西施清绝处，铅华洗净是冬时。
（冬日西湖）

入冬池馆减芳菲，虎跑崖边拜虎威。
高树鸟争红果落，山泉一路送人归。
（过虎跑泉）

向阳翠柳尚飘丝，岁暮江南摇落迟。
地近苏堤春意早，隔年先发海棠枝。
（仲冬过"翠堤春晓"，见一枝海棠花发）

休嗟岭外即天涯，再宿飞车便到家。
亲制寒衣须暂脱，满城开遍紫荆花。
（羊城寄北）

另笺书写的是《满庭芳》词一阕。录诗的笺纸左上角有些墨污，先生还为此一再道歉，自责老眼昏花，其以诚待人的恳挚令人铭感五内。

在陈贻焮先生看来，研究古典文学的人，会填词作诗是基本功；否则总是隔了一层，古诗的精妙处无法完全体会出来。据此，陈先生屡屡表示，愿意负起指导之责。反而是自己疏懒，辜负了先生的期望。可以勉强寻出的借口

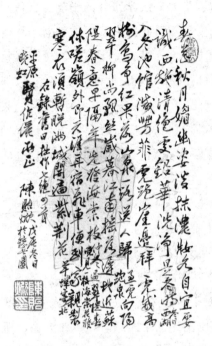

陈贻焮先生书赠诗稿手迹

是，先生从诗到人，均属于"性灵派"。"性灵"讲究的是自然天成，该派大家袁枚即将"诗人"定义为"不失其赤子之心者也"，故非学力所能致。这也是先生为人难以企及之处。

陈先生指导学生，并非一味"掌声鼓励"；入门以后，倒是以"严格管理"而出名。那时，中国女排正打遍天下无敌手，教练袁伟民也以训练从严博得首功。聊天中，先生便常以袁自比，具体措施是要求学生两周交一次读书报告。据陈先生叙述，其写作方式颇近于古人的札记，只需将读书心得随手记录下来即可，并不在意完整性。而此类笔记积累多了，问题与观点自然形成，论文写作也水到渠成。经此法训练出来的两位女弟子葛晓音与张明非，后来果然很有成就。

我虽然未得陈贻焮先生的嫡传，但对其要求之严格也深有感受。研究生阶段，我选修了陈先生的"杜甫研究"课，期末写了篇《杜甫律诗语序问题初探》的作业上交。

题目有些取巧，而当时因受海外汉学研究的影响，自认为方法颇新。这一回，先生显然对我的文章不甚满意，尽管说得比较客气。意见总共两条，肯定的话是："写得很认真，分析得也很细，有自己的心得。"批评的说法是："偶一为之可也，但我认为这路子似乎窄一些，不宜多作。"我体会，陈先生主张治学必须功底扎实，研究生正当打基础时期，故应以厚重的选题为正路。这对我也是个有益的教训。

搬家朗润园之后，陈先生很喜欢在后湖一带散步，也常可看到他在水边与儿童闲话。为写作三卷本《杜甫评传》，先生一目几近失明，因戏言"将一只眼睛献给了杜甫"，可我们都能体味出其中的辛酸。此后，先生只有一本《论诗杂著》出版，这对于通读过《全唐诗》的先生来说，输入与输出未免太不成比例，也令人感慨"英雄老去，机会方来"。"童心不泯"固然是陈先生的天性，但读书、写作艰难，也使先生只好选择了多休息的生活方式。

更糟糕的是，美国讲学归来，陈贻焮先生竟患了脑瘤。一颗勤奋思考的大脑，不得不因此暂停工作。1997 年，我们七七级文学专业的同学毕业十五周年，请各位老师聚餐时，陈先生尚由夫人搀扶，勉力到学校南门外的全聚德相会。次年百年校庆时，原准备分头看望两位老先生的二十多名本班同学，也一齐涌入了陈先生家。不过，不是借助人多势壮，独自一人，我是不忍面对陈先生那永远和善、微笑着的脸。对学者来说，最残酷的事情是剥夺他读书与写作的能力。我于陈先生之病状深有感焉。

106

1990 年秋在张家界，陈平原（右）与陈贻焮先生（左）

如今家里还有一张我为陈先生与平原君拍摄的合影。那是 1990 年秋，我们到张家界游玩。下得山来，正往车站行走，忽听有人召唤，原来是陈贻焮先生。他到湖南参加博士论文答辩后，顺道游山，却与我们擦肩而过……

2001 年 7 月 17 日于京北西三旗

（原刊《博览群书》2001 年第 9 期）

永远的"老师"

——忆念周先慎先生

按照大学里的惯例，对年长的老师称"先生"，比较年轻的称"老师"，即便日后年龄续有增长，学生一方的称呼却多半不变。在这样的师生关系中，周先慎先生也始终不变地成为我们的"周老师"。

初见周先慎老师是在 1979 年 9 月，大学本科二年级的中国文学史课上，周老师为我们七七级文学专业的学生讲授明代文学。那时的周老师四十多岁，显得很年轻，黑发浓密，面容清秀，身材不高而偏瘦，正是我想象中标准的书生形象。当时，周先慎老师只讲

周先慎老师

了半个学期，另外半学期的清代文学史，则由先前教过我们元代文学的周强老师接手。

虽然只有半学期的课，我从周先慎老师那里却学到很多。听课中明显可以感到，周老师对古代小说研究最为擅长。虽然大框架还是采用作家生平、思想内容与艺术特色的三分法，但周老师总能讲出自己别有会心的发现。我最受益的是听周老师分析小说情节。如《三国演义》中的"关羽温酒斩华雄"、《水浒传》中的"林教头风雪山神庙"与"景阳冈武松打虎"等，周老师都能从细微处切入，勘破小说家用笔的心思，让我们体会到蕴含其间的艺术精髓。而一杯热酒的冷却程度如何成为时间的计量单位；林冲杀陆谦时，为何要把杀先前两人所用的枪"搠在地上"，"身边取出那把刀来"；武松并非不怕虎，乃是醉酒上山，诸如此类——周老师讲得酣畅淋漓，我们也听得如饮甘泉，沁入心脾。在我看来，这些分析已然成为文学鉴赏的经典，以至后来讲古代文学史这门基础课时，我也禁不住从周老师那里偷了些招式。

期中作业，周老师也花了心思。为了培养我们的独立分析能力，他特意挑选了一篇没有现成文章可供参考的明代小说《沈小霞相会出师表》，要求我们写一篇小论文。其实，最终我们还是找到了一则赏析文字，在胡士莹选注的《古代白话短篇小说选》中，此篇正好入选。胡老先生不仅对每篇小说做了详细注释，而且篇末也有精要的思想性与艺术性分析。并且，巧的是，恰在我们准备作业的前一月，这本1956年由中国青年出版社初版印行的老书，也在1979年10月重印了。不过，此书在同学中虽有传阅，我自己在写作时，还是认真读了《明史》中的《沈炼传》与《严嵩、严世蕃传》，完成的作业题为《从〈沈小霞相会出师表〉看忠奸斗争的社会基础》。我的想法是，着力考察在史书之外，小说提供了哪些有价值的叙述。因此，分析的重点落在了三个于史无载的小人物身上，希望由此论证忠奸斗争不只是统治阶级内部的冲突，也具有广泛而深厚的社会内容。这篇小文得到了周老师很高的评价，而我则对初窥学术研究的门径大为兴奋。

这次课程中间，还有一事可记。当时，中文系常会邀请一些学术名家来做讲座。我先已听过中国社科院文学研究所古典文学理论组组长侯敏泽先生讲《沧浪诗话》，老实说，相当失望。侯先生口音重，板书草，引经据典，听者不易了解，中间休息时，人走了大半。到四川大学中文系主任杨明照先生前来开讲时，显然是有鉴于侯先生讲座失败的教训，周老师特意在讲座前一天的课上对我们做了一番开导。他希望我们注意礼貌，这还是针对前次讲座中途退场的人太多而发，属于消极设防。而周老师更打动我们的说法是：每个老先生治学的方法不同，有的人是凭才气，有的人是凭功夫。吴组缃先生是有才气的，所以讲起课来很风趣；杨明照先生则是靠功夫，因此治学非常严谨，他对此很敬佩。有些同学不善于听老先生讲课，而要想有更多收获，就得学会听课。不能像下馆子，合口味的就吃，不合口味的就走，这样路子就太窄了。老先生们治学多年，都是很有学问的，只要听进去，总会有所得。这番话既体现了周先慎老师对师长的爱护，也对我们日后如何听讲具有指点迷津的功效。

上课期间，我们也知道了周老师和大多数文学专业的老师出身北大不同，他原本就读四川大学，所以，杨明照先生也是他的老师。后来更进一步得知，由于北大1955级学制延长，由四年改为五年，1959年没有毕业生。因应教学需要，周先慎老师和侯忠义老师于是分别从川大与吉大进了北大。而我们当时不知道的是，周老师也是第一次教授中国文学史课程，此前他一直在讲写作课。可以想见，周老师是抱着多么高的热忱与激情精心准备新课。他将教习写作课所积累的细读经验移用于古代文学作品分析，倾囊相授给我们，这是我们的幸运。

研究生阶段，我又有机会选修周老师开设的"《聊斋志异》研究"专题课。记得1982年9月初第一次上课时，周老师列出了一个系统、完整的教学大纲。不过，由于每个题目都有充分的积累与准备，最终，周老师未能按计划全部讲完。即便如此，我听这门课照样大有收益。

这次的期中作业题目看似简单，分析一则《聊斋志异》的异文，但其间已有版本学的考量。周老师讲课时，已经细致清理了《聊斋志异》的版本系统，我们即是在此基础上，以实例展开分析。我的作业是就《素秋》中的一处异文进行比较，肯定了手抄本、周村抄本与青柯亭刻本述素秋出嫁时多出的两句——"但讨一老大婢，供给使而已"，其文字优于铸雪斋抄本。因从情节发展看，此婢实为不可或缺的人物；而以人物形象的塑造论，讨要此婢又体现了素秋的精明与远识。经由此项训练，我真切地认识到，辨析文献版本与文字出入实为学术研究的基本功，不可忽略。而周老师在布置作业中，显然已怀藏引导我们治学之路的深心。

期末论文我提交的是关于《香玉》的人物分析，仿佛最初的题目拟为《情与情之不同》。周先慎老师对此文相当满意，在他日后主编《〈聊斋志异〉欣赏》一书时，也特意嘱咐我稍加修订，编入其中，并以副题作正题，酌定为《谈谈〈香玉〉的人物描写》。而拙文得以跻身集中，与吴组缃、赵齐平、周强、沈天佑、周先慎、侯忠义、马振方等众多老师并列，在我也深感荣幸。其实，我必须承认，此文的写作路数，完全得益于周先慎老师的教诲。关注小说中黄生、香玉与绛雪三个至情人，由于各自性格以及人物关系的不同而显示出的同中之异，这一思路即是模仿周老师的小说细节分析方法而来。甚至在行文的语气上，我也力求向周老师靠拢。尽管学得未必像，我却切实领会到细读的魅力。

研究生毕业后留校，我得以进入古代文学教研室，与周先慎老师有了更多相处的机会，也每常感受到周老师对我的关照。将《香玉》一文收编入集，即为显例。我招收的韩国研究生朴明真，后来跟随周老师读博士，经过周老师的悉心指教，最终获得了回国在大学执教的资格。我的学生李彦东2004年博士论文答辩时，请周老师参加。周老师此时已年近七十，身体也不好，完全可以拒绝我的请求。并且，此时他已搬离校园附近，住得很远。但他仍然爽快地答应下来，在炎热的夏天按时赶到系里，认真、专注地参与了答辩的全过程。

而最让我感动的是周老师待人的诚恳。我的大学日记中记录过一件事：1980年6月，在林庚先生的"楚辞"课上，周老师也来听讲，正好坐在我旁边。虽然这学期他已不再给我们上课，但还是非常关心我们的学习。比如看我记笔记，即提醒我一侧应留白，以便批注；又称赞林庚先生等上一辈学者都有过创作经历，深尝其中甘苦，分析作品感受更深切，他们这代学者无法相比。我当时的感受是："不仅周先慎老师，北大的许多老师都是这样谆谆善诱，对学生的确做到推赤心于他人腹中，令人感动。"

而无论是读书期间还是留校以后，每次拜访周老师，他必定一层层送下楼来，而绝不接受我们在家门口止步的请求。每有新作，周老师也一定端端正正地签字赠送，且均为"匡谬""指正"一类我们承受不起的敬语。他的博士生郭蓁与詹颂毕业时，我参加了论文评议与答辩，周老师也非常尊重我这个老学生的意见。尤其因为我曾经一度热心阅读与编注过历代女性诗歌，周老师便一再叮嘱郭蓁要多向我请教。

周老师又是非常正直且不乏勇气的长者。在风潮多变之际，他却不为所动，执守士的节操，爱护学生，同时也自尊自爱。前几年，个人应有的福利一时取消，尽管大家心里都有不满，周老师却最先站出来发声。在给全系老师的信中，周先慎老师直言，针对党政干部的反腐不应损害普通老师的正当权益。他非常怀念此前每年全系的新年聚餐，离退休老师能够和在岗老师团聚，其乐融融。因而此一传统的中断，让他不能接受。正是由于周老师的据理力争，中文系才又恢复了新年团拜，只是仅限于离退休老师，仍然无法满足周老师的期望。

我了解周老师的心事。他虽然 1999 年开始退休生活，却始终不曾远离北大，不曾远离学生。在我们班同学集体编写的《文学七七级的北大岁月》中，也收录了周老师的一篇文章，题目就叫《难忘最是师生情》，周老师在结尾处深情地写道：

> 我曾经在一篇文章里说过，在北大当老师是幸福的；有幸给文学七七级的同学们上课，同他们结下师生缘，并成为朋友，是更大的幸福。今天，就在我写这篇文章的时候，心里依然充溢着一种幸福感。

因此，学生的每一点成绩，都会在周老师那里得到热烈的回响。我就亲耳听周老师说过，他在长途旅游车上看到我的同学王小平编剧的影视作品放映时，当即自豪地宣布："王小平是我的学生。"引来一车人羡慕的眼光。而以学生为荣，恰是一位热爱教育事业的老师最本真的情感流露。

尽管退休多年，周老师却始终关心中文系，渴望有机会为他工作了一生的系里再做点事情。陈平原 2008 年出任系主任时，周老师见到我就说："平原做系主任，打破了中文系的纪录。"我还以为这是表扬，赶快辞谢。周老师却说："我指的是中文系主任历来都是党员，平原是在这个职位上唯一的非党员。"我这才恍然大悟。而陈平原在任期间，曾组织系里老师编写过《筒子楼的故事》与《鲤鱼洲纪事》两本书，有意借此保留一点系史资料。周老师每次都热心参与，提供文稿；开座谈会时，也兴致勃勃地积极发言。

周老师对北大也有发自内心的眷恋与喜爱。2012年岁末，我们曾经收到他发来的自制音像作品《燕园之秋》，周老师在信里直截了当地说，"你和平原要是都喜欢，我非常高兴"。看得出来，这是周老师钟爱的得意之作。我们立刻观赏了，并且告诉周老师，我们真的"很喜欢，取景及配乐都很棒"。借助周老师的镜头，我们看到了自己从未领略过的燕园美景，我于是真心地感叹："在您的镜头中，燕园居然这么美！我们一向脚步匆匆，确实辜负了这片绚烂的秋色。谢谢您让我们分享您的发现。"当然，我们也留意到镜头中永远的主角——钟必琴老师，透过这些五色斑斓的画面，周老师对夫人的深情分明可见。

除了《燕园之秋》，周老师还传来过其他音乐相册，戏言要"讨你们的喜欢"。而摄影正是周老师退休后发展出的新爱好。按说，以周老师心脏不好的身体状况，并不适宜携带照相设备四处奔波。因此只能说，对寻找与发现美的强烈冲动，使周老师忘却病痛，执着于以镜头留住美的瞬间。

当然，周老师的本业还是中国古代文学研究，尤以小说为重。退休以后，他也一直在这块园地里耕耘，乐此不疲。除去文学史与作品选，在周老师签赠的诸种大作中，我最先得到的是《古典小说鉴赏》（北京大学出版社1992年版），当初从周老师受教时听得如痴如醉的作品赏析，其精华多已纳入。而最后收到的则是2015年由上海三联书店出版、编入"北大课堂"系列的《周先慎细说聊斋》，虽然其中的三十八篇文章很多已先在《文史知识》上见到，但集合成书，且配上清代的插画，仍觉赏心悦目。我更在意的是《后记》中透露出的周老师的心愿：

> 只要身体条件许可，我将继续一篇一篇地细
> 说下去，……我已经年届八旬，如果天假我以年，
> 细说《聊斋志异》将写出四集，每集三十多至四
> 十篇，略近于《聊斋志异》全书的三分之一，而
> 基本上囊括了《聊斋志异》中最精粹的作品。要
> 是这一心愿能够实现，那么之后，如果真像民间
> 俗语所说的"歪歪墙不倒"，虽然带病，也还活得
> "好好的"，那就开始继续写作《细说红楼》。

我理解，正是因为周老师还有心愿未了，他才甘冒风险，
充满希望地选择了有可能提升生存品质的心脏手术。

而去年 6 月 7 日在美兆体检中心与周老师夫妇的偶遇，
也从此定格在我的记忆中。

2018 年 12 月 12 日于京西圆明园花园完稿，
2019 年 2 月 16 日修改

（初刊《书城》2019 年 2 月号；
修订稿收入《周先慎先生纪念文
集》，国家图书馆出版社 2019 年版）

"本家"夏志清先生

　　读夏志清先生的《中国现代小说史》很早，而且记得看到的就是 1979 年 9 月台湾传记文学出版社的初版，黄色封面，大开本（相对于内地当时流行的小三十二开本而言）。此书来自何处已记不清，按说北大图书馆的购书速度不会如此迅速，现在想来，应是乐黛云老师以私人藏书出借。当时我们是大学二年级学生，正在上"现代文学史"课，读书和听讲恰好可以对照进行。印象很深的是，书中有一些我们的文学史课程中不会讲到的作家，如现在已如日中天的张爱玲与钱锺书。而且，我们的课上虽然也讲到吴组缃先生的作品，但那多半是因为吴先生也在中文系任教，是我们老师的老师，介绍他早年的创作，实在带有致敬的意味。而看了夏先生对吴先生小说的解读，还是会发现不一样的观察点，我们课堂上肯定的，在夏先生那里可能正是批评。这种对比很有趣，也打开了我们的眼界。

　　见到夏先生本人则是将近二十年后，即 1997 年 3 月。那年由王德威教授安排，我和陈平原一起到哥伦比亚大学访学，在纽约逗留了四个多月。查了日记，和夏先生初次见面是在抵达后的第三天，由德威兄做东，一起吃午饭。

1997年3月在哥大与夏志清（左一）、王德威（右一）合影

和夏先生交谈很轻松，完全意识不到其中的辈分与背景差异。我们的感觉一如夏先生日后信中所自言："很多不认识我的人，觉得我一定非常 Serious，不易接近，想不到我是个如此风趣、爱说笑话的人。以前身体好，更爱胡说八道，现在收敛得多了。"（1997年11月5日信）

当时我们寄寓在119街哥大的旅舍，夏先生住居113街，中间只隔六个街区，算是很近了。不过，轻易不敢打扰，以此，"登堂入室"还是在我们即将离开美国的前三天。夏先生在一家江浙菜馆为我们钱行，饭后即到夏府聊天。那天打扰夏先生很久，晚上10点才告辞。而无论在哪个餐馆，因夏先生小费付得多，每次都是百分之二十，所以每到一处，总是宾至如归，很受侍应生们的欢迎。

除了蹭夏先生的饭，我们对夏先生也算小有贡献。因

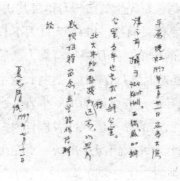

夏志清题照

为当时哥大设有"夏志清纪念讲座"——我想，这是德威兄的功劳——3月31日，原先所请的主讲嘉宾突然生病，早上德威兄打来电话，邀我们客串，我们即匆忙准备上阵。午后4点开讲，平原的题目是"中国小说诸面相"，我讲"晚清对经典的重新诠释问题"。夏先生神采奕奕，全程参与，且准备了相机。他为平原拍的一张演讲照片我们非常喜欢，后来作为平原的最佳讲课留影，曾经在好几年里不断提供给各方，直至原照丢失。当晚，夏先生很高兴地在他常去的一家越南餐馆请客，如此看来，我们的救场效果似乎尚可。

7月11日离开纽约前的送别宴上，夏先生特意将七帧讲座照片洗印后馈赠。在其中一张合影背面又加题识：

> 平原晓虹1997年三月卅一日在哥大演讲之前，摄于420 Kent Hall，王德威的办公室，当年也是我的办公室。
> 北大来的二教授即将返京，以照片数帧相赠留念，并望能保持联络。

受到如此郑重的款待，可以想见我们当时内心的感动。

回到北京后，曾给夏先生去信。夏先生至少回复过三次，虽患有青光眼与心脏病，夏先生的信却写得极其认真。最短的两封都是竖行小字，两页满幅。1997年11月5日的第一封信，更是两张哥大的信纸，正反两面写满，最后还说"纸满不尽言"，可见夏先生待人的热忱。这封长信主体部分是谈《中国古典小说导论》在大陆的出版事宜。当时平原拟将安徽文艺出版社已出的译本请原译者修订后，加上三篇近代小说专论，推荐给北大出版社出版。夏先生对此颇感兴趣，故信中有详细的交代与讨论。

对于我来说，最感亲切的其实是下面这几句话：

> 谢谢附来的照片，我也寄二位两帧。照片上称您们为"弟妹"，想不会见怪。以前大陆来的教授，感觉上总有些距离，只有你俩平易近人，而且所写文章一无党气，最为可贵。晓虹同我想原是本家，如蒙不弃，以后信札往来，真可兄弟、兄妹相称也。

在夏先生，这番话是谦和待下，提携后进；而本人愚执，竟认了真，回信时便放肆地以"志清兄"开头。夏先生不以为忤，复函径直呼"平原晓虹弟妹如晤"，且对我们信赖有加。《中国古典小说导论》的修订也委托我们全权处理："弟妹如有暇把安徽版阅读一遍，发现有文字不妥、不顺处，即可加以改动，不必征求译者或作者之同意也。"（1998年3月11日信）但事后平原责怪我的造次，自己想想也觉得如此称呼实在不妥，便再不敢僭越。

猜度起来，夏先生对我俩的厚爱，可能多少也与他的北大经历有关。证明就是在两封信中，夏先生都提到了1946—1947年他在北大当助教一年。以此因缘，夏先生对"能在北大出书，更感到光荣"（1997年11月5日信）。为迎接北大百年校庆，1997年，我们提前编成《北大旧事》一书，平原也在集中撰写《老北大的故事》，凡此，在给夏先生的信中均有提及。夏先生回信追述了半个世纪前的往事，"我在北大那年（1946—1947），先兄济安也赶写了一篇英文论文谈华兹华斯的一首诗，后在五十周年纪念文集内刊出。我只是助教，当然不写文章"。不过，这个缺憾现在有望得到弥补了——"想不到五十年后同弟妹建立了友谊，并将由北大为我出书"（1998年3月11日信）。只是，夏先生要为《中国古典小说导论》写的《新序》迟迟未能动笔，北大的出书计划因此搁浅。与北大的缘分未能再续，我们至今仍为夏先生感到遗憾。

而夏先生之所以无法腾出时间完成这篇他相当看重的《新序》，乃是因为当时他正在全力以赴地整理《张爱玲给我的信件》。这批被他珍藏的书信前后历时三十年，共计一百一十八封，加注后，自1997年4月开始在台湾的《联合文学》连载。夏先生坦承，"我一心不能两用，待《信件》刊毕后，再写新序不迟"（1998年3月11日信）。殊不料，这些书信的编注对于一位身体状况不佳的老人，实无异于一桩浩大工程，《联合文学》的刊载断断续续，竟延至2013年2月方才结束。因此，尽管设想"北大出版社没有何月出书的 deadline 也"，但夏先生"待我把《张……信件》编完后，再致力于《古典小说》之出版事宜"（1998年6月12日信）的愿景，终于无望。

熟悉的人都知道，夏先生以爱护女生、怜香惜玉著称。关照晚年张爱玲正是最有名的一例。为此，夏先生有时也会被人利用，甚至不免吃苦头，但他心甘情愿，无怨无悔。我虽不是香、玉，但居然敢于使用上述不恭的称谓，日后想来，也未尝不是凭恃着夏先生这一人性优点。应该也是看中夏先生对女孩子的有求必应，当年在哥大时，即听到德威兄的几位女弟子刘剑梅、Ann Huss（何素楠）谋划组队参加美国亚洲年会。其中的一个亮点，正是邀请夏先生做 Panel 的主持人。不知后来此计划是否成功，想来若非身体原因，夏先生应当是乐意玉成的。

在此之后，还和夏先生聚过几回。最后一次见面是2011 年，我和平原到哈佛参加辛亥革命一百年的相关研讨会，回程经过纽约，停留数日。事先也特意写信告知了夏师母，于是又叨扰夏先生请客。

11 月 7 日那天，我们先到哥大故地重游，一位北大交流生一路陪同。傍晚 5 点半，她准时把我们送到了夏先生居住的公寓楼。当那位学生得知我们要拜访夏先生时，口气及眼神中满是羡慕，以至我一度犹疑是否应该带她进去"朝圣"。直到按响门铃，夏师母下楼来接，我回身看去，那位学生还恋恋不舍地站在小马路的对面凝望。我了解，夏先生在大陆学界是个神话，能够走入这处仙境的人有福了。

夏先生的客厅中仍是满满两墙书，只是沙发对面的书柜上，多了一幅马英九于年初夏先生九十大寿时赠送的"绩学雅范"手书贺词。夏先生也仍是神采奕奕，谈兴甚浓。而从夏师母的叙述中，我们才了解到，两年前，夏先生曾经大病一场，甚至有半年时间要靠插入颈部的通气管呼吸。能够恢复到如今的谈笑风生，夏师母绝对是第一功臣。我们深知见面不易，自然不会放过拍照的机会。而且，极为难得的是，照片中的夏先生表情丰富，这也成为我们此次美国之行最珍贵的留念。

夏先生一如既往地率真，快乐和愤怒都写在脸上。讲起某教授将其赠送的签名本丢弃，被人拾宝，拿来请他再题字，夏先生一再要我们评判，这位教授是不是很过分？夏先生的想法是，我送书给你，是对你的尊重；你不需要此书，可以还给我，丢掉就是对我的轻蔑。何况我的年龄远长于你，在学界也是前辈，你对我应有起码的尊敬。夏先生对这件事看得很重，可见在他意识深处，中国传统文化的某些价值观并未因久居美国而泯灭或改变。何况，其中也包含了对夏先生自尊心的伤害，特别是由于夏先生一向自负，受伤感就来得更强烈。

到了外出就餐的时候，夏先生毕竟年事已高，行动不便。我们看到师母很熟练地推出轮椅，安顿夏先生坐好，才带我们下楼，缓缓往哥大小馆走去。送夏先生与师母回来时，我们也一如傍晚的那位学生，痴痴地看着他们进入亮起灯的大门，挥手道别，不舍得离去。

曾有老友概括，夏先生一生多亏了"三王"。其中哥伦比亚大学东亚系教授王际真，实为发现夏先生的伯乐。当年由于主事者狄百瑞（Wm. Theodore de Bary）反对，王教授宁肯自己降半薪，也要分出一半钱聘请夏先生来哥大任教。虽然夏先生当初并未接受这个非正式职位，王际真的工资也未能复原，但最终，夏先生还是被哥大礼聘，这也成为一个令人神往的传奇。夏师母王洞则可谓夏先生的守护神，如果没有她的精心照料，很难想象夏先生能从那场重病中神奇康复，并得享九十二岁高寿。而受到夏先生赏识、成为其衣钵传人的王德威，更是夏先生晚年快乐的源泉，他不断组织各种活动，使爱热闹的夏先生一直不曾被学界冷落。有此"三王"，夏先生的生命才活得如此精彩。

夏先生的研究领域很宽，古今中外通吃。而且，无论《中国古典小说导论》还是《中国现代小说史》，都是众望所归的名著。我很幸运，在个人最关注的梁启超这个人物上，也能够和夏先生有交集。只是，1980年代我在写作《觉世与传世——梁启超的文学道路》时，尚无缘看到夏先生的《人的文学》，而收入《新小说的提倡者：严复与梁启超》一文的《台湾·香港·海外学者论中国近代小说》一书，也迟至1991年方才出版。因此，当年沾沾自喜、以为颇具新意的一些论点，后来读到夏先生此文，不免感到失落。尽管夏先生没有我看到的史料那么齐全，他主要依据阿英所编《晚清文学丛钞》中的"小说戏曲研究卷"与四卷小说集立论，但凭着天赋聪明（我们总可以听到夏先生自我表扬"我太聪明了"），夏先生的论说已尽多洞见。诸如梁启超《译印政治小说序》中所指称的欧洲"魁儒硕学，仁人志士"撰著小说，"他心目中的首要人物必为李顿与迪斯雷利，也许还包括伏尔泰与卢梭"；"新小说"的创作受到了日本政治小说的强大影响；末广铁肠的《雪中梅》开头所采用的庆祝日本国会成立一百五十周年纪念日的政治预言，也对梁启超《新中国未来记》"楔子"中描述的中国维新五十年大祝典有示范意义；凡此，夏先生均已先我而言。

重读此文，我对夏先生的学问与识见只有敬佩。

2015 年 4 月 25 日初稿，

5 月 12 日修订于京西圆明园花园

（原刊《书城》2015 年 7 月号）

带回中国的记忆

——追思中岛碧先生

有些事情已过去许久，却清晰如昨日……

一

1992 年 10 月，我第一次到日本访学，为期二十天。按照预定的计划，在东京停留十二天后，我即转赴关西。因沿途游览，20 日晚上 6 点多才到达京大会馆。7 时，中岛碧先生准时来到我的房间。尽管上一月，中岛碧先生与赵园、平原同赴湘西，往来北京，我们刚刚分手；但人在他乡，感觉格外敏锐，我对中岛先生不仅守时，且提前抵达约会地点的习惯，也是从此留下深刻的印象。认真严谨，细致周到，则是我从中读出的她的为人风格。

当晚，中岛碧先生在问过我的愿望后，即带我到一家和食餐馆，品尝的是堪称日本佳肴之最的生鱼片，外加极富特色的"天妇罗"。与我一起受到邀请的还有正在京都大学读书的滨田麻矢与来自香港的梁敏儿，她们陪我从奈良一路游观，奔波了一整天。

席间，性情直率、活泼的梁敏儿说起，她在市场上看到松茸时，曾多次拿起闻香味，最终还是恋恋不舍地放回原处，因为那昂贵的价格不是一个穷学生所能承受的。中岛碧先生笑了，说，以后会请她们到家中来喝松茸汤。当时觉得，中岛先生脸上的笑容满是慈爱，那是只有做母亲的人才会拥有的表情。

我的好游成性，经过平原君《〈诗界十记〉序》中有关圈点旅游手册的一番点染，在朋友中已颇有口碑。中岛碧先生也很明了我作为外国游客的心理，于是仔细告知，21日正好有一月一次的东寺庙会，22日则恰逢一年一度的"时代祭"游行。我的活动安排因此得以适时调整，京都四日便顿有精华荟萃之感。

也是在这次旅行中，意外地发现，京都大学文学部的女厕所不在主体建筑内，分明是后来建造的。快人快语的梁敏儿因此告诉我："中岛碧先生读书的年代，京大的女生极少，也根本没有女厕所。可想而知，中岛先生的意志力有多强。"我不知道事实是否如此，以后也不好意思向中岛碧先生当面求证，但由此概括得出的结论，我倒是深有同感。

23日下午，中岛碧先生又与大平桂一君一起陪我参观清水寺。出租车在不断的红绿灯控制下，行走缓慢。经我提议，临近游览地时，我们终于弃车步行。此行留下的纪念物是一块绘马，上面画了三只猴子，分别做出不听、不看、不说的动作。那是中岛碧先生送的，直到此时，它仍然挂在我们的书柜上。知道平原的偏好，出了寺门，细心的中岛先生又在附近的店铺里买了四袋色彩绚丽的京都咸

127

菜。这让平原和我回味了许久。

当晚，我与"飙风社"的同人第一次见面。那个有着幽深的甬道和古朴的石灯笼的餐馆，韵味十足。作为"飙风社"领袖的荒井健先生言辞不多，倒是才气横溢的中岛长文先生时时语出惊人。看得出来，中岛夫妇是该社真正的灵魂。感染到这个团体中的成员，便是无论年长年轻，多半率性而行，与公认的日本学者"谦恭"的形象颇有距离。

当晚，我与中岛夫妇一起去宇治市他们的家中住宿。我很清楚，在日本，请朋友到家里吃饭，已经是相当高的待客规格，何况是留宿。平原先已享受过这一礼遇，所以，我虽是初次入室，却也并不拘束。捷足先登的平原对中岛先生家中的书库赞不绝口，早使我倾心不已。步其后尘，亲身一探宝藏，不消说，自是我追随前来的最大心愿。

感觉得出来，中岛碧先生带我参观书库时，也很有一份自豪感。谓之"书库"，是因为这间藏书室采用了当时在中国尚属罕见的可在轨道上手摇移动的密集书架。对于住房面积狭小而又有购书癖好的我辈，这种先进设施极令人歆羡。

中岛碧先生对书的痴迷，在北京期间我已有所领教。临来前，平原与我介绍她买了一套北大图书馆多余的《燕京学报》，本来担心暴露她的外宾身份，馆方会提价，但得书的欣喜，还是使中岛碧先生忘记了我们的告诫，临出门时，她一再向图书馆员鞠躬致谢。现在轮到她为我导游自家书库，每一本书在她讲来，便都有一段值得回忆的入藏故事。

中岛夫妇属于那种贯通古今、在古代与现代领域均有建树的中国学研究者，这在以分工精细著称的日本学界十分少见。而其功底之深厚，从藏书之丰富已可窥知。单是一套大十六开、总共八册的《宋元方志丛刊》，因重复购买而由中岛碧先生在北京转赠于我们，则其藏书范围之广已不难体悟。我猜想，这份家当足够他们应付日常研究工作的需要了。后来又听说，正是为了拥有这样一个书库，中岛夫妇才决定自己设计、买地建房。

那一夜，睡在温暖、洁净的榻榻米上，还在想，中岛碧先生是如何兼顾学问与家务两者，而能做得同样出色呢？

二

1993—1994 年，我和平原又有机会来东瀛访学。并且，这一次是二人同行，时间也较长。单是京都，从 5 月到 7 月，我们便逗留了两个半月。和中岛碧先生的往来增多，则是此行的一大收获。

其时，中岛碧先生已转至京都产业大学任教。1994 年的 6 月 29 日，经过她的安排，平原曾去该校做过一次演讲。与历次讲演不同，由于中岛先生的特别用心，事后，根据录音整理，这次演说的内容以《武侠小说中的"剑"》为题，发表在《京都产业大学论集》26 卷第 3 号上。文末注释交代此文的缘起，有这样几句话："儿玉充代先从磁带打字，然后经陈平原、中岛碧两位教授的校正而付印。"虽然说得平淡，我们却知道，中岛碧先生为此次讲演的成文花费了多少心思。

与中岛碧先生（右）在万福寺

这是平原的学术讲演第一次完整且口气真切地记录下来。尽管大体思路来自他的《千古文人侠客梦》第五章《仗剑行侠》，但口语稿的临场发挥别具一格，仍使他对此文格外珍爱。日后编辑《文学史的形成与建构》一书时，他又将其郑重收入。如今，讲座类图书已成中国出版界的新宠，而由于中岛碧先生的关照，平原无意中倒先行了一步。

我们这次访问京都，是由平田昌司先生出面邀请和负责接待的，为此，由平田先生主持和担任翻译。平原在京都大学的会馆也做过四次学术报告，参加者以京大文学部的师生为主，也有不少来自关西各大学的学者。可以想见，由于题目和研究方向的不同，听讲者会有交替。但不管晴雨，每一次演讲会，中岛碧先生必定到场，我们已习惯她作为平田先生之外的第二主人的身份。

平田昌司先生约请我们去宇治，游览建于 11 世纪的日本国宝级建筑平等院凤凰堂，欣赏由明末福建临济宗禅师隐元开山的万福寺内著名的普茶料理，均有中岛碧先生陪同始终。看着我们开心地游赏、品味，中岛先生在若有所思中，似乎也很欣慰。

这一回西京之游，我们再次受到了登门做客的隆重招待。自觉已初具在日本旅行的经验，于是谢绝了中岛碧先生专程接送的建议，我们按照她详尽的电话指示，未经问路，便由火车转汽车，顺利地寻到了其在宇治御藏山的家。

那一年的夏天，日本出奇地热。虽然是 7 月初，坐在中岛先生的家里，不停地吹着电扇，我们还是汗出不止。中岛碧先生却不嫌麻烦，准备了丰盛的饭菜。而且，我后

1994 年 7 月中岛碧先生（右）陪同拜访岛田虔次教授（左）

来一再发现，每次去其家中做客，她总能拿出一些珍奇的异味让我们大快朵颐。这次，我们尝到的是一种不知其名的小鱼做的鱼片，据说只有这个季节，在关西才能吃到。

这顿午餐吃了很长时间，从我们入门不久，持续到下午4点多钟。借着清酒的催发，中岛长文先生的谈锋更健，作为客人的我们听到如此多的妙语，感觉十分惬意。中岛碧先生也不时参与谈话，但我更多地记得的，是她不断往返于厨房与餐桌之间的身影，这又让我们很觉不安。

交谈中的一个细节，至今印象很深。中岛夫妇送我们《飙风》杂志时，一向讲究图书装帧的平原最先称赞的是封面纸质感极好，因为他正在为《学人》银灰色的书衣过于单调而思谋改进。中岛夫妇很得意，原来那也是他们用心之处。中岛碧先生还立刻介绍，他们是在哪里买到这种纸，并当场计算价格，确实不算贵。如果《学人》需要，她表示愿意帮忙。虽然这一做法因不符合中国出版业的规矩，日后未能实现，但中岛夫妇对书籍整体设计的品位之高，以及乐于和朋友分享"独得之秘"的慷慨，还是在我们心中留下敬意。

当我们终于离开餐桌后，中岛碧先生又不顾疲劳，满足了我们希望拜会京都大学名誉教授岛田虔次先生的愿望。岛田先生是日本研究中国思想史的著名学者，为人和善可亲，曾来京都参加过平原的演讲会，进行过深入讨论。他也住在这一带。

在岛田虔次先生的书房里，他向我们出示了由其精心保存的剪报，让我们看到了日本老一辈汉学家对中国深入骨髓的关切。临走前，岛田先生还签名赠送了由他校注的宫崎滔天所作《三十三年の梦》，这是一部中国近代革命史上的名著。日文原本出版的第二年，1903 年，便有章士钊与金一（松岑）两种中译本行世，前者意译为《孙逸仙》，后者题名《三十三年落花梦》。如今岛田先生已经仙去，而经由中岛碧先生的接引，我们才得以拥有这一份永久的忆念。

到了应该归国的日子，我们又在为如何带走众多的书籍和资料而发愁。细心的中岛碧先生又一次及时地帮助我们，送来了好几个结实的纸箱，那是她转移到京都产业大学时，搬运大批参考书留下的。她担心一般的纸箱厚度不够，书籍受损，便坚持由她负责准备。当中岛碧先生独自提着一大包平展开的纸箱，汗水涔涔地来到我们的房间门口时，我们的感动已不是道谢所能表达。

三

1999 年春，我再次重游日本。这次的任务是在东京大学讲学两年。从北京出发前，中岛碧先生正好又来中国。我因母亲住院，须常往陪护，没有机会与她见面，而是由平原带回了中岛先生的口信以及她在京都新居的地址与电话，嘱我到达后与她联系。那时，我完全没有想到，日后我会和她住在同一座城市，有更多的机会相遇。

5 月底的一个星期五，12 点下课后，我尽快赶到了中文研究室，中岛碧先生已在等候。她这次到东京，是为了参加尾崎文昭教授在东大东洋文化研究所主持的"90 年代中国文化"研讨班的例会。而我感觉，来看望我也是此行计划中的一个目的。中岛先生总是用这种默默无言的方式，表达她对别人的关心。

我们在弥生美术馆附设的餐厅中用过饭，接受了我的提议，中岛碧先生又转到隔壁我的寄宿处，我们继续喝茶聊天。我给她看刚刚拿到的《触摸历史——五四人物与现代中国》的样书。3 月间，平原带学生重走五四游行路线的那天，终点便是到距火烧赵家楼的现场并不很远的北京国际饭店，拜访中岛碧先生。她当时对平原的讲述很感兴趣。

后来，在东大中国思想文化研究室兼课的一桥大学教授坂元弘子也来到我的陋室。因为已连续租用了十七八年，这套公寓房确实显得十分破旧，其时，我正通过中文研究室的助手，与房产公司交涉维修事。坂元最先对此提出批评，中岛碧先生也打破了听多说少的局面，开始详细地提供各种改善屋内设施的方案与数据。

谈天中，坂元脱口而出地提到，中岛碧先生正在考虑到日本大学任教一事。而中岛先生马上否认，令坂元以为她改变了主意。这是我第一次听到中岛碧先生要来东京工作的消息，我不知道是应该高兴还是难过。我了解，中岛先生视我为小辈，有些私事并不想让我与闻。我也一直尊重她的意愿，虽然这会使我们的谈话有些艰难，需要小心翼翼。

中岛碧先生最终还是到东京来了，那是在 2000 年春季开学之前。4 月初，我从北京探亲回来，很快接到她的邀请，到她在世田谷区的新住处做客。

当我在"成府学园前"站下车，走出检票口时，起初并没有发现中岛碧先生。其实她早已到达，只是因为戴了一顶宽边的深色帽子，遮住了大半个脸，又背对出站口，倚靠在墙边，我才会犯了视而不见的错误。4月下旬的东京，樱花已经开过，那又是个阳光充足的日子。不过，我的感觉中，夏装还是来得早了些。我因此对中岛先生身上这套我从未见过的装束颇觉惊奇。我更愿意相信，那是中岛碧先生心情好转、重新开始学术研究的标志。

我们在一法式餐厅吃过午饭，直接散步到砧公园。中岛碧先生说，因为家里空间小，她常到这里走走。她很喜欢这里的环境。砧公园占地相当广，不过，与其他精心考究到每一株草、每一朵花的庭园相比，这里的植栽倒像是漫不经心。虽在周末，游人比平日增多，我却仍然觉得园中有些冷清。

照样，多半时间是我在说话，中岛碧先生静静地听。这对并不善言辞的我来说，有点勉强（我是在古、今两种意义上使用这个词）。我谈得比较多的是最近在做的课题，我试图讲得精彩一些，希望能引起她的兴趣。我也问她参加"90年代中国文化"研讨班的情况，她说，只是听听而已，她并不熟悉那些内容。问到她的研究计划时，中岛碧先生意味深长地笑了一下，说，她现在家里地方很小，书大都放在京都，没有带过来；何况，刚来日本大学，同事们推举她做系主任，杂务不少，也没有余力做研究。我当时相信了，还向她建议，可以到尾崎文昭先生所在的东洋文化研究所看书，虽然借阅不太方便。我私心盼望，中岛碧先生一旦恢复研究工作，以前那个精力充沛、兴致很高的她还会重现，让我们惊喜。

在公园里，我看到了一个世田谷美术馆的广告，念出了展览的题目。中岛碧先生以为我有意参观，表示可以陪同。无论自己的情绪如何，她总是希望最大限度地满足我的愿望，对此，我有多次体验。

最终，我们在路经一超市购物后，来到了中岛碧先生的新家。她先收起晾晒在门前衣架上满满的衣物，便开始准备晚饭。她买了可以生食的河豚鱼片，又忙着削牛蒡，炸天妇罗，用山椒叶和鲣鱼皮、小松菇一起做汤。那是我第一次认真地观看日本家庭饮馔制作的全过程。中岛先生动作熟练，我认为很麻烦的操作，她都回称不然。我听说，做好天妇罗的关键是一定要用冰水，中岛碧先生也说完全不必，需要把握的是火候。她亲自演示直接从水龙头放水调和面粉，炸出的蔬菜果然外脆里酥。这次经验，让我看到了中岛碧先生作为家庭主妇，平日不易被外人发觉的一面。

而从始至终，我一直在入门左手、一层唯一的那间房子里活动。我想，它应该是兼有厨房、餐厅、会客室和中岛碧先生的临时工作间几种功能。与顶头的厨房相对的临街窗口处，放着沙发，室内中央迎门处是一张桌子，门后及对面有书架。当我在桌边坐下时，中岛碧先生还在为凳子的不够舒服抱歉。楼上我没有进入，不过仍可感觉到，整个空间确如中岛碧先生所说，很小——特别是因为我看到过他们在宇治那宽敞的家。

以后，为了欢迎平原来东京，我们又和中岛碧先生一起，到尾崎文昭先生家聚餐。喜欢尝试新产品并热心推荐给朋友的尾崎夫妇，先导引我们逛市场。中岛先生也买了一瓶尾崎大力赞扬的酱油。这使我记起，前次去她家吃饭时，她曾提到，因为刚来东京，还没有找到好的芝麻。我于是发觉，比起一般的日本人，中岛碧先生虽然显得衣着随便，但其实，精致的生活品味才是底蕴。

还是刚到东京第一次见面，中岛碧先生即说过，她愿意陪我去箱根游览，因为我在《追寻历史的踪迹》中写到，那是康有为、梁启超一百年前到过的地方。所以，造访中岛先生的新家时，我还提起这个话头，以为出游对中岛先生是一种放松。本来也应该有同游的机会，比如，2000 年5 月的"黄金周"，以及坂元弘子教授开车带我和平原去富士山，可惜均一一错过。为了其他事，"黄金周"的开始，我曾打电话给中岛碧先生，她不在家，只留下了录音。三天后，她从山里回来，给我回电时，知道我假期未出门，立刻抱歉地表示，可以陪我去长野。我还是谢绝了她的好意，因为这对她已徒然成为负担。上富士山的那天，中岛先生不巧正好感冒。

此外，我还在几个会场上遇到过中岛碧先生。1999 年6 月的"东方学会"年会期间，她专门从京都赶来东京，旁听关于郭店楚简研究的专场报告。次年 7 月，平田昌司先生在京都大学举办"作为文化制度的中国古典"研讨会，中岛先生又专程从东京来到西京。凡此，均显示出她对最新的学术动向保持着一贯的敏感与关注。

特别值得提到的是，为了庆祝小野和子先生获得美国亚洲学会 2000 年度的特别功劳奖，6 月 25 日在如水会馆举行的纪念会。那次，中岛碧先生是以"旧小野裁判联络会"代表的身份，担任发起人和主持者。我原先只知道，小野先生是她在京大的老师，这件最后由小野先生胜诉的关于京大矢野畅教授对女职员性骚扰案件的审理，自我们1994年到京都已经开始。而中岛碧先生在这个历时三年的漫长诉讼中所起的重要作用，以及此案已成为日本司法审判史上的一个经典案例这些内情，则是我到此时才真正了解。

最后一次见到中岛碧先生是2001年1月20日，平原再次来东京的第六天，中岛先生邀请我们和尾崎文昭先生到她刚刚布置好的新居吃晚饭。中岛碧先生出来迎候，我们在路上相遇，空中开始飘落雪花。

看得出来，这一次中岛碧先生心情比较好。她的新居相当宽敞，工作条件应该说有了很大改善。在她的引导下，我们兴致勃勃地参观了每一个房间，包括与居室分隔开的顶楼上一间独立的大库房，那里可以住宿，也可以放置藏书。

一边就着海鲜火锅喝酒，一边聊天。在我们先睹为快的请求下，中岛碧先生拿出了她正在校对的《列女传》译注本清样。平原对书中使用

日译《列女传》书影

的阮福《新刊古列女传》的版刻插图赞不绝口，我则为原刊之借自东京大学东洋文化研究所，而以为我的建议已被中岛先生采纳暗自高兴。我同时注意到，校样上有多处做了较大修改，用红色的圆珠笔添加了许多文字。看来，从1994年在京都，首次听中岛碧先生谈到这一著述计划，到付印前的最后一刻，她一直在精心打磨这本显示了其深厚功力的著作。虽然，当时我绝未料到，它竟然成为中岛碧先生的绝笔之作。

那天，除缺乏酒量的平原外，我们都喝了很多酒。中岛碧先生拿出一大瓶清酒，是那种最大的酒瓶，非常有名的品牌，很新鲜的酒。我说到，我喜欢共饮，独自一人时，我其实很少喝酒。中岛碧先生则说，她和我不一样，一个人时，她也会大量饮酒。当时我还开玩笑，称她是真正的酒鬼。后来我一直后悔说了那样的话。那天，我们也吃了许多的菜，但中岛碧先生准备得实在太丰盛，我们到底还是无法一扫而光。

为了表示对我们带去茶叶的回赠，中岛碧先生还从冰箱里拿出两袋宇治茶，分送尾崎先生和我们。尾崎立刻以十分肯定的语气说："中岛先生的东西总是最好的。"那当然不只是谈论茶叶。

临近告别的时候，我忍不住提到，今天是平原的生日，我们过得十分愉快，并向她道谢。中岛碧先生听说后，立刻拉开阳台门，从积雪已深的室外取来一瓶葡萄酒，说，那是祝贺生日应该喝的酒。我们还是劝阻她不要打开，因为确实已再无容量。心里的感觉是，来日方长，我们还会再次登门打扰，一起饮酒谈天。

谁知竟是动如参商，再无机缘……

2002 年 1 月 10 日于京北西三旗

（原刊《美文》2002 年第 5 期；日译《中国に持ち帰つた記憶》，载 2002 年 9 月《颱風》第 36 号）

构筑中国近代音乐史的基石

——张静蔚《晚清音乐图像》序

没想到，去年张静蔚先生交给我的《晚清音乐图像——〈点石斋画报〉及其他画报》打印稿竟成为他的遗著，而我承命撰写的序言也变成了对他的怀念，这一切都来得太突然。

张静蔚先生是中国音乐学院音乐学系的教授，曾做过该系主任。我和他的交往恰如电光石火，倏忽而逝，但瞬间的照亮已足够我铭记。

通常说来，我的主要研究领域是中国近代文学与文化，和张先生的音乐学相距很远，似不会发生交集。这应当也是我与他很晚才结识的缘故吧。不过，我很早就知道张静蔚先生的大名，因为我对晚清文化研究的兴趣，也包括了现代音乐教育的发生。由此，张先生编选的《中国近代音乐史料汇编（1840—1919）》（人民音乐出版社 1998 年版），也早就站立在我的书架上。

而直到 2007 年春，我去德国海德堡大学参加"国际视野中的中国妇女期刊、新女性与文类重构"会议，撰写论文《晚清女报中的乐歌》时，才真正仔细阅读了这本资料集。当时虽不清楚其编纂过程，但看到其中一些选文的出处，注明所用书刊藏于上海辞书出版社图书馆，以及天津、南京甚至无锡等地方图书馆，已十分佩服编者的眼光独到与搜集广博，而其间所包含的艰辛也可想而知。实际上，至今为止，此书仍是中外学界研究近代中国音乐史必备的权威文本。

虽然没有从张先生那里得到亲口证实，我还是可以推测，《晚清女报中的乐歌》才是我与他结缘的真正纽带，因为他指导的学生肖明曾经来我的课堂听讲，并就近代鼓吹女权思想的乐歌论题写信请教。而在我那篇长达五六万字的论文中，除了钱仁康教授的《学堂乐歌考源》，其中引用最多的就是张静蔚先生所编二书，即《中国近代音乐史料汇编》与《搜索历史——中国近现代音乐文论选编》（上海音乐出版社 2004 年版）。当时为了方便使用，我还专门复印了后书中的附录《学堂乐歌曲目索引》。也就是说，正是依靠张先生多年辛苦搜集的史料，我才能够顺利完成这篇跨学科的长文。

我的学生李静，博士论文做的是《乐歌中国——近代音乐文化与社会转型》，和张静蔚先生的研究领域贴合，故而比我更早与张先生见面。2016 年 6 月，我从北大退休时，李静和她参加的北大校友合唱团同人前来助兴，一起演唱了十首全部采自近代歌集的《学堂乐歌组曲》。视频上传网络与微信后，大获称赞。深受鼓舞的李静于是再接再厉，三个月后的 9 月 24 日，校友合唱团又在北大图书馆南配殿组织了一场名为"'学堂乐歌中的少年中国'北大讲·唱会"的演出，张静蔚先生也应邀参加。正是在这次活动现场，我与张先生第一次会面。我跟着李静，称呼他"张老师"，他则始终客气地称我为"夏教授"。

虽然是初次相见，但我完全没有陌生感。这固然出于我对张先生著作的熟悉，却也和他待人接物的风格有关。讲唱结束后，张先生和我都发表了感言。不必说，他的评点很专业，不过其间也引发了一件趣事。张先生在发言中提到，他编了一本《学堂乐歌三百首》，是目前收集数量最多的近现代歌曲集。等出版后，他愿意送给在场的听众每人一本。一边说，他还一边举起了带来的稿本。于是，散场后，有一位老人家一直坐着不走，原来她在等张先生送书呢。遗憾的是，这本张先生十分看重的乐歌集最终未能出版，可以预期的小众销量让出版社下不了印制的决心，学界也因此无法享用张先生精心烹制的又一道大餐。

由于事先已得到李静的通报，那天我给张先生带去了

张静蔚先生讲评

143

新出拙著《晚清女子国民常识的建构》（北京大学出版社2016年版），其中收入了《晚清女报中的乐歌》，张先生显然是最合适的指正者。张先生则送给我很重的礼，居然是两瓶茅台。晚上我们去北大中关园的和园餐厅吃饭，本以为张先生要开怀畅饮了，不料他开车来，不喝酒。于是，打开的一瓶茅台和一瓶红葡萄酒，我成了唯一主力。张先生很有兴致地看着我喝，自己只略吃了几口菜，就由学生陪同退席了。

初次见面，张先生的豪爽已留给我深刻印象。同时记住的还有他修长挺拔的身材、修剪得体的银发和优雅清癯的面容。加了微信后，发现他用的网名是大卫，头像是一幅侧面的黑色剪影，惟妙惟肖地传写出张先生轮廓分明的脸型。加之日后聊天，我说起资中筠先生的《有琴一张》（北京出版社2017年版），里面收录了她1982年访美后，与少年时代在天津学琴时的老师合影，张先生于是随口提到，那也是他的老师。我才可以确认，张先生早年家境应该相当优裕。

尽管此琴非彼琴，但传统文人理想的文化修养——琴棋书画，别的不清楚，起码"琴"之外，张静蔚先生还能"书"。2018年8月聚餐时，张先生送过我一幅"丁酉岁末"书写的苏轼《水调歌头》，其所用草书与苏轼词作的旷达适相匹配。整幅字墨酣笔健，一气呵成，甚为精彩。实际上，当日张先生带来了两幅书迹让我挑选，记得另一幅是苏轼的《念奴娇·赤壁怀古》，应该都是他的法书得意之作。我选择中秋词的理由是，"喜欢'但愿人长久'的意思"。只是，张先生并没有如我所愿长生久视，思之

144

黯然。

算起来，我和张先生在"讲·唱会"后见过三次面，吃过两顿饭。见面都是为了《晚清音乐图像》这本书。第一次是 2018 年 6 月 14 日，张先生送给我 4 月印出的此书初稿，只有选图和抄录的配文，尚未加解说，《前言》也仅列出提纲。第二次是同年的 8 月 27 日，我把修订过的初稿本还给他。第三次已在 2019 年，因我 3 月底要去哈佛两个多月，张先生急于将已经写好《前言》、加了注解的 2018 年 12 月印本交给我，所以，2 月 28 日上午特意开车过来，在我们小区后门外的马路边进行了交接。当时绝对没有想到，潇洒地坐在驾驶座上的张老师，竟是他留给我的最后映像。

而两次吃饭的地点都是在中国音乐学院附近的万龙洲海鲜大酒楼。此处我早前也去过，没觉得有何特别。但与张先生一起进餐时，被他考问，哪道菜最喜欢，方仔细品味。果然发觉葱姜炒肉蟹肉质细嫩，味道醇厚，难怪被张先生评为第一。而且，这家店也被张先生认作京城中他吃过的海鲜做得最好的一家。后来我曾提出在别处，比如我家附近的上地做东，张先生一律不看好，可见其口味之高。张先生其实也善饮，先是由他置备了茅台，第二次我带去了五粮液。有酒助兴，两次我们都聊得很尽兴。

张先生出生在 1938 年，我见到他时，他已七十八岁（当时并没有意识到）。但他说话、行事仍然非常率真，绝没有那个年龄段的人常有的世故。他第一次约我吃饭所送的本书初稿，其中除了《点石斋画报》，还从其他晚清画报中选录了若干图像。他坦诚地告诉我，后者基本都出自陈平原的著作《图像晚清——〈点石斋画报〉之外》(东方出版社 2014 年版),所以,他希望我们能够授权,允许他在书中挪用,并且反复说过多次。这自然不成问题,只是因出版尚未提上日程,授权书的交付才一再顺延。并且,在此次面谈前,性急的张先生已直接与东方出版社的编辑联系版权事。编辑不知张先生的来历,要他直接找我们商量,反倒促进了我和张先生更深入的交往。

从这件事,我还窥见了张静蔚先生对史料极为尊重的态度。本来,晚清的出版物已没有版权,其他学者使用我们书中的图像资料时,也很少有人会注明。但张先生不同,他把研究者所用的史料与其个人论述同等看待,认为都应当受到版权保护,才会如此惦念不已。这除了显示出张先生做事的认真执着,显然也与其长期致力于中国近代音乐史料的收集整理密切相关。

毋庸置疑,成名作《中国近代音乐史料汇编》奠定了张静蔚先生在中国音乐史学界的牢固地位,但行内人更为感激的还是此书的前身——由张先生 1980 年代亲自抄写、编印的《中国近现代音乐史教学研究资料》(后题作《中国近现代音乐史参考资料》)三册。在那个专业教材匮乏的年代,这套分为《近代部分音乐史料和论文汇编》(1983 年)与《五四以来音乐论文选辑》上、下册(1989年)的油印本,曾经在全国的音乐史教学与研究中发生过深远影响。

一举成名也使张静蔚先生确定了此后的研究路向,中国近代音乐史料以此成为他念兹在兹、努力不息的终身事业。退休之后,他又积十年功力,编成了《〈良友〉画报图说乐·人·事》与《〈北洋画报〉图说乐·人·事》。二书 2018 年 2 月由上海音乐学院出版社刊行，同年 6 月第一次聚餐时，张先生即以之相赠。当时曾请张先生签名，但他谦逊推辞，我也没有坚持，因此留下了不可弥补的遗憾。

张静蔚先生编注的图说《良友》与《北洋画报》乐、人、事的两本大作，出版时纳入了"中国近现代音乐图像史"丛书。依据丛书主编洛秦在序言中所说，正是张先生的率先成稿，才让这套丛书得以成形。由此可以肯定，眼下这本《晚清音乐图像——〈点石斋画报〉及其他画报》，应是同一思路的赓续之作。而将近代音乐文献的范围从文字扩及图像，确属别具慧眼的突破。我更在意的是张先生借此实现了史料学上的衰年变法，显示了其学术生命力的旺盛。

实在说来，与先行出版的二书相比，《晚清音乐图像——〈点石斋画报〉及其他画报》的编注难度要大得多。先说编。1884 年 5 月面世、1898 年停办的《点石斋画报》，由于创刊于近代中外文化交流最频繁的上海，随处可见的传统社会生活与此地独有的十里洋场风光，均在画家精细的摹写下得到充分展现。张静蔚先生从中精选出一百二十一幅图像，以之构成本书主体，确足以反映晚清音乐文化的变迁。而此画报较早得到学界的集中关注，目前已有多种全套重印本可用。张先生采用的大可堂本（上海画报出版社 2001 年版），实为其中最易得到并最好使用的一种。尽管具有如此优势，《点石斋画报》之外的"其他画报"却也不可忽视。应当承认，较之《点石斋画报》，其他晚清画报的资料更难搜集，以之要求一位年近八旬的老学者显然不合适，因而，张先生的借力陈平原著作本情有可原。何况，在我的建议下，张先生也检视了我提供的全部《图画日报》（1909 年创刊），补充了可用图版。凡此，都体现了张先生为充实本书内容做出了最大努力。

至于注解，1926 年先后创办于上海的《良友》与天津的《北洋画报》，已是使用照相图版的现代画刊，乐人与乐团的活动都更频繁，文字说明也简洁明确，因此，两书的注释与评点相对做起来容易些。而晚清画报中的图像则正如张先生所说，"大都是作为新闻而刊发的"（本书《前言》），此编虽尽力将其分为民俗活动、民歌、民乐、说唱、戏曲、中外音乐交流、教育、新闻八类，其间纯粹关于音乐的记述仍是少之又少，解说的难度大为提升。加以学界对晚清社会生活与文化，尤其是近代音乐流衍的研究还很粗疏，现成的成果远不敷采用，可以想象，张先生在作注时之举步维艰。但他还是成功突围，将目光集中在重要事件、人物以及他最擅长的音乐演出细节的疏解上。配合图像局部的特意放大，两相呼应，晚清的乐曲、乐人、乐事也得以从纷杂的民俗或时事背景中凸显出来，获得应有的关注。

当然，若以更高的标准来衡量，注解的部分确实还可以做得更细。比如关于西洋乐器的传入，乐队的组建与构成，特别是图画中出现的演出及演奏者情况的介绍等，都可以做文章，也多少都有迹可循。但这些大抵需要从原始资料的爬梳做起，对于已经年迈的张先生，确实不合适提出这样的要求。现在回想，张先生本来可能对我有所期待；

或者说，我在这方面本来可以有所贡献。由于我修改过尚未加注的本书初稿，当时，我把那些录自大可堂本的《点石斋画报》图释文字当成了张静蔚先生自己所写，随手订正了若干误字，张先生不以为忤，反而因此一再要我就后来的加注本提出意见。我却未能做到，只是笼统地回应道："我看了一部分，觉得解说还是应该更凸显您的专业特长。"（2019年11月5日微信）确实有负张先生的厚望。

不过，当日震惊于张静蔚先生的遽尔病逝，我曾在其微信页面给夫人孟凡虹老师留言，表示"一定会完成张老师的遗愿"（2020年9月10日），这既指向作序，也包含遗著以更好的方式出版。在发现书稿中《点石斋画报》的释文全部取自大可堂版后，我以为不妥。尽管张先生认为，此本已将原先的文言文"全部翻译为现代汉语，免去了阅读古文的繁难"（《前言》），我却觉得作为史料，还是应当保留历史原貌。当然，大可堂的改编也有版权，张先生可能忽略了，以为其文字和图像一样，均已进入公共领域。为避免上述种种问题，我与编辑商量后，重新整理、录入了本书所选全部《点石斋画报》图像中的文字，添加了标点。这虽然属于我的自作主张，但相信张先生也会理解和赞同的。

尽管上文更多表彰了张静蔚先生在中国近代音乐史料发掘与整理上的贡献，我当然也清楚，以研究中国近代音乐史闻名的张先生，其学术成果早已嘉惠学林。从硕士论文《论学堂乐歌》（1981）开始，张先生的名作如《近代中国音乐思潮》（1985）、《马思聪年谱》（2004）、《音乐家李树化》（2004）等，在学界均有导夫先路之功。其论文亦结集出版过《触摸历史——中国近代音乐史文集》（上海音乐出版社 2013 年版），在学科内享有盛誉。而同样明显的是，张先生的研究厚重、扎实，具有突破力，乃是得益于以坚实的史料为根基。因而，傅斯年那句著名的"史学便是史料学"的说法，用在张先生身上正是十分恰切。

我与张静蔚先生交往时日虽短，仍能充分体会其为性情中人，且具有丰富的生活情趣，令人相处愉快。在音乐和书法之外，张先生还热衷于看球赛。2018 年夏"世界杯"期间，他的腰椎间盘突出症复发，不能站和坐，仍每日卧看比赛。张先生也爱好旅游。2020 年 7 月底，我随陈平原到平谷度假，在朋友圈发酒店周边的照片。张先生看到后，曾两次留言，指点我："如果时间允许，从湖的北路乘长途车，可到黄崖关长城一游，被称为野长城，即未修缮过的。可以爬一段，也可住下。""还可以坐长途车再行几公里，可到盘山一游，非常好。乾隆爷说过，早知有盘山，何必下江南！不过估计你们没时间了！！！"发送时间是 8 月 2 日下午 4 点多。我当晚写微信回复，却自此再未得到张先生的音讯。9 月 10 日在李静的朋友圈，意外地获悉张静蔚先生已于一周前故去，那两段写在朋友圈的话，也就成为他给我的遗言了。张先生走得还是那么潇洒。

此序写出，我也可以对张静蔚先生的信任和嘱托有了交代。

2021 年 1 月 27 日于京西圆明园花园

（原刊《书城》2021 年 4 月号）

辑三

友人篇

汉学界的 "广大教主"

——我眼中的瓦格纳先生

认识瓦格纳先生是因为先结识了叶凯蒂。1991 年 10 月，陈平原去上海参加以近代小说为主题的中国近代文学国际研讨会，与叶凯蒂相谈甚欢。待凯蒂 11 月回到北京的旧居后，也曾来我们的小家做客，聊至夜深。应该就是转年吧，我们和瓦格纳先生见了面。

那天傍晚，我们应邀去位于中关村的中国科学院宿舍楼，凯蒂父母在那里保留了一套住房。初见的印象是，相对于比较狭小的空间，瓦格纳先生显得特别高大。记得是由叶家的老保姆做了简单的晚餐，大家边吃边聊。而我与不熟悉的人交谈，一向不大开口，更愿意做一个倾听者。但瓦格纳先生绝不容许在座者沉默，所以，每当他引发一个议题，陈平原发表见解后，他也总会追问我怎么看。这让我觉得，在瓦格纳教授面前绝对无法躲懒。

自此以后，我们和瓦格纳教授有了频繁的交往。或者他们夫妇来北京时，应邀到北大为我们的学生开讲座，或者在境外参加会议时相聚。其中，1996 年 2 月初，陈平原在荷兰莱顿大学开会后，又由瓦格纳教授邀请与陪同，转

去海德堡大学访问。这是平原初次来到这所欧洲著名学府，也由此开启了我们和海德堡大学汉学系的"亲密接触"。

　　瓦格纳教授最初是以魏晋玄学与王弼《老子注》的研究饮誉中国学界。不过，相熟之后，我们很快就领教了他的研究面向之广阔。就学科而言，其研究打破了哲学、历史、文学与语言的界分，因而，哲学系、历史系和中文系都会邀请他讲学，他的讲座也受到了三个系所师生的共同追捧。若从涉及时段看，上溯魏晋，下至当代，瓦格纳教授都有专著论述，比如让我备感惊异的，他在 1990 年同时出版了关于当代中国历史剧与当代中国散文的两本英文著作。如此宽广的论域，即使置于中国学界，也少有其人；对于汉学家来说，更可谓并世无二。于此我们也可以知晓，为何德国科学研究的最高奖项——莱布尼兹奖会授予瓦格纳教授，他也是获此殊荣的唯一的汉学家。只是由于我自己的研究大抵集中在晚清，和凯蒂关注的范围更接近，故而受惠于瓦格纳教授并且最有心得处也以此居多。

与瓦格纳教授真正熟识起来，是在1998年5月到海德堡大学汉学系客座两个月。当时，瓦格纳教授邀请我以"清末民初妇女教育"为总题，做六次演讲。经由他联系和安排，我住进了通向海德堡城堡半山腰的一处民居。傍晚到达时，他已经在那里等候。稍事安顿，瓦格纳教授即开车带我去他家里吃饭。晚餐是由凯蒂准备的，虽然很丰盛，但因为经过长途飞行，我已经相当困倦，没有胃口，但心里还是很感激瓦格纳夫妇的周到。

对于我来说，在海德堡大学汉学系的系列讲座是非常新鲜的经历。此前，我在北京大学已教了十四年书，而无论是必修课还是选修课，从来都是主讲教师的独角戏。到这里后，不但在我讲授的过程中，听讲者可以随时举手提问或插话，而且，总共三个钟头的课时，最后一小时还要用来阅读相关资料。所以，早在我出发前一个多月，已应凯蒂的要求，提交了各讲题目与阅读篇目。虽然讲座是开放的，除了汉学系或海德堡大学的师生外，也会有其他感兴趣的人参加，但在座者集体阅读史料时仍是一丝不苟，不只是逐句串讲，甚至可以说是逐字推敲。瓦格纳教授因为太忙，只是偶尔在课室出现。凯蒂则是每讲必到，且积极发问，主导着讨论的深入。

而细读原始文献显然是瓦格纳先生十分看重的教学环节，或者更应该说，这不只是课程的一部分，也体现了瓦格纳教授领导的海德堡学派共有的严谨求实品格。因此，细读不完全是针对学生，也是学者的自我训练。于是可以看到，在海德堡举办的"晚清西方知识中的百科全书"工作坊上，各位学者发表论文后，瓦格纳教授即拿出一份专门准备的相关文本，请与会者一起研读。但这一幕绝不可能在中国国内的会议出现。这或许也是一种表征，我们太急于发表，却难得静下心来，与文本"格斗"。

实际上，在我看来，瓦格纳教授对资料的搜集和占有抱着超常的兴趣与热心。在其关注范围内，各种载体的新史料一旦面世，他总能迅速发现，并设法购置。由我们经手或联系的便有两次。先是北大图书馆下属的一家软件公司，开发了几十种近现代期刊与名家个人专集。瓦格纳教授闻讯后，由陈平原引见，与公司负责人展开了有效的谈判，最终以相当低廉的价格（记不清是每张九百多还是一千多元），买下几十张光盘。而 1999 年我到东京大学文学部任教时，那里购买的价格是三十万日元（折合一万多元人民币）一张。此后，因为我向瓦格纳教授提起，中国国家图书馆藏有 1904 年创刊的全套《女子世界》，他立即要我帮忙，联系复制。当然，在带去海德堡之前，我也顺便复印了一份，日后我那些关于《女子世界》以及晚清女报中的乐歌等诸多论文，也都因此而顺利诞生。由于了解瓦格纳先生对史料的热爱，2006 年前来参加百科全书会议时，我也特意复印了本人论文中涉及的《世界名人传略》（山西大学堂译书院 1908 年版）一书，送给汉学系图书馆。

与瓦格纳教授本人的汉学研究一样，他对研究资料的搜求也具有世界眼光。日本编印的与中国相关的大型资料集自不在话下，来日本参加会议间歇，他也不忘为海德堡大学汉学系图书馆查找资料。我在东京大学担任外国人教师的两年里，就曾经在文学部图书馆遇到过瓦格纳教授。意外相见之际，他立刻兴奋地告诉我他的新发现。而我毕竟已在这里浸泡了很长时间，又与瓦格纳教授有同好，因此回应他："以我对汉学系图书馆的了解，这里收藏的《国闻报》虽是复印件，但你们那里还没有。"随后，我看到瓦格纳教授站在复印机前，搬动着大开本的报章合订本，一页一页地复制。那一刻，我心里充满了感动。

瓦格纳教授从世界各处辛苦（在他应该是快乐地）搜集到的各种资料，并不只是为了他个人的研究。按照我的理解，他还抱有更宏大的目标，即力求把海德堡大学汉学系图书馆建设成为欧洲最好的近代中国资料库。他也确实做到了。为此，他把莱布尼兹奖的巨额奖金投入其中，用于购买图书资料。并且，随着电子技术的不断发展，馆内的存储与阅读设施也在不停地更新换代。1998年我在海德堡的两个月，那里的最新装备为整排柜子的缩微胶卷与一台可以直接复印的胶片阅读机。而2007年我再去那里开会时，汉学系图书馆的阅读机已经具有了刻盘功能。

特别应该提到的是瓦格纳教授对于电子数据库的重视。由于德国国家图书馆是最早购买《申报》数据库的外国主顾，因此拥有了免费分享给德国各大学和研究机构使用的优惠特权。凭借与海德堡大学汉学系的特殊关系，我也曾远距离沾光，拜托那里的学生代为检索过资料。拙文如《满汉关系的逆转——贵林被杀事件解读》与《中国近代"戏剧"概念的建构》，都是借助这一来自远方的后援完成的。而瓦格纳教授对自建资料库也饶有兴致。最早的中国近代小报，后来的中国近代百科全书，均为其例。而每个资料库运行后，瓦格纳与叶凯蒂夫妇都会及时告知密码，以方便我们使用。

经过瓦格纳教授如此精心、不断完善地建设，海德堡大学汉学系图书馆当之无愧地成为欧洲近代中国文献聚集的重镇。1998 年，我就已经见到专门从布拉格大学前来查阅资料的博士生（这位学者因博士论文写得出色，毕业后即留校任教）。和中国国内很多大学图书馆不愿意接待校外读者、公共图书馆也不愿以珍贵资料示人截然不同，瓦格纳教授对于这些外来读者总是充满热情，全面开放，让你在书库里自由徜徉，甚至唯恐来访者不了解精妙所在。我就曾在馆内见到他为来访者导览，兴致勃勃地介绍书架上的某种或某套书，希望对其人的研究有用。而他对图书馆藏书之熟悉，确堪称"如数家珍"。这些他从四面八方搜集来的图书，正是其得意手笔，瓦格纳教授因而非常乐意与他人共享。

我在海德堡的两个月，即充分享受了这种如入宝山、惊喜不断的阅读过程。瓦格纳教授不仅特许我拥有一把图书馆大门钥匙，以便不受闭馆时间限制，可以在休息日随时进来查找资料；而且，除了初次进入图书馆时的引导，瓦格纳教授也在利用藏书方面对我有过切实帮助。

由于在海德堡讲学期间，我也受邀参加 6 月在那里举办的"晚清上海都市文化"学术研讨会，要撰写《中西合璧的上海"中国女学堂"》一文。尽管在汉学系图书馆阅读《新闻报》缩微胶卷大有收获，但我还需要查看《中国近代学制史料》第四辑，因其中收有与中国女学堂关系密切的教会学校上海中西女塾的资料。瓦格纳教授于是指点我可以通过馆际借阅，从另一所德国大学图书馆调来了此书。更神奇的是，瓦格纳教授还直接带我到一个书架前，取出一本复印的 "*Records of the Third Triennial Meeting of the Educational Association of China, Held at Shanghai, May 17—20, 1899*"，说"这本书可能对你有用"。而我在书中恰好发现了李提摩太夫人（Mrs. Timothy Richard）关于中国女学堂创立经过与现状的报告。这篇来自女学堂参与者的第一手资料极为珍贵，由此可知我的大喜过望。这也成为支撑本人论述的一篇非常重要的外文文献，在注释中，我对瓦格纳教授表示了衷心的感谢。

在我眼中，瓦格纳教授一直精力充沛，属于我们通常戏称的"工作狂"。我第一次对此有深刻感受，正是在"晚清上海都市文化"的会议上。经过白天一整天的发表与讨论，我已经觉得相当疲倦。不料，晚餐后还有"余兴"节目，瓦格纳教授安排了一位参会的法国学者，放映与讲解她搜集的上海老建筑幻灯片。快到9点时，我终于顶不住，溜出了会场，而瓦格纳教授还在聚精会神地观看与询问。

最惊人的一次是2007年10月在台北，我们一起参加由"中研院"史语所主办的"中国近世的百科全书"国际研讨会。开会时恰逢台风登陆，台北市政府发公告通知市民停止工作。但瓦格纳教授不能忍受在旅馆里无所事事，他说："我们是来开会的，不是来休假的。"于是强烈要求陈平原设法找到一处可以开会的场所。经过紧急联络，文哲所同意开放会议室，于是，我们这些住在"中研院"学术中心的参会者冒着狂风暴雨，冲向隔壁的文哲所大楼。在奔跑的路上，捷克七十多岁的学者米列娜摔了一跤，雨伞也被大风吹跑，但会议终是如常举行了。主办者李孝悌因遵守市府通告的要求，缺席了那天的会议，虽然我们已经代为说明，他开车上路是违法的，但瓦格纳教授还是很不以为然。

在汉学界，瓦格纳教授以评价严苛著称。不过，我的体会是，严苛不只是对人，也是对己。一次在北大开会，按照常规，报到时才拿到会议论文集，瓦格纳教授一边抱怨着没有提前发送电子文本给与会者，一边连夜阅读次日将要发表的所有论文。第二天的会场上，我们便可以看到他敏锐地送给每个发言者有针对性的问题。即使并非组织者，也不是参会者，瓦格纳教授如果有时间或感兴趣，也会出现在不相干的会议现场。2007年春，我到海德堡参加一个关于中国妇女报刊的讨论会，主办者是他的学生梅嘉乐（Barbara Mittler）。在一个下午的报告场次，我看到瓦格纳教授坐在听众席专心地聆听，经过会议主持人的邀请，他才发表了意见。

对比我自己的开会经历，除非指定要评议的论文，其他多不会认真阅读，更不会提早进入状况。而国内大学举办会议时，听众也以学生为主，少有著名学者愿意只作为听讲者拨冗参加。然而差距正在这里显示：瓦格纳教授把每一次研讨会都当作学术交流的良机，在批评对方的同时，也在尽力吸收他人论文中新鲜的知识与思路；而我们多半只忙于输出，却忽略了输入，收益自然减半。

应该说，对于任何新的学术动向，瓦格纳先生总是高度敏感，不会轻易放过。以近代中国百科辞书的研究为例，最初是米列娜教授因为研究晚清小说，关注黄人的小说理论，从而延展到其所著《中国文学史》及其编纂的《普通百科新大词典》，由此激发出对晚清百科辞书进行研究的想法。只是，以米列娜个人的精力、经费与号召力，尚不足以支撑和完成这一恢宏计划。深知其重要性的瓦格纳先生于是及时施以援手，聘请已从布拉格大学退休的米列娜加入他组建的团队，担任海德堡大学汉学系研究教授，这一项目才获得了强有力的推进。陈平原与米列娜主编的中文本《近代中国的百科辞书》，2007 年率先由北京大学出版社推出；米列娜与瓦格纳主编的英文本 "*Chinese Encyclo-paedias of New Global Knowledge（1870—1930）：Changing Ways of Thought*" 在加以扩充后，亦由德国的 Springer-Ver-lag 出版社于 2014 年刊行。由此成就了汉学研究界的一段佳话。

而瓦格纳教授与北大的缘分也在 2013 年达到了高潮。11 月，通过陈平原联络，作为"胡适人文讲座"主讲人，瓦格纳教授在北大发表了总题为"跨文化的概念史研究"的系列演讲。每周一次、总共四讲的密度，对于年逾七十的瓦格纳先生已不算轻松。何况，即便是做过研究的题目，每讲之前，他也必定要重新检读资料，进行补充。再加上各方邀约，瓦格纳教授在北京的这一个月其实极其忙碌。讲座的成功，从三百人的大教室场场爆满尽可显现，以至北大历史系研究美国史的著名教授李剑鸣也被吸引到场听讲。

遗憾的是，在付出大量心血后，过度劳累的瓦格纳教授还是没能顶住雾霾的侵扰，染上肺炎病倒了。那是一段让我们提心吊胆的日子：瓦格纳教授高烧不退，凯蒂昼夜焦虑，我们的学生每日开车接送他们去校医院。最终，尽管我们百般劝说，担心长途飞行会使尚未退烧的瓦格纳教授加重病情，但由于他的坚持，12月5日，他们还是按照预定日程返回了德国。幸好回家后，有医生细心诊治，瓦格纳先生的病情很快得到控制，我们才放下心来。本来也很担心，经此劫难，瓦格纳先生可能会对北京心生畏惧，但令人欣慰的是，第二年11月，北大中文系又迎来了他的讲座。

在间隔几年之后，今年4月，经由王德威教授安排，我们来到哈佛大学讲学与做研究。在4月12日的"五四@100：中国与世界"国际研讨会上，我们又欣喜地与瓦格纳、叶凯蒂夫妇重逢。这些年，我们和他们都遇到了类似的人生波折，好在一切已经过去。作为再次相聚的见面礼，瓦格纳教授急切地送给我们他在台湾出版的新著《晚清的媒体图像与文化出版事业》（传记文学出版社2019年1月版）。得知那时他只拿到两本样书时，一种知遇之感油然而生。

而此次相见，最让我惊讶的是，在经历过这些事情之后，瓦格纳先生仍然宝刀不老，照样活力四射。他还是四面出击，向各个场次的发言者提问。当然，他在会议上的重头戏是第一天的主题演讲。瓦格纳教授以"重构五四：通信、宣传与国际参与者的作用"为题，滔滔不绝地做了一个小时的开场报告，其内容一如既往地丰厚充实，观点一如既往地具有新意。更令人难忘的是，他在投影中展示的那些往来信件、会议记录等，竟然全部是由他本人去斯坦福大学胡佛研究所的档案中翻检得来。尽管在演讲时，他为自己的拍照技术不好、图片清晰度欠佳道歉，但在私下聊天时，他却很为最先于五四研究中发掘和使用了这批资料而自豪。回想我在近年的论文写作中，不时会假手学生代查资料，年近八十的瓦格纳先生又一次让我汗颜。

以瓦格纳教授的广博，我这里的记述只不过是冰山一角。而称之为汉学界的"广大教主"，则意在兼顾其汇通诸学与善为人师。这正是我心目中的瓦格纳先生形象。

2019 年 2 月 15 日于京西圆明园花园
2019 年 5 月 13 日于哈佛寓所续写

（原刊《读书》2019 年第 8 期）

【补记】

瓦格纳教授已于 2019 年 10 月 25 日离去。以上的文字是为叶凯蒂、梅嘉乐、费南山（Natascha Gentz）等主编的致敬文集 *China and the world–the world and China* 而写，这套四卷本的大书在同年 6 月 26 日于海德堡大学召开的向瓦格纳教授致敬的大会上，已经呈献给他。如此隆重的活动显示出，瓦格纳的病情不可逆转早已在诸人意料中。由此，他在哈佛"五四"会议上的主题演讲，不啻于国际学术舞台上精彩的告别演出，并以其身体力行，对"向死而生"做了淋漓尽致的演示。

之后的情况，陈平原已在《瓦格纳：为学术的一生》

(2020 年 3 月 13 日《文汇报·文汇学人》）中做过记述。为避免重复，我只选录三则获闻噩耗后学生们的留言，以为上文补充，以见其精神之感人。

张丽华（博士阶段曾去海德堡大学交流一年半，此后亦不断前往，现为北京大学中文系副教授）：太意外了，不能相信。两年前在海德堡见瓦格纳教授时，他还在办公室一堆乱书中埋头苦读一位年轻学者的著作，并很兴奋地向我推荐，感觉他还有很多研究计划要展开。

周旻（在读博士生）：太意外了。记得瓦格纳教授有次在图书馆翻找英文报刊，与馆员各种讨论，中间有一个本科的学生去向馆员询问一份报纸。教授马上向他推荐了各种海内外的数据库，可以检索使用到这份报纸，眼睛都闪着兴奋的光。在故纸堆里的教授又可爱又令人敬佩！

张一帆（瓦格纳教授访谈录《重建思想的眼界——跨文化视域下的概念史研究》的作者，现为吉林大学文学院讲师）：第一次见瓦格纳教授，他跟我说，年轻人，你的生命只有一次，要珍惜能工作的时间。后来幸运地能对他做这个访谈，也感动于他的认真、执着，有时一处中文表达也要反复问我好多次才能放心。能工作到最后时刻，一定也是一种幸福。

2021 年 3 月 13 日于圆明园花园

在学术中得到快乐与永生

——叶晓青《西学输入与近代城市》编辑感言

叶晓青生前是澳大利亚麦克理大学（Macquarie University）的高级讲师，她是那种见过一面就让你很难忘记，而且可以谈得很深的人。细数起来，我和她的直接交往其实并不多，可感觉上却是平生知交。

一

第一次见面大概在 1995 年，晓青应邀来我所在的北大中文系讲演，主持人为陈平原。那时晓青正关注晚清上海的城市文化研究，讲题大抵与她随后发表的《上海早期的城市化与城市文化》（《东方》1996 年 4 期）相关。其中印象很深的一个细节是，晓青重新考辨了外滩公园那个著名的"华人及狗不得入内"的牌子。她根据 1919 年出版的《老上海》书中记录的这条禁令全文，即第一条"脚踏车与犬不准入内"与第五条"除西人之佣仆外，华人一概不准入内"，力图还原晚清民族主义思潮在该禁令被简化过程中所起的作用（见其论文《民族主义兴起前后的上海》）。

这个在今日学界已经获得更多认可的说法，当场还是激起了强烈反弹，一名博士生对此提出质疑，另一位出身上海的资深教授更以亲眼所见，强调此木牌的真实性。晓青的回应大抵是说，她对弄清历史真相更感兴趣。但我可以感觉到，她对自己的现实身份有一种内在焦虑，那是一个从大陆出去的学者，

叶晓青

面对这类涉及民族主义的话题时必然产生的挣扎。

　　这个感觉再次得到印证，是第二年去晓青家做客。当时，晓青的先生康丹（Daniel Kane）正担任澳大利亚驻华文化参赞，我和平原应邀于 2006 年 9 月 13 日去他们使馆中的家吃晚饭。这是我们第一次进入外国使馆，按照庞朴先生的描述，那座深灰色建筑物的外形酷似监狱。不过，他们的家却很舒服，因为相当中国化。这与康丹也是一位汉学家有关，只是他的研究更集中在几成绝学的女真与契丹文字上。自然，我们首先观赏的就是康丹从潘家园和各处商店淘来的古玩，其中很多都是鲜为人知的金、辽文物。而由于在座的多为晓青的同行，康丹也参与了我们的讨论。

记得当时又发生了争论，已忘记因何而起；但肯定是关涉到国族这一敏感问题，我看到晓青很着急地为她的丈夫解释："康丹不是一个西方主义者，他认为自己是世界公民。"从这样的感性经验出发，我对晓青的最初体认就是一位努力求真的学者，尽管这可能会招致很多误解。

由于1986年赴澳大利亚国立大学留学，遇到了生命中的另一半——康丹，晓青因此定居国外，但她的中国情结始终不曾释怀，或者还因为空间的阻隔而愈形强烈。《澳洲新快报》2009年曾为她发过一篇专访，记者起初拟定的题目是《"特别中国人"》，晓青认为这会造成"与众不同的中国人"的歧义，所以建议改为"最中国的中国人"。但无论哪一种说法，其实都是对她的中国人身份的强调，这显然是她喜欢的自我表达。而记者以此名篇，出典也正在晓青的一段叙述：她在一次课上给学生们看介绍马王堆的纪录片，有人没兴趣，在下面聊天，让她很生气。因为片中介绍的一件素纱蝉衣非常精美，曾让沈从文感动得落泪。晓青因此对学生说："你们不尊敬我没有关系，因为在人生旅途中，我们很可能只是擦肩而过的路人，但是你们至少要对中国文化有点敬意。"她说自己"在这些方面特别中国人，对中国的文化特别有感情"（匡林《一个"特别的中国人"》，《澳洲新快报》2009年7月11、12日）。

1997年，康丹结束了在中国的外交使命，回到澳大利亚，此后，我们的联系便断断续续，多半是在晓青回国的时候见面。当然，她的研究有了新进展，也很愿意与我们的学生分享。起码在1999年9月与2004年12月，平原先后请她来做过两次演讲，题目分别是"园林植物与文化认同"以及"历史档案中'琐事'的意义——看若干清代皇帝的内心世界"。所讲内容，日后在她的《园林植物与中国文化认同》（《二十一世纪》2003 年 4 月号）以及《四海升平——乾隆为玛嘎尔尼而编的朝贡戏》（《二十一世纪》2008 年 2 月号）、《光绪帝最后的阅读书目》（《历史研究》2007 年 2 期）三篇论文中得到了充分的展开。不过，这两次我恰好都不在国内，错过了先听为快的机会。而将自己尚未成文的思路与资料公开，使学生们可以尽先受益，我从这里也领略到晓青的胸怀。

与晓青的交往中，只有一次不是她来看我们，而是我们去探望她。那是 2007 年的 8 月，平原应邀参加莫纳什大学在墨尔本举办的一个学术会议，我随同前去旅游。行前，我们向晓青咨询过景点的选择，她大力推荐大堡礁，认为其奇幻斑斓的海底世界在别处绝对看不到。可惜那里路途太远，我们的时间不够，于是同大多数游客一样，会议结束后，我们去了悉尼与布里斯班。虽然这样的决定未能免俗，不过，现在想来还是值得庆幸，因为这让我们有机会看到晓青的生活环境。在墨尔本时，作为平原论文的评议人，晓青又当面邀请我们去家中晚餐。转到悉尼后，按照她的详细指点，由一位已在悉尼大学任教的先前的学生开车，我们顺利找到了他们位于郊外的家。

那是一个不大的住宅区，到达时天色已黑，本来不易看清门牌号码，但在空寂无人的昏暗街道上，一座屋檐下开着灯的院落格外引人注目。朝着光亮走去，落地窗后面高大的青花瓷瓶也显现出来。毫无疑问，这里就是晓青和康丹的居室。老实说，初见此景，我还颇为其安全性担心。

168

这一次，我们看到的中国古董更多。而用他们所有的收藏装饰起来的家，俨然已成为一个小型博物馆。生活在这样充分中国化的文化空间里，多少会让晓青在异国他乡获得真正家的感觉吧——我私下这样揣度。我们的餐饮则是中西合璧，有中式炒菜，也有西式沙拉，最后一道甜点是晓青最拿手的烘烤果仁蛋糕，她说那是她唯一学会制作的西点。席间，我们喝了不少红葡萄酒，酒助谈兴，那次聊得很畅快。话题多半围绕我们共同交集的近代文化，谈论各自近期关注的问题。其实，虽然不常通信与见面，但由于兴趣的接近，不必仔细解说，我们已能完全了解对方的思路及研究的意义。

叶晓青、康丹与儿子

那一次也见到了晓青和康丹的儿子。可能由于语言和生疏的关系，那个腼腆的男孩只出来和我们一起吃了饭，便很快退回到自己的房间。临走时，晓青坚持要送给我们一个从瑞典买来的玻璃雪灯，我们推辞时，她的借口是，因为分量重，她无法带去北京，只好麻烦我们自己拿走。另外还有两瓶她参加了一个俱乐部才购买到的好酒，晓青不仅细心地为这两瓶酒穿上了"小衣服"，以免我们放在箱子里托运打破，还特意嘱咐我，其中一瓶酒已存放了五年，再等三年喝，口感会更好。而这两瓶酒现在还珍藏在我们家里。

最后一次见到晓青是 2008 年 12 月 31 日。因为那天上午平原要去学校参加团拜会，晓青 12 点才到我们家，我们一起吃饭、谈天。晓青带来一些灵芝，说是她在上海的姐姐专门请人在东北的深山老林中采制的，她最近每天服用，也建议我们试试。我们当时并不知道这和她的病有什么关系，只简单地理解为是一种健身补品。聊到 3 点多，我们希望她留下来和我们一起吃年夜饭。但她惦记着康丹（可能还有儿子），还是走了，不过当时留下的话是，等我们 1月中旬从海南回来，再找时间聚会。那时绝对没有想到竟然不再有下一次。

直到 2009 年的 2 月 9 日，我们才收到晓青的回信。对于她在北京的两个电话皆无人接听、未能再见的遗憾，晓青回答说："这次虽没有再聚，但在你家的差不多一天，还是很好了。"她的兴奋点更在于我们分手之后，她的西藏之旅：

> 我是 15 日离开北京去西宁，然后去西藏的。在西宁时去了冰天雪地的青海湖，也去了珠峰的大本营。在超过五千米的高度，很觉得挑战，不过很高兴过来了。一周前回来的，马上就流感，躺了整整一星期。今天刚上班。

在严寒的 1 月登上珠峰大本营，这真是让人意想不到的冒险。不过，那时我对晓青挑战生命极限的冲动并没有多想，所有的只是佩服她的勇气。

晓青的这封信也对平原邀请她来北大做集中讲演有积极的回应。两天后，按照要求，她提供了八讲的题目。原信如下：

> 平原，晓虹，以下是我拟定的八个讲座题目。其中多半与实物有关，即使不是，比如清代国歌，也与礼仪相关，值得一提。这些讲座，我都会用图像的。你（们）看看如何。晓青
>
> 北大中文系讲座系列：1.《老北京——从皇城内外的日常生活看满汉文化认同》；2.《戏剧与清宫》；3.《近代医学文化演变——观念与实践》；4.《二十世纪初的商业广告中的政治漫画》；5.《唐诗中的郁金香与中医的藏红花——看同一植物的多次引进与功能变化》；6.《盛宴的社会功能——中西历史的比较》；7.《从清代国歌看中国传统音乐思想》；8.《宋代建筑思想与悉尼歌剧院》（这个题目不像表面上那么荒唐，因为建筑师的设计思想是受了宋代《营造法式》的影响，但是这件事没什么人知道，我一直想宣传一下）。

仅看题目，就知道其内容的丰富多彩。平原大喜，当即回信表示"八讲题目都精彩，我和晓虹也很想听"。此后，晓青也应平原的要求，为这八讲设想了总题"历史研究中的

171

声色犬马"或"视觉、实物与历史研究",从中已很能看出她对历史细节的重视。只是因为那年的 5、6 月晓青无法前来,而我们下半年又都要去香港讲课,不能接应,所以,当时初步商定将演讲安排在 2010 年 4、5 月间。

接下来,2009 年 9 月,为了北大举办的"北京论坛",平原拟邀请康丹参加,又与晓青联系。10 月 11 日收到她的回信。信中先是兴高采烈地报告她的新疆之行:"刚从甘肃和新疆回来,这次是把中国境内的丝绸之路好好走了一遍。所有人都认为这个时候去新疆是疯子的行为,不过我很高兴我一意孤行的[地]做了。"而这次甘肃、新疆之行,显然也与晓青对经由西域传入的植物、医学等研究题目感兴趣直接相关。不过,因为已有半年前登上珠峰大本营的壮举与奇迹,晓青这次在国内丝绸之路上的一人独行,倒还没有带给我们更多的惊讶。我也无从知道,晓青之所以这么急迫地接连长途远行,是否已有与生命极限竞赛的意味。信中也回答了平原的会议邀请,她的问题是:"我不大知道这个会议是请我们两个还是他一个,千万不要介意我这么问一下,我从不是什么知名学者,没有被包括在内,绝不会介意的。"这让我们看到了她沉潜平和的心态。

依照这封信中预告的计划,晓青于 2009 年 12 月 11 日又来到北京。一周后,她给我们写信,说明 1 月 22 日回去,如果我们在此之前回京,可以见面。而我们确实是及时回来了,可惜又像去年一样,电话联系不上。发电子邮件询问,晓青回信说:"真抱歉,我们都病了,今年北京的冬天太冷,所以提前回来。我过些时间再同你联系。"而我们也就轻易认定,她和康丹得了重感冒,很快会好。

二

4月4日，因为已到了去年约定的系列演讲时间，平原写信给晓青，道歉因为筹备百年系庆，活动太多，无法如期安排，建议她把计划推迟到明年。而直到5月21日，一向迅速回复的晓青才发来邮件，其中提到她的病情，让我们大为震惊：

  平原，晓虹，你们一定纳闷为什么我渺无音讯。首先我们学校的电子邮件改为另一个系统，在这过程中把我的邮件弄得完全不通，所以我有两三个月不能看学校的邮件，昨天刚弄好。
  但是这个并不是最主要的。我在北京时发现病了，马上提前回来，结果是癌症扩散，所以影响到骨头。我以为是天气寒冷的缘故，我就不用这些琐碎的事来麻烦你们了。简单的［地］说，我正在治疗，放疗已做好，化疗做了一大半。所以6月到北京的事本来也已经不行了，所以你不用抱歉。倒是我应该早告诉你，省得你白费力。但是我犹豫很久，是否有必要报告这样的消息。现在只好告诉你们了。我还好，也很豁达，正在把我关于清宫戏剧的书稿最后定稿，所以一点不无聊。望你们多保重。晓青

173

与晓青交往这么多年，我们从来不知道她得过癌症。而这封信才让我们意识到，晓青总是在替他人着想，她只愿意把自己治学的快乐与人共享，却不愿意让朋友为她的病痛担忧。

虽然明白所有安慰的词语都贫乏无力，平原还是一厢情愿地表达了对现代医疗技术的信任。实际上，对于像晓青这样以学术为生命的学者，更实在的帮助显然还是让她的著作早日面世。为此，平原提议："你关于清宫与戏剧的书，是用英文还是中文撰写？若是中文，可否交北大出版社刊行；若是英文，则等英文本出版后，我们来出中译本（你自己译，或我们共同寻找合适的译者）。听你讲过好多次了，知道你为此书所下的功夫，我们都很期待。"平原还有意把话题拉远，说："等你身体好些，还是希望你多回来，到北大讲学或座谈或游玩。具体怎么操作，我会想办法。"也就是说，那时我们已经有了不好的预感。但这一切还是来得太快了！

晓青其实已很清楚她的时间表，她答复平原说，清宫戏剧的书为英文本，已交给香港中文大学出版社。而且，"我也认真考虑了你的建议，我当然很愿意有中文本，但是这里有太多的实际困难。我自己做大概不太现实，请原谅我实话实说了，因为我不知道我有多少时间"。她也充分估量到翻译的难度："所有从英文译成中文的书，都有找到准确原文的问题，而且，我用了那么多档案，一一还原更不得了。"有鉴于此，晓青提出了"另外的可能性"："康丹自从我生病以来，老唠叨我可以出本论文集，我自己本来没什么兴趣，但是如果你这边觉得这个主意还不坏，我自以为在这些年里，我还是有些值得看的文章的，当然我绝不要难为你。"可见，即使已经病势沉重，晓青仍然不愿给别人增添麻烦。她甚至还勉力宽慰我们："如果居然我会有恢复好的时候，我很乐意来北大讲学，或座谈。不过这都是以后的事了。"

而我先已向平原建议过编论文集的设想，于是向晓青转达平原的意见，"最好能略有主题性，其他论文可以编为附录"，并承诺会尽快设法出版。晓青回信除了感谢，还表示："我会仔细考虑选题，看怎样安排最妥当。"此后，我们之间的通信大半是围绕这本书稿展开。这些写于晓青生命最后阶段的信件，不仅显示了她一直不曾中断的思考，也让我们充分领会到她对学术研究的激情投入与无限眷恋。如今，这些邮件已经连同她本人一起进入历史，因此我觉得有必要用大段引录的方式，将其中表达的思想与文字保存下来。

5 月 29 日的信写道：

> 我这两天在翻箱倒柜（当然不是我自己，是康丹）找出我过去的论文。我要先问个实际问题。很多的文章是没有电脑存档的，只有 hard copy，那样的话就要你这边的编辑做更多的工作了。另外虽然我不会做太多修改，但是还是有很重要的地方要补充。举个例，好几年前我曾在北大讲过关于中国园林植物的象征的讲座。当时我提到唐朝大将军契苾何力如何用汉古诗十九首中白杨的象征来警告新宫殿外的白杨。那时我对他特别感

兴趣，想知道多些他的情况，为什么一个"胡人"，如此汉化，他是什么人。可是除了《唐书》之外，没有任何资料。前年康丹被邀请参加蒙古举办的"古回鹘国在蒙古的历史"的会议。（如你们不嫌我好事，我还要讲几句背景。回鹘最早在蒙古草原建国，那时蒙古人还在东边，就是今天的呼伦贝尔地区。蒙古人逐渐强大，他们西移进入今天的蒙古地区，回鹘人四散，其中一部分移到今天的新疆，成为维吾尔族，一部分迁到河西走廊，今天的一些极小的少数民族便是他们的后代，像裕固族。）古回鹘并不是康丹的领域，不知为什么他们把他当专家请去。他在那里认识了中国极少数的回鹘专家，是兰州大学敦煌研究所的，他送给康丹一本他的书。我看了这本书，大部分的我不懂，但是却看到了"甘州回鹘"一章，我简直不能相信这个可以如此"得来全不费功夫"。因为契宓何力就是甘州回鹘，并是家族的首领。所以关于他，我会用注的办法补充。

这些年来我越来越对这种在多种族、多文化的环境中从容自如的人感兴趣。唐朝当然充满这种人，安禄山，也是这种。当然他的情况要复杂（得）多。元朝宫廷也是。我说我那么兴奋关于藏红花的文章就是因为它与唐和元有关，但是非常不容易，就是因为没有现成的材料。我恐怕来不及把它收进这本集子了。

我发现我写这个信，本来为了实际问题，但

是后来成为聊天的借口。

　　言归正传，第二点，我要选的基本是中文的，但是偶有我觉得很重要的（英文）文章，也应包括，我不能翻译，但是可以在文前加个简介。我在想的是我关于清代国歌的文章，几年前在最老的权威汉学杂志《通报》上发了。这件事连近代史家也不知道，是在辛亥（革命）前几天清廷宣布为国歌的，结果成了亡国之音。更离奇的是从乐来分析，也是如此，中国的音乐词从来不要紧，乐才是关键，这让我们更体会儒家的思想。当然这件事要复杂（得）多，歌词是严复写的。

　　第三，即使文章是中文的，我也想加个注，说明产生的经过，比如光绪的最后读书单，这不完全是增加可读性，也是读史的重要部分。

　　我一定不能再多写了，其中有些是需要得到你们的意见的，大部分就是随便聊天而已。

而这封信前半的内容，与晓青为《中国园林植物与文化认同》一文所写的《后记》有关。这篇文字并没有完成，它已成为晓青的绝笔之作。

　　我回信推荐了一个撰写《近代音乐文化与社会转型》学位论文的博士，请她为晓青翻译关于清代国歌一文，同时告诉晓青，用复印件修改和排版，编辑处理完全没有问题；"至于藏红花的论文，如果你是用中文写，有电子版，只要在书尚未付印前写成，应该是可以随时加入的。这就是电脑排版的好处。"晓青很高兴，马上快递来她手头已有的论文以及译文所需资料。收到时，我才发现，有些早年的论文竟然是她收藏已久的杂志原件或抽印本，显然，她已经等不及复印了。

6月4日写给我的信说：

我找到一些写清国歌时用的中文材料，我本想把它传过来，也许可以省些时间，但是再看这些材料的大小不一，扫描很麻烦，还是寄过来，这样就要下星期了。

我还有篇文章是《二十世纪初中国商业广告中的政治漫画》，听起来有点无聊，而且不是我的通常兴趣。不过背景是这样。在我为了别的事翻《申报》时，看到有个健康补品的广告，在武昌起义之前不过强调效果，二十天后突然变成"从专制到民主过渡"的必备品。就是武昌起义之后[前]，大批内地难民到上海避难，广告只是强调给亲戚送礼，请看戏不如买补药，因为他们旅途颠簸等等。显然他们那时还没确定对武昌起义的态度。但是二十天后就十分明确了。商人对政治的敏感和准确真让人感叹。(说句无关的话，我年轻时十分醉心思想史，觉得多重要，但是年记[纪]越大，或者说得好听些，也是阅历多了，对具体的事，小事感兴趣。觉得这些才是更反映社会和人的真实的。我们可是看多了思想家是多么不忠实于自己的思想的。我和金观涛虽是好朋友，但是在这点上我们完全不同。我说我对小事感兴

178

趣，他说他对细节不感兴趣，我就直接的［地］说"你的思想史是苍白的"。）就是在短短的时间里，商业广告利用民族主义泛滥成灾，这一定是顺应了当时的社会思潮的。这个让我想起了几十年前"文革"期间看《西行漫记》时的惊讶。让我印象最深的是毛泽东要去上一个做肥皂的学校，因为肥皂与救国有莫大关系。我还清楚记得看到这里时的惊讶，虽然当时外面是个疯狂的世界，可是这种牵强还是让我不能忘怀。这两个例子是我写这篇文章的原因，我想从广告看社会思潮。这篇文章是英文的，但是非常容易翻，尤其是中文原文用大量《申报》，还有些普通书。我不知道你有没有学生是做上海研究，或是近代媒体的，那样翻译的人会更有兴趣些。如果找人有困难，那么我还是希望收入，我可以写简介。

我曾在姜进开的一个会上讲过这个文章，当时她提的问题我不记得原话，但是意思是"怎么会是那么荒唐呢"，因为那是小会，又是老朋友，很放松，所以她才会那么坦白。我明白她的感受就如同当年我自己读斯诺的书一样，可是我们现在是历史学家，超越自己的具体社会环境去了解他人的感受，这是我们应具备的能力。当然这是理想的情况，大部分人恐怕都不会意识到。我还记得平原很多年前给你的书写序，我记得最清楚的是他称赞你能体贴入微，是关于妇女放脚的文章吧。

我已将文章选好，会马上动手写些背景。

这里所谈论的大部分内容，即构成了晓青为《二十世纪初中国商业广告中的政治漫画》一文所作的《后记》。此文的中文翻译，我也立即请到平原一位已毕业的博士帮忙。而被晓青引为同道，则让我深感荣幸。她提到的平原为我的《晚清文人妇女观》所作书序，其中确实特别表扬了我"详细考察放足女子可能碰到的各种难题，及其克服的途径。比如，放足的过程中如何减少痛苦、放足后没有合适的鞋子怎么办、'放大的小脚'日后婚姻的困难等"，因为我认为，"对于具体的女人来说，这些代价都是实实在在的，绝非几句'历史的合理性'所能掩盖"。于是在回信中，我对她注重历史细节的做法表达了与有荣焉的赞赏。关于论文集的出版，平原也已与北大出版社谈妥。因为需要先报选题，我请晓青尽快提供一个书名和内容介绍。

虽然晓青自称"书名是我最感头疼的事，我是没有做广告的本事的，书名多少要好听点"，但她还是很快写来了一篇《关于这个集子》的介绍文字，其中包括了作者情况、内容简介与论文目录三个部分。她说自己"本来是想写给读者的，现在不伦不类"，希望我按规矩替她定夺。此文将作为作者自序，收入她的这部遗著。而对于她自拟的书名《中国近代史中的人与事》，平原提议改为《西学输入与近代城市》，认为这样大致能够涵盖书中内容，也可以体现晓青的学术路径。晓青回信赞成，说"当然很好"。

这之后，6月10日的信是交代论文集各文的情况："两日前已将要给清国歌译者的中文材料以及我自己的十四篇论文用快件寄来。还有两篇需要翻译的已在译者出

[处]。我这边只有玛噶尔尼和光绪两篇你没有。因为我在为几篇文章写后记,包括《光绪》《园林植物》还有《政治漫画》三篇。我希望很快可以都给你。"晓青的最后一封信是 6 月 14 日上午 10 点多发出的:

> 平原,我发现我寄给你的论文都是要打字的。寄来的要翻译的已经在电脑上了,这样只有两篇还没给你都是在电脑上的,所以没寄,是想等后记写完后,可是最近我不太好,没有力气很快完成,我想还是先把文章寄来再说。确 [缺] 的是园林植物和漫画两篇,漫画还在译,不要紧,园林我正写着。我把这两篇寄来后,文章就全了。我希望你归类时把我方 [放] 在比较传统的一类。谢谢。晓青

信中同音字的增多,表明晓青的身体在迅速衰弱。作为附件,她发来了《光绪帝最后的阅读书目》与《乾隆为英使玛噶尔尼来访而编的朝贡戏》两篇论文,前者的《后记》已写好。

6 月 23 日,我们收到了康丹的信,告知晓青已于前一天上午去世。8 月 11 日,《中华读书报》发表了刘东的纪念文章《学界痛失叶晓青》,从文末附载的《悉尼晨报》(*Sydney Morning Herald*) 7 月 10 日的讣闻中我才得悉,早在三年前,晓青的癌症已经复发。那么,她的登珠峰、走新疆,出没冰川大漠间,寻求观览人世间奇美绝异的景色,竟是她面对大限来临,刻意安排的纵肆享受与全力抗争。

那一份从容不迫中包含的淡定、坚毅与激情令人震撼，而晓青的生命也在如此壮丽的上下求索中得到升华。

9月14日是晓青的生日，那天康丹给我们写了一封很长的电子邮件，详细叙述了晓青最后的日子：

> 给你们写信的时候，她已经知道她不能再坚持多久，但是还是情绪相当好，跟我们说话，开玩笑，跟平常一样。6月15号她开始觉得很疲劳，睡觉特别多，一天可能20个小时，并且特别软弱，不能起床，不想吃饭。她一直认为这是化疗的副作用，让我不担心，可是我还是很着急，17号送她去医院检查。星期六、星期天还是很软弱，但情绪还不错。星期一已经失去了意识了，我陪她一天一夜，第二天早上她安安静静地去世。

这样算来，我们14日收到的电子邮件，很可能就是晓青留在世间的最后一封书信了。

而通过电脑的记录功能，我们可以清楚地还原晓青临终前的写作状态：6月4日上午11：38，开始写《光绪帝最后的阅读书目·后记》；一个钟头后的12：53，创建了《中国园林植物与文化认同·后记》的文档；5日8：57，开始写《关于这个集子》；7日9：40，开始写《二十世纪初中国商业广告中的政治漫画·后记》。很清楚，直到还能握笔的最后一刻，晓青仍在奋力工作，期望把她的论文撰写思路以及无法添改到文中的新发现，借助《后记》留给读者。毫无疑问，学术对于她乃是生命意义的最高体现；

而在我的理解中，这也是她自觉选择的生命延续方式。与晓青心心相印的康丹因此在信中有这样的表述："感谢你们替晓青做的这件事情，虽然她是一个很谦虚的人，如果她能够看到北大给她出版的论文集，她会额外地骄傲！"

三

编辑晓青的这部论文集，对于我是一次满怀伤感与惊叹的阅读经验。就年纪而言，1952 年出生的晓青是我们的同辈人；不过，在学术的道路上，她比我们起步早得多。我们刚刚大学毕业的 1982 年 2 月，晓青已在史学界的权威刊物《历史研究》第一期的头条，发表了长文《近代西方科技的引进及其影响》。此后，《西学输入和中国传统文化》《中国传统文化在近代》也接连在同一杂志刊出，不仅保持了两年一篇的惊人纪录，而且，其第二篇论文也享受到与处女作几乎同样的待遇（前面仅有一篇"本刊评论员"的短文）。以这样骄人的成绩，晓青的作者身份也迅速从"中国建设银行上海市分行"的职员，转变为第三篇文章所署的"上海社会科学院历史研究所"的研究人员。其间自然有《历史研究》的编辑善于发现与培养人才的作用，如晓青的《西学输入和中国传统文化》一文，即经编辑部打印出来，分寄给包括李时岳、章开沅、陈旭麓等在内的十几位近代史学界著名学者提意见，晓青再做修改（见李妍《〈历史研究〉的片段历史》，《炎黄春秋》2007 年 1 期）；但她本人显示出的才华与功力，也足以让她实至名归地领受《历史研究》第一届优秀论文奖。

1986 年的留学，显然改变了晓青偏重近代科技思想史的治学路数。发表于 1988 年第一期《自然辩证法》的《康有为〈诸天讲〉思想初探》，可以视为其学术研究第一阶段的告别之作。接下来，晓青的兴趣明显转向上海城市文化。而这一从精英人物下调至平民社会的视点转移，不只反映在引用材料由个人文集到报刊、笔记的变化，更是一种意义重大的思路更新。作为上海人，晓青对其出身的城市自觉负有一种正确解读的使命。见于 1990 年《二十一世纪》创刊号的《〈点石斋画报〉中的上海平民文化》一文，对此已有初步却相当精辟的论述：

> 按照文化霸权理论，上层文化总是控制、影响着下层文化。然而在 19 世纪下半叶上海租界的城市化过程中，这种上层文化在中国人口中并不存在。……由于脱离传统结构，他们（按：指绅士）其实已失去过往的社会功能。因此，匡救传统的努力便成为徒劳。当时的租界出现了上层文化真空，换言之，上海平民文化是在不受上层文化控制的情况下形成的。上海平民无传统道德负担，十分乐于接受新鲜事物、西方物质文明。媚外的价值观首先在平民中产生，早于中国知识分子。但这并不是由于下层文化对上层文化的影响，只是由于西方在经济、政治上的压倒优势所造成。上海平民文化后来的确影响了上海文人，产生了学界认为的所谓"海派心态""上海气"。

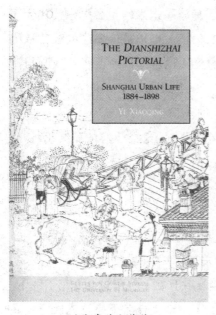

叶晓青英文著作
《点石斋画报：上海城市生活》书影

这一论点也成为其上海研究诸文的核心理念。2003 年出版的英文著作《〈点石斋画报〉：上海城市生活（1884—1898）》（*The Dianshizhai Pictorial：Shanghai Urban Life 1884—1898*），即为晓青此项研究的汇总。这部在她的博士论文基础上修订而成的大作，率先对《点石斋画报》丰厚的蕴藏进行深度开掘，由此引发的中外学界探究的热潮，足以证明晓青拥有立身于学术前沿的锐气与实力。

我的感觉是，由此开始，晓青也真正进入到自由挥洒、触手成春的研究境界，而这同样意味着对史料的更高要求。从图书馆中的近代报刊，转向第一历史档案馆中的清宫文献，晓青为搜集资料所付出的辛劳也加倍增长。可想而知，当她从尘封的档案里发现乾隆皇帝为接待英国使节玛噶尔尼所编写的《四海升平》剧本，以及光绪皇帝于去世半年前的 1908 年 1—4 月间索要西学书籍的采购记录，会让她多么惊喜！所谓"机会只给予有准备的人"，这些零散的材料，只有落在晓青这样已有深厚积累的学者手中，才会充分掂量与挖掘出其异样的价值。也正是依靠这般艰苦卓绝的努力，晓青即将出版的英文论著《四海升平：戏剧与清宫》（*Ascendant Peace in the Four Seas-Drama and the Qing Imperial Court*）自然多有创获。

而让我最觉遗憾的是晓青一直念念不忘的藏红花研究，我们听她兴致勃勃地讲过两三次，并且，直到临终前一个月，晓青还提到了它："我还想写一篇很汉学的文章，是关于藏红花的，这也是我本来计划在北大讲课中的一个题目，是个特别有意思和有学问的题目，这里我不能详细讲。"（5月23日信）按照康丹的描述："关于藏红花，她没有写完。她已经收集了很多的材料，并且在一些研讨会介绍了一下。她说，化疗完毕了以后，第一个大任务就是这篇文章，她特别重视。她让我把各种有关的书和其他的材料，放在她在楼下的书房。"晓青无疑是带着诸多未了的学术心愿离开的，这已然成为学界不可弥补的损失。

晓青留给我们的最后遗言是："我希望你归类时把我方〔放〕在比较传统的一类。"这是她对自己学术研究的定位，然而，这又何尝不是一种自觉的疏离与向"知人论世"传统的复归？她之所以临终前仍坚持为几篇论文写《后记》，其实更想传达的是她在研究过程中压在纸背的关怀与心境。正如她在《光绪帝最后的阅读书目·后记》中所述，"这份看似枯燥的文件震动了我，不但是从历史学角度出发，凡能帮助我们更接近历史真相的发现都是重要的；而且从更大的人文主义的立场出发，个人的命运，也是值得我们关怀的"。所以，晓青期望的——"我希望我做到了上述两点——对历史领域的一点贡献和对自己人文理想的实践"，也可以用来概括她所有的研究。

可以告慰晓青的是，她在历史研究中寄托的人文关怀与良苦用心，已为年轻学者所领悟。2004年12月1日听过晓青的演讲后，博士生季剑青（网名"周书白"）在他的博客上写下了这样的感言：

> 今天陈老师的课上请到澳大利亚国立大学的叶晓青教授做演讲，题目是"历史档案中'琐事'的意义——清代几位皇帝的内心世界"，讲了好多清代皇帝有趣的故事，说实话，能把学术演讲讲得这么有趣还真不多见。叶教授讲到历史研究中常常忽略了对历史人物内心世界和情感的体贴，大概在主流历史学家看来，重要的永远是政治、经济、社会结构这些大问题，"人"本身倒只成了无关紧要的了，他们常常只是一种功能性的存在，被他们自己无法把握甚至无法意识到的潮流所裹挟，他们的命运不是由他们自己，而是由其所处的社会结构所决定的。
>
> 在这样的历史研究框架中，个人的内心情感自然是无足轻重的。然而这正是叶教授所关注的，或许这和她是一个女学者有关。她有一个说法很有意思，说我研究乾隆我首先得"认识"乾隆这个人。也许这对很多学者来说并不重要，而且也

不影响他们做出出色的成果。但是，相比那些大问题而言，历史中的个人本身不也是值得关注的吗？就算他们不能左右历史，他们的丰富的内心情感世界就没有认识价值了吗？有一次在档案馆里看清宫的档案，她偶然看到光绪皇帝去世前几个月写下的一份书单，主要是当时关于西方政治、经济、文化的一些著作，有些甚至还没有中译本，这份书单是他托上海商务印书馆帮他找的这些书的目录。这个发现让叶教授激动不已，虽然与她当时正在进行的研究毫无关系。戊戌变法后光绪已经退出了中国的历史舞台，可以说与中国的现实已经毫无关系。对历史学家来说，他已经成为了一个毫无意义的存在。然而，如果说戊戌变法是一个时代悲剧，此后的光绪则开始了他的个人悲剧。他仍然是一个活生生的有血有肉的存在，他并没有放弃自己重新执政的希望，他仍然怀抱着振兴中国的雄心和梦想。只是历史没有给他这样一个机会，于是他便被遗忘了，仅仅成为用来纪年的抽象的符号。在布满灰尘、无比寂静的档案馆里，叶教授仿佛看到尘封的卷宗背后一个鲜活的生命的跃动，她没有办法让自己的心情平静下来，独自坐了很久。这便是她今天关注的这个题目的由来。

听到这个故事我感觉自己受到的震动并不亚于叶教授初次阅读到这件档案时的感受。三教305

的大教室里，北京正午冬日温煦的阳光从窗外照射进来，一时竟有恍然隔世之感，而一种久违了的、来自学术本身的感动也开始萦绕在心头，久久不能散去。

而这个学生的感受正体现了一种学术精神的传递与承继，晓青因此不死。

2011 年 3 月 14 日于京西圆明园花园

（原刊《书城》2011 年 6 月号，原书由北京大学出版社 2012 年出版）

从学者到画家

——忆念老友张京嫒

一

9 月 23 日外出一天，晚上 10 点才回到家里。将近 10 点半，我的手机微信中忽然跳出三行字："张京嫒美国时间昨天半夜 12 点 15 分安详地离世。我是京嫒的姐姐。"在没有任何心理准备的情况下，骤然从京嫒自己的微信中，看到通知她本人过世的消息，无论如何都让我难以置信。于是立刻回复："这不是开玩笑吧！京嫒得了什么病？"

不愿或者不肯相信京嫒的远逝，是因为今年我们还有过联系。1 月 27 日，大年初三，京嫒发来微信，用一连串的询问代替了每年例行的吉言："晓虹，国内新冠肺炎流行，你们还都好吧？过节不聚餐了吧？天气冷，在家猫着也挺舒服的，是吧？"那时，她在为我们担心，尽可能地宽慰我们。

到了 4 月初，局面翻转，纽约、华盛顿疫情严重，成为重灾区，又轮到我写信去问候。京嫒的回信语气少有的沮丧：

> 我们这里几乎全停止了，大家躲在家里，连门都不出。学校早就开始网上授课了，学校关门，学生都让回家去了。我这个学期是休假，所以不用学习网上授课。所有的社会活动都终止了，教堂和瑜伽所也关门了。我的朋友也不来画画了，很郁闷。……樱花节城里空空荡荡，花都白开了。

对于是否需要口罩的问题，京媛也径直以"我连门都不出，所以不需要"回答。其中那种令人寒心的低落、悲观，我虽有感知，当时也只当作病毒肆虐造成的精神损伤，于是试图套用她的说法安慰她："宅在家里，还是可以继续画画，这对调整心理状态有好处。"此言又引出她的感叹："画画好呀，就怕看新闻。"并顺手发给我一张画作，说明："这是最后一次去张明明家画的写生。我们现在都各自宅在家里，苟延残喘。"尽管京媛使用了"最后一次"这样带有终结意味的说法，我那时却毫不在意。没想到，这竟成为京媛最后写给我的文字。

接下来，7月11日，我发去一个在手背作画"太逼真了"的视频，京媛没有回应。9月17日，我又转发了一则"微信美国用户被封已经开始"的消息，另外加上两句我对在美友人共同的担忧："真的开始了吗？以后还能用微信联系吗？"这次京媛还是没有作答。不过，我仍然没有感觉到异常，照样归因于京媛的心情不好。因为在我的记忆中，京媛一直是健康强壮的，我绝对想不到她已病势沉重。

191

二

和京嫒成为同事而相识，是从她到北大比较文学研究所任职开始的。1989 年初，经过乐黛云老师的努力，京嫒从美国归来。我们此前一年刚刚搬进畅春园 55 楼的一层，京嫒住在三层。相对于本楼住户的以家庭为单位，京嫒的一人一间，已经属于特别的照顾。不过，一人独居，附近又没有食堂，做饭也会成为负担。所以，不知何时起，京嫒成了我们家的常客，进而留饭也很顺理成章。起初可能还有些拘谨，菜会做得讲究一些，但很快就变成了我们有什么，她就吃什么，不再刻意准备。京嫒于是也时常得意地向人介绍说，她是我们家著名的食客。其实，那时还真没有什么好食材，买条鲢鱼做一锅鱼粥，已经算是很拿得出手的美味了。可即便如此简陋，我们和京嫒的终生友谊确是自此结下。

京嫒赴美国读书多年，在康奈尔大学拿到博士学位才回来。依照我当时的认知，除了每天起床后必须喝咖啡外，京嫒和我们这些"土鳖"生活上最大的不同，就是她在房间里安装了一台空调。那个年代，空调还属于奢侈品，我也是第一次在京嫒那里见识了窗式空调机。我本来怕热，于是也不时去她那里"蹭凉"。而由于空调占据了窗户很大的一部分，京嫒的屋里显得比较幽暗，白天也常会开着灯，这给我留下了很深的印象。

让我真正领略京嫒这位留洋博士学术风采的，还是首次听到她的会议发言。1989 年 12 月，陈平原的《20 世纪

192

中国小说史》第一卷在北京大学出版社出版。转年夏天，中文系为此举办了专门的研讨会。此会的一大新意是开始尝试采用国际通行的发表模式，一位来自美国亚利桑那大学的副教授魏纶（Philip F. Williams）的论文，即是由京媛担任评议人。不知别人如何看待，我当时尚未走出国门，所以非常想知道外面是怎样开会的，故而对京媛的讲评充满期待。京媛果然也不负众望，表现精彩。尽管已不记得她批评的具体内容，但其言辞之犀利酣畅，风度之从容不迫，在让我大开眼界的同时，也大为佩服。我还记得，京媛对自己的"表演"似乎也有点小得意，下来时，还对我们吐了吐舌头。

由于有了这份交情，1990 年春，陈平原在家里组织一个小型读书会时，邀约参加的朋友中也包括了京媛。由于话题偏向国学，我猜想京媛未必有兴趣。不过，即使很少

1990 年夏在北大勺园前与张京媛合影

193

发言，她还是会到场，以表示对朋友的支持。1991年，平原与王守常、汪晖主编的《学人》创刊，设立了"学术史笔谈"专栏，京媛也在第二辑发表过《国内女性文学（史）研究的现状》。

现在看来，京媛在北大的那几年，是她意气风发、出成果最多的时候。那时的比较所还在初创期，所长乐黛云老师慧眼识人，组建了一支精干的队伍。副所长孟华在巴黎四大获得博士学位，专长中法文学比较；严绍璗出身中文系古文献专业，熟悉日文典籍；从电影学院挖来的戴锦华，先已与孟悦合作出版过《浮出历史地表——现代妇女文学研究》（河南人民出版社1989年版）的成名作，对大众文化更有持续关注。在这样的布局中，京媛显然需要撑起英语世界比较文学与文化这根大梁。

京媛也确实以出色的业绩证明了她的实力。最简单的做法是列举一下在北大五年由她主持编译的书目：

《当代女性主义文学批评》，北京大学出版社，1992年

《新历史主义与文学批评》，北京大学出版社，1993年

《文学批评术语》，牛津大学出版社，1994年

《后殖民理论与文化批评》，北京大学出版社，1999年

除《文学批评术语》在香港出版，内地尚不多见，其他三本列入"北京大学比较文学研究丛书"的著作，俨然已成

为那个年代的新经典。包括我在内的同代学人都会对张京媛怀抱感激，甚至把她看作是中国学术新风尚的引领者。

更让我欣慰的是，在上述诸书中，我对促成《文学批评术语》的翻译成书曾小有贡献。重读该书的《译后记》，我惊喜地发现了一段久已忘却的往事。京媛在其中提到，这本译文集是她 1992 至 1993 年春季在北大比较文学所为研究生开设"理论翻译"选修课的成果。她说，在授课之前，自己对于"如何教授理论翻译以及如何设立预期的标准"，心里并没有把握：

> 一日在好友夏晓虹家聊天谈及此事，**晓虹提问为何不选一本有价值的英文理论书籍，一边讲解一边与学生一道翻译**，这样可以达到教学目的又能为学术界做出些贡献。教授理论翻译的最好方式应该是翻译实践，在实践的过程中获得经验，即"译文/学书"。朋友之间的商谈往往要比一个人的苦思冥想更有启发，于是我采纳了晓虹的建议，初步订下授课计划。

需要说明的是，由于排版的失误，上引文字中加粗的部分在原书中遗漏了，京媛特意打印、剪贴给我，包括"文学"中间的那个斜杠，都属于我的"独得之秘"。虽然翻阅全书，只有《绪论》的译者为京媛自署，其他均出以学生姓名。但我至今还清楚地记得，课程结束后，京媛埋首在一大叠译稿中，一边抱怨，一边奋笔修改的情形。而我在 1994 年 11 月，也迅速得到了由她题签的"谨以此书献给晓虹"的厚重译著。这就是京媛当时的工作效率。

学术之外,我们之间当然还有很多日常的交往。其中值得一述的是1991年平原的香港之行。那年的1月到5月,平原得到李达三捐赠基金的资助,到香港中文大学访问研究四个月。京媛也在那里,只是早到早走一个月,大半时间二人重合。当时还有一位洪子诚老师的博士生陈顺馨,本是香港人,寒假回家,也常在一起聚。尤其是当年的除夕夜,三人在维多利亚港湾漫步,观赏灯饰。临近午夜,平原居然还找到一个公用电话,在嘈杂的人声中与我通话。这段难得的经历被京媛概称为"三匹马聚首香江过年",因为他们三人同岁,都属马。

而我经常听平原说到的在港期间京媛的一则趣事,则与其著名的女性主义者身份有关。某次,二人一起外出购物,平原出于照顾女性的习惯,有意帮京媛提袋子,结果受到不客气的训斥,因而学乖了。待京媛要携带巨大的箱子回京时,尽管她反复表示箱子太重,平原一直不吭声。最后还是忍不住,才小心翼翼地询问:"我可不可以帮你拿?"京媛大喜,但仍责怪他:"你怎么不早说?"平原回称"怕挨骂",京媛又教育他:"你应该有眼力见儿。小的、轻的东西就不要帮忙了,大的、重的应该抢着上。"虽然这个故事当着京媛的面讲过几次,并顺带嘲笑一下她的不坚定的女权立场,京媛却也不恼,还在一旁得意地笑。而我倒是从中窥见了她不为僵硬的理论所拘限的可爱的一面。

5月中旬,平原从香港归来。到家的次日,我们出去看一位朋友。傍晚回来,在楼下见到袁行霈老师,被告知家中遭窃，警察正在等候。幸好我们临走前突然想到，有人提醒过，顶楼易被盗，因此特意把平原带回的一袋港币塞入暖气片上的杂纸堆中，才得以逃过一劫。这其中就有京媛托带的机票款。

而最妙的是，就在盗贼光顾的那段时间，大约午后4点多钟，京媛晃过来看我们。她后来描述说："你们家的两道门都大敞着，我进来后没有人，还以为你们有事临时出去一会儿。"因为当时我们已搬到畅春园51楼住，这个单元的结构比较特别，和东边的独门独户不同，我们这边是两家另有一个共用的大门。京媛于是悠闲地坐在我们的转椅上，跷着二郎腿，顺手拿起一本《读书》杂志看起来。这中间，她听到过脚步声，于是大声问："你们回来啦？"见没人答应，又等了一会儿，她才怏怏离去，门也没关。我们问："我们家被翻得乱七八糟，你都没有任何怀疑吗？"她眼珠一转，理直气壮地回答："你们家本来就那么乱！"这真是天知道，当时小偷可是把我们所有的抽屉都打开，翻了个底朝天。事后还原现场，我们还得感谢京媛。她进来时，小偷很可能躲进了靠门口的厕所，她后来听到的脚步声，应该就是此贼溜出去下楼的响动。京媛的到来吓走了盗贼，反过来，我们倒该为她的安全担心了。

三

过从既密，我们也逐渐得知京媛在美国有男朋友，并且还曾经和这位中文名叫"韩思"的美国男士见过面。韩思的专业是哲学，人显得比较腼腆，当然，在语言沟通出

197

现困难的时候，这种状态很常见。京媛起初也在设法为韩思在中国找一份合适的工作。不过，那时外国人在华，多半是做外教，不会进入专业。应该是不愿让韩思过于委屈，京媛最终放弃了她在北大比较所安稳的职位，毅然到美国和韩思一起生活。

京媛是在 1993 年 10 月离开了北大。27 日，她到我家吃了"最后的晚餐"，那时平原已到东京。记得赴美后，京媛先在中部一所大学落脚，随后才转到乔治城大学东亚系及比较文学系任教。我听她讲过为了省钱，她和韩思租了一辆大卡车，轮流开车，长途搬家的壮举。应该说，北大比较所毕竟最先为她提供了大展才华的舞台，看得出来，她对比较所也充满感情。离去的最初几年，她每年回来，必定到比较所报到，为学生们做一次讲座。而我们也总会相约见面，吃饭聊天。

1997 年春，平原和我有机会一起到美国访学四个多月，其间主要住在纽约，也借机走访了哈佛和加州大学多个校区。由于京媛的大学位于华盛顿，对于初次来美的我们，此乃必游之地。因此，从费城出来后，我们即投奔京媛而去。使用"投奔"一词，是由于京媛直接把我们安顿在她和韩思位于弗吉尼亚州的家里。说起来，华府和弗州是两个行政区划，感觉应该相距很远。京媛解释道，其实从她的住处到华盛顿，中间只隔了一条河，而弗吉尼亚的物价要便宜许多，所以，在华盛顿工作的人，多半会选择在此居住。

如同到其他几处一样，我们的游览总是要有学术活动开道。京媛为此也联络了乔治城大学东亚系主任，专门为平原安排了一场讲座。而全程中英、英中两边的翻译，都由她一力承担。尽管在我看来，京媛应付此事应是游刃有余，但她自觉到该系时间未久，生怕有点滴差错，力求完美，结果把自己搞得很累，这让我们十分过意不去。

尽管课务繁忙，京媛还是抽空陪我们参观了阿灵顿国家公墓与美国国家大教堂。更多的时候是她为我们准备好三明治作为午餐，然后开车送我们到某个博物馆，自己则赶去上课。等傍晚工作结束，再在约定的博物馆门前捎上我们，一起回家。实际上，华盛顿之行中，最让我们满足的就是参观博物馆。这里的博物馆是一个庞大的群落，一家连着一家。并且，区别于别处的需购门票，华府所有的博物馆都实行免费开放。我们于是尽兴地出入其间，虽只能走马观花，已觉快乐无比。并且，当时台北故宫精华展"中华瑰宝"正在国家美术馆举办，由于其中含有从未露面的特级珍贵文物，其安全性曾在台引发舆论质疑。我们却适逢其时，赶上了这场盛宴，得以大饱眼福，这也成为由京媛安排的此行中最出彩的一章。

2005 年秋，我们又一起到哈佛。这次平原逗留了两个月，我只有二十天。临近我归国前，京媛特意赶来见面，陪我们游览了两天。第一天在波士顿，主要活动是坐观光车看老城。第二天由她开车，带我们去罗德岛新港，参观美国著名的听涛山庄，此乃运输大王范德比尔特（Vander-bilt）家族于 19 世纪末建造的夏季别墅。由于京媛很少来这里，路不熟，往返都多花了时间。我们晚上 8 点多才回到哈佛，和准备送行的学生吃晚餐。可以想见，一直在开车找路的京媛有多辛苦，但她显然把在地导游看作是对朋友应尽的义务，心甘情愿地耗时费力。

虽然京媛赴美后，从空间上说是距离遥远，但在情感方面，我们总觉得一如既往，毫无变化。比如，凡是需要用英文处理的事，我们最先想到可以帮忙的人一定是她。小到个人简历，大到会议论文，我们都会随时开口，请京媛出手相助。也因此在布拉格查理大学编辑的会议论文集"*Paths toward Modernity*"中，收入了一篇京媛帮我翻译的《吴孟班：过早谢世的女权先驱》英文本，为我们的友情留下了物证。类似的打扰终止于京媛为我翻译巴黎会议论文提要之后，当我得寸进尺，再问她是否可以帮忙翻译全文时，京媛终于说她"撑不住了"，因为她也有一篇论文要修改提交，还有一篇约稿须在限期内完成。在说出"你是不是能找别人帮你翻译成英文"的提议后，她还满怀歉意地加上"谢谢啦"（2013 年 11 月 23 日信），似乎不是我给她找麻烦，而是她亏欠了我。这也让我憬悟，京媛已不再年轻，精力有限。

依照我的观察，京媛在美国的生活算不上富裕，但对朋友，她总是慷慨大方。也不知从何时起，她开始承包我们的保健药。最初常用的是多维与鱼油，后来又增加了葡萄糖胺软骨素。每次她回国探亲，都会带好几大瓶这类保健品相送，并且要求我们，需要什么药一定告诉她，说："我不存钱买棺材的。能在有生之年给朋友们做点事就是我的心愿。"（2008 年 5 月 17 日信）

最让我感动的是 2013 年 7 月我们一起在巴黎开会的经历。出发前一周，京媛即写信给我，询问"有什么让我带的"。她也果然按照我的嘱托，买好了大瓶的多维和膝关节药。一天半的会议结束后，我们一起旅游，其中有一整天在一起。那天的活动排得很满：上午参观莫奈博物馆；下午到奥赛博物馆，5点半闭馆出来；然后沿着塞纳河，走到亚历山大三世桥；经过大、小皇宫，转入香榭丽舍大道，一路步行至凯旋门，登顶拍照。由于一整天几乎都在不停地走路，与我们同行的年轻二三十岁的学生已明显体力不支，登上凯旋门后，即瘫坐在椅子上，毫无留影的兴致。而直到吃晚饭时，京媛才从书包里掏出她送我的三大瓶药，正式移交。没想到她背着走了一天的药足足有三四斤重，拿在手里沉甸甸的，让我很觉不安。京媛却故作轻松地说："这不算什么，外出写生也要带很多装备。"当然，这是在宽慰我。

最后一次和京媛见面，应该就是2015年平原到访华盛顿。她仍然一如既往地提前去仓储商店购买了大瓶的多维、鱼油等药，只是这一次，平原坚持自己付了款。

四

去国以后，京媛的研究状况我们其实不够了解，知道她仍然在编译写作，但数量明显减少。按她的说法是："我实在太不多产了，不过有朋友多产就行了。"（2009年2月12日信）其中，她用力最多的应该是《中国精神分析学史料》。这本书也是她的博士论文副产品，对于她显然具有特殊意义。作为"编者序"的《重溯中国精神分析学的历史轨迹》一文，曾在平原主编的《现代中国》第八辑（2007年1月）发表。同年，此书由台湾的唐山出版社印行。鉴于"在当代中国，研究精神分析学与文学的关联有一些专著和文章，但是精神分析学在其他领域的作用则没有得到应有的重视"，京媛此文及其所编史料集"就是试图弥补这方面的缺陷，提供一个比较全面的景观，使读者了解20世纪前半叶精神分析学在中国各界的影响"。所说"各界"，包含了临床治疗、心理学、教育学、社会与文化评论以及文学批评，京媛的概述与选文对这段学说传播史的展现确实相当精准。记得当时京媛已感觉到她的中文表达在退化，所以请我帮忙修饰文字，我自然是义不容辞。

2009年，为纪念"五四"九十周年，前一年接手系主任的平原操办了"'五四'与中国现当代文学"大型国际学术研讨会。京媛本来很想参会，2008年底已在设想题目，3月份更是提交了《此心非彼心：重议五四时期关于"心"的科玄论争》的论题。不过，最终她还是缺席了。原因已记不清，可以知道的是，报题目时，她已一再说："我的论文还没写好（差很远呢）"；"4月份咱们可以在北京见，希望届时我的论文会写好。我现在做事没有一点效率，很丧气"；"看来这次到北大开会的人很多，到北大班门弄斧有点害怕。我现在连斧子也举不起来，更别提'弄'了。让别人宰吧。"（2009年3月2日两信）

表面看来，京媛的逐渐淡出学术，与美国高校教师拿到终身职后，即可不再写论文情况相似，但其实还另有隐情。一个原因应该是对美国大学教育的失望。京媛发来过一篇前耶鲁大学校长批评中国大学现状的短文，虽表同感，又马上话锋一转："不过那位教授应该知道美国大学的现状也不怎么样：大学成了加工厂，学生学习就是为了分数，挺没意思。我反正是看透了，教书只是一份工作，有了这份不太费力的工作糊口，我可以做其他自己真心想要做的事。"（2010年6月24日信）而她真心想做的事就是画画。

记不清从哪年开始，京媛迷上了绘画。因为是本校教员，她可以免费听艺术系的课，这使她的画越来越专业。2009年上半年她休假，本有来北大开会之议，但2月写信来说，她其实很忙，除写文章外，重头戏是"修四门美术课"（2009年2月12日信）。看来她的勤勉学习，绝不输于专业学生，而其水平的迅速提高，也足令我们惊讶。

至少从2009年起，对应我们每年寄送的旅游集锦贺年卡，京媛开始回赠她的画作照片。而且，每年秋天，她都会画一张色彩绚烂的秋叶图。至于华盛顿春天最美的风景，当然就是盛开的樱花了。下面是她2010年4月4日信中所写：

> 华府的一年一度的樱花节开始了，城里满是游客。昨天我和张明明（张恨水的女儿）去杰弗逊纪念堂湖边去画写生，张明明是职业画家，现在退休在家。她的水粉画十分棒，她画完当场就被人用一百五十美金买下了。我不愿卖我的水彩画，自己留着。给你寄去一阅。

我对这张画的评价是"很棒，画出了樱花的轻盈如雪，随风飘落"。信中提到的张明明，经常出现在京媛笔下，实为其交往最密切的画友。二人一起外出画画，甚至2018年初夏还结伴去了希腊，临写雅典和爱琴岛如画的美景。直到

2019 年 2 月，京嫒还在兴致勃勃地筹划 5 月与张明明一同去西班牙和葡萄牙写生。而我所看到的京嫒最后一幅画作，也是新冠疫情尚不严重时，她在张家所绘静物。

应该说，京嫒对绘画的痴迷与对学术的疏离恰是此长彼消，前者日渐取代了后者的专业地位。这不只表现在为了写生而出国旅游，而且，融汇中西也已成为她追求的理想境界。2010 年 6、7 月间，京嫒要到北京住一个月，她很早就在筹划找老师，以期"全力以赴学国画"。她自陈："我以后不会以国画为主，但学习不同的画法对发展我自己的绘画风格有好处。我目前和将来绘画的侧重点还是西洋画，因为我喜欢绚烂的色彩。（当然国画另一个重要方面是书法和诗词，那得需要一辈子的功夫和修养，所以我也不敢高攀。）"（2010 年 2 月 6 日信）此外，观摩画展也成了京嫒的常课。2011 年，她专门去科罗拉多的丹佛美术馆看过徐悲鸿画展；当我们到纽约时，她也强力推荐我们去参观纽约现代艺术博物馆，并发来了谷歌名画网上的相关链接。2013 年相聚巴黎时，她更是当仁不让地做了莫奈与奥赛两所艺术博物馆的专业导游，为我们指点图像中的精妙所在。

令人兴奋的是，京嫒的画作也开始频繁参加各种画展。记录一下我所了解的最初情况：第一次应该是 2010 年 9—10 月，在北京 798 举办的海外画家艺术展，之后有同年 12 月马里兰州伊斯顿（Easton）的节日画展，2012 年 12 月厦门美术馆举办的第三届"龙在天涯"美籍华裔艺术家书画展，2013 年春节华盛顿的华人春节画展，等等。厦门那次展览，京嫒提供了六幅画作，她自嘲是"跟人家专业画家混在一起滥竽充数"（2012 年 12 月 17 日信），但心里实在是很高兴。

接下来就是作品的接连获奖。第一幅《操劳的一对儿》
（*A Working Couple*）画的是两匹拉车的马，2017 年 3 月在华
盛顿当地画展中获奖，京媛还是以半开玩笑的口气报告喜
讯："现在我可以吹嘘地说我是获奖画家了。"（2017 年 3 月
9 日微信）当年 12 月，画了六个橘子与四个茄子的《十全十
美》（*Perfect Ten*）又获"荣誉提名"（三等奖），画作被人
买走收藏。我祝贺她"成了得奖专业户"，她回复说："我还
得拼命再努力画更好的画。"（2017 年 12 月 18 日微信）。

我所看到的京媛画作中，最具创意的应该是《魔方映
真》。那也是 2017 年 12 月的作品，原准备即刻送台湾参

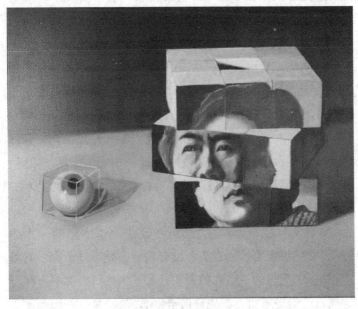

《魔方映真》

展，画展却延期到明年。2016 年 11 月病逝北京的台湾左翼作家陈映真的头像，被京媛设计在一个白底魔方上，魔方中间一层已向一侧转动，陈映真的脸部因此被分割开来。魔方顶部正中的一小块则被抽离出来，落在旁边，这个透明体中有一只瞪视的眼珠。我曾经给一位专业画家看过此图，他也赞赏不已。但我还是提醒京媛："新作《魔方映真》构思和寓意都很好，不过，涉及敏感人物，评价可能分歧，且与艺术无关。"我的意思是，这幅画与政治牵连，如果不能得奖，也不一定是艺术原因。京媛解释说："正因为陈映真是有争议的作家，我才把他构造成魔方，任人拼解，那所谓的第三只眼似乎是中间空当抽出来的，但其实是无法还原的。仁者见仁、智者见智嘛。"（2017 年 12 月 18 日微信）这也是我见过的京媛绘画中唯一显露其学术思想的作品，表现方式则是我喜欢的含蓄且智慧。

起意向京媛讨画是在 2010 年 2 月，我看到了她发来的秋叶、瓶花与模特三图，觉得她的技法已相当成熟，于是问她 7 月来北京时能否送我们一张画。京媛没有丝毫为难，一口答应，并且大度地表示："等我画几张好点的画，让你挑一张。"并问我们想要哪一种介质（水彩、炭笔、丙烯、油画）、什么题材（人物、风景、花卉），我们挑的是水彩风景画。

6 月 7 日她写信说："我正在完成一幅水彩的'水中石'，自己想象出来的石头，没有原型，是半抽象画，看着像石头。（我想画一系列的石头，每一幅的石头都不一样。）这幅自己觉得不错，就先许诺给你吧。"只是，这幅画要先去参加北京 798 的画展，我们不会立刻拿到。京媛安慰我们说:"反正是天下只有这一幅,你们留着,以后等我九十岁成名了,就可以卖大价钱了。哈哈,哈哈。"我当即回信,对她的慷慨相赠,让我们荣幸地收藏她的得意之作表示感谢。

而最终到手的画作却又并非这第一张《水中石》。因为两天后,京媛又有新发现:

> 今天我步行去附近的野生公园,看见河里的石头,发现自然石头比我画的漂亮多了,也不圆墩墩的。人的想象力哪里比得上大自然造物主呀。于是我又有了新的动力,我得赶快再画一个石头画,争取回北京之前完成。如果下一个石头画比我这幅好,那我就给你最新的。我想我的石头会越画越好。

果不其然,6月11日凌晨2点半,京媛画完了新的《水中石》方才睡觉。10点,她已迫不及待地发信报告:"醒来在自然光线下看看这幅画觉得还不错,比前一个石头好看。于是就送你这幅吧。这幅跟上幅尺寸一样,但有流水的幻觉,也更潇洒些。"这张画确实有了一种水中光影的亮度,比前一张更灵动。我不由赞叹:"看来你绘画的进步真是一日千里。"京媛却并不要求先拿去参展,而是到京后,直接去中国美术馆对面的小店订制了画框,我拿到的已是可以直接挂出的成品。这就是京媛,乐意把最好的作品以最完美的方式留给朋友。

最让我得意的是,京媛还为我画过两张肖像。这应该是缘于平原的提议。他曾经去一位台湾学者的家中做客，看到一幅女主人的画像，据说是绘出了其人青春的美丽与中年的睿智，让平原很是羡慕。京媛于是成为最合适的人选，接受了这份委托。2013 年 7 月底从巴黎回去后，她就开始酝酿。其间，因为带状疱疹的干扰，直到 12 月 2 日，京媛才完成了画作。这张肖像是根据我在巴黎的一张照片画的，她说自己当然改了不少："今天早上张明明来我家画画，看到照片说：我把你画得年轻了十岁。这就是绘画和摄影的不同。绘画可以创作，摄影就难了。"并说，如果我不喜欢，她就自己留着。我自然要求保存，虽然这张画"确实是把我美化了，年轻不说，还胖了"，总之，时光留下的缺陷，在京媛那里都得到了修复。不过，因为京媛曾说过想画出我的手，手在绘画中很有表现力，可惜没有合适的照片，我于是得陇望蜀，提出要她再画一张有手的肖像。

这一次京媛确实是郑重对待。为了配合我的对襟短袖衣，我们特意去一位共同的朋友家中拍照，因为那里有满堂的中式家具。京媛带来她姐姐非常高档的相机，我也在各种光线下，从多个角度摆拍了很

张京媛为作者所绘第一幅肖像

多张照片，作为画像的素材。这是 2013 年底的事。我不知道京媛是何时开笔的，但这幅油画她应该画了很长时间。平原 2015 年 4 月去华盛顿时，京媛本来说，"那张画也画得差不多了，再画几笔就完了"，希望能够让平原把画带回（2015 年 2 月 23 日信），却由于家里装修，无法作画而搁置。直到 2017 年 5 月 2 日，她才发给我完成的作品，微信中说：

> 晓虹，这幅画一直没画完，放在那里。这些天我又拾起来，加了未名湖的背景，换了衣服的色彩。就这样了，好不好就是它了。给熟人画肖像，我有精神负担，因为想讨人喜欢，但往往事与愿违。你要不喜欢，我就自己留着，没事儿。

我觉得这张画像的神情更接近本人，当然还是比本人年轻。京媛高兴地说："我就成心把你画年轻的，皱纹全部去掉了。标题叫'永远的夏晓虹'。"我后来按照她的图示，配了金、棕两色的双色框，装好后拍照给她看，她表示满意。因为前一幅肖像京媛没有寄给我（应该是不愿意把不够满意的画作送出），这幅未名湖背景的肖像画就成为京媛留给我的最珍贵的纪念品。

五

京媛是一个很重情的人。朋友的很多生活细节，她都会清楚记得。2012 年 12 月 17 日她来信提起："明年是蛇年，该是晓虹的本命年了，一定找根红腰带扎上，欢欢喜喜过本命年。"她也一再说到，2014 年"就是我和平原的本命年了，我们三头马（加上陈顺馨）一定得聚在一起举杯庆祝！咱们越老活得越皮实，前途无量（亮），得自个打灯笼找乐子了"。虽然筹划了很久，京媛也如约在前一年的 12 月回到北京，可惜平原那时主要在香港，三匹马的聚会没能实现。我想，京媛会觉得很遗憾。

2008 年，京媛迷上了瑜伽，自己练功后，感觉很好，也向我推荐。先是告诉我可以上网买《三天速效瘦身瑜伽》等 DVD 教材，我回说："希望我家里能够放下瑜伽垫，据说那也是很占地方的。如今房子里又堆满了书，夺占了我们的活动空间。"京媛当即斥责我的推托："书重要还是人重要？不要本末倒置嘛。瑜伽垫可以折叠的，用时展开，不用时就卷起来放到储藏室里，不占地方的。"（2008 年 9 月 20 日信）过后，她干脆直接刻了盘送给我。她所认定的好东西，总希望能够和朋友分享。

京媛尽管很早出去留学，而且最终选择了在美国生活，但她最牵挂的还是中国这片故土上的人与事。现在读她2008 年 5 月 17 日信中的一段话，仍然让我动容：

> 这几天我天天看中文网络视频报导四川地震的消息，常是边看边哭，心都碎了。除了给国际红十字会中国分会捐款，我再不知道能为震区的人们做些什么了。个人的能力太小了。虽说世事无常，但亲眼看到人们的正常生活在一瞬之间翻天覆地确实万分震撼。那些失去独生子女的父母

> 将怎样走完剩余的时光，我连想都不敢去想。人
> 们好苦呀！我最感动的是那些反映人性光芒的舍
> 己救人的事例，此时此刻"我们都是中国人"
> （"9·11"时我可没想过"此时此刻我们都是美
> 国人"，当时和现在一样我是中国人）。祈求上苍
> 保佑芸芸众生，保佑我们的家园。祝你和平原大
> 家都平安！

我知道，京媛是在四川读的大学本科，汶川地震带给她的疼痛才会格外强烈。而此信也让我明了，京媛之所以滞留美国，纯粹是为了她口中的"我家韩思"。

也许与练瑜伽有关，更可能是京媛心中固有的善根，使她的关爱对象甚至超出了人类，而普施于动物世界。也就是说，素食对她不只是一种新的饮食习惯，也已经成为一种深入心灵的信仰。某次，我偶然在信中提到去西北旅行时，牛羊肉没少吃，她立刻发来《当人肉被动物从超市买回来》的微信文档，说是让我们一笑，实则我看到这些反向思维的画面时，无论如何也笑不出来。

可以认为，善待自然作为一项根本的生命原则，已浸润在京媛的日常生活中。2017 年 11 月，当我告诉她平原手术的情况，她立即给出的建议是："吃素，吃 GBOMS（Greens、Beans、Onions、Mushrooms、Seeds），蔬菜、豆类、洋葱类、蘑菇类、种子类。少油，少盐，少糖。"并极力推荐"自然疗法之父"葛森（Charlotte Garson）的《救命圣经：葛森疗法》（*The Garson Therapy*）（2017 年 11 月 26 日、2018 年 1 月 23 日微信）。联系此前几年我接受点穴

治疗时，她对我说："西医就知道动手术，殊不知切掉了器官也除不了病根，尤其是内分泌之类的病。还是中医好，点穴按摩针灸激发身体自愈能力，而且不伤身。"（2010年12月5日信）据此，我推测京媛在确诊癌症后，大概并没有动手术，而是希望依靠素食、瑜伽以及绘画等自身的修心养性控制住病情。

按照她姐姐所说，"京媛是癌症晚期4B，坚持了三年多"，那么，她的发病还在平原之先了。不过，京媛不仅从未对我们提到她的病症，而且照样关注着朋友的健康。她叮嘱我"一定每年按时做体检"，同时询问"需要什么药，只要不是处方药，我可以买来给你们寄去"（11月26、29日微信）。我们也太相信京媛身体的健壮，并一直记得她对自己的期许——"等我画到九十岁"（2011年11月30日信），以致完全忽略了来信中透露的点滴迹象。2019年4月我们到哈佛访学，写信向她报到，她回复说："知道你和老平原来波士顿了，很高兴。一直没有跟你联系是因为近来我的身体不大好，蛰居在家，无法像过去一样邀请你们来DC玩，实在无奈。"（2019年4月16日微信）我那时只想到，她刚卸任系主任，需要好好休息，不要去打扰她，却完全没有料到她已重病在身。

京媛邮寄我的肖像画时，正好得知平原生病，于是多寄来一张夏天画的荷花，说："荷花讨吉利，祝他早日康复。"（2017年11月26日微信）她看了平原病中自娱所写的字，也要"求一幅260多字的《心经》，不要太大幅的，我的墙壁面积有限"。虽然我表示平原没写过这么多字的书法作品，要有耐心等，她也肯定地回答："没问题，我有足够的耐心。"可她既没有如其所说"明年回国再取"（2018年 10 月 17、20 日微信），平原也没有料到留给京媛的时间其实已经不多。这份欠债于是成了一件无法弥补的终生憾事。

重温京媛过去写给我们的那些文字，2018 年 4 月 7 日的一段记述最见其惦念至情与我们之间的深厚交谊：

> 晓虹，老平原好吗？前天晚上做梦，见到老平原坐在高背椅子上，桌上堆满了书和报纸文章，说是给我的。你坐对面。你们俩都笑嘻嘻的，后来他站起来走了，说是一会儿就回来。你我对视着，然后我就醒了。坐起惆怅半时。

"故人入我梦，明我长相忆。"如今剧情反转，此情此景，今夕何年？

六

最近几年，京媛每年都会说到"回来"这个话题。2017 年 1 月 23 日的信中预告："我争取今年回国看看你们，今年老平原该退休了吧？我来祝贺老平原的荣休。" 2018年 4 月 8 日再次订约："我 9 月底去上海开个会，然后争取回北京看看。到时一定跟你们联系。"回国看看的念头甚至一直延续到今年。可以想象，这边有她的亲人和朋友，她实在放不下。然而，所有的期盼最终都未能如愿。2020 年

9月23日，京媛在美国走完了她的人生之路。

初闻噩耗，我的第一反应是，京媛如果留在国内，或许可以躲过此劫。但在写作此文的过程中，不断与书信中的京媛对话，我的想法已有所改变。如果始终在北大比较所工作，京媛多半只能成为一位好学者，她归国后的出色表现已足以证实这一点。美国生活却为她在学术之外，打开了生命中的另一扇大门。在绘画的世界里，京媛自信自得，享受着充分的快乐与自由。作画虽然也很辛苦，但在京媛那里永远是其乐无穷。她经常说："我画画完全是因为爱好，做的是'无用功'，心里充满欢乐。"（2010年6月24日信）如此毫无功利打算，心无旁骛，她的画技与画境才能突飞猛进，迅速达到专业水准。2012年12月，得知她参加厦门画展时，我对她说过这样的话：

> 和专业画家比肩"厮混"，可见你是大器晚成，确有绘画天赋。只是没有早一点展现，有点可惜。当然，如果你更早以画家成名，我们可能也就无缘聚首了。因此，你还是现在这样——越画越精彩更好。

京媛对自己的未来其实也很看好，虽则期之以"九十岁成名"，而她的现时状态又总是以"拼命"来形容。计日程功，其作为画家的前景正是未可限量。偏偏天不假年，刚刚六十六岁的京媛竟提前谢幕了……

京媛的遗愿是骨灰撒入大海。在去世一个月后，她的两个姐姐与韩思已经为之完成了海葬，连韩思九十多岁的老母亲也坚持上船出海，送京媛最后一程。我听到消息，心中萦绕不去的只有那句"质本洁来还洁去"。

2020 年 11 月 5 日于京西圆明园花园

（原刊《美文》2021 年第 1 期）

一位沉静平实的学者

——孟二冬印象

2006 年岁末，感慨于中文系一年之内有六位教授谢世，陈平原写了一篇《行过未名湖边》，逐一记述与六人的交往点滴。其中排在最后，也是最年轻的逝者是孟二冬，他比前两位享年七十三岁的褚斌杰与汪景寿先生整整小了两轮生肖。陈文关于二冬教授的一段文字如下：

> 由于政府的大力表彰，孟二冬先生（1957—2006）的事迹，现正广为传播。我与二冬兄算不上熟悉，但对其学术状态略为了解。在我印象中，这是个安静沉稳、脚踏实地的读书人，不靠天赋才华，而是以勤恳耕耘取胜。这点，读他的《中唐诗歌之开拓与新变》及《登科记考补正》，可以看得很清楚。天纵之才毕竟很少，能用心，肯吃苦，沉潜把玩，含英咀华，就是好学者。从一个专科毕业生起步，三进北大，最后做出如此成绩，实在不容易，这需要某种对于学问的痴迷。我欣赏他生病后的乐观与执着，更敬佩他出名后的平实与澹定。不说空话、大话、废话，始终保

持书生本色，这点，很让人感动。

限于此文的体例，忆述都是点到即止，这也符合平原与所记各位"说不上深交或神交"的同事身份。九年后，应二冬教授的夫人耿琴之约，由我来为平原这段文字续貂，既有此一回因缘，我的续写因而多少带有补注的性质。

平原的文章中说，他"与二冬兄算不上熟悉"，因平原无论1984年来北大读博，还是随后的留校任教，一直是在现代文学教研室。而二冬教授1985年才来北大跟随袁行霈先生读研，专业方向又是隋唐五代文学，各自的研究领域基本不交集。这样说来，我的编制在古代文学教研室，和二冬教授应当更熟悉。但这所谓"熟悉"也有限得很，原因是我主要关注近代文学，在古代教研室中属于边缘，离二冬教授专长的唐代也还有千年之遥。何况，二冬教授平常给人的印象是很少说话，性格沉静，加上我也不善言辞，直接交谈的机会实在屈指可数。即使从他1994年完成博士学业留校到2004年病倒，我们在同一个教研室十年（实则我们各自在日本教学两年，总共四年的时间应该减去），也会在每学期三两次的例会中碰面，我却完全没有留下他在教研室开会发言的记忆。这里可能有本人记性不好的问题，但也可以让我们意会二冬教授的平实，他绝对不是那种喜欢张扬的学者。

其实，我认识二冬教授很早，甚至早在他正式就学北大前就见过他。那是1981年，我在本科四年级，后来成为我的研究生导师的季镇淮先生开了一门"韩愈研究"的选修课。由于当时在读的七七、七八两级文学专业的学生人数不多，选课同学大概只有十来位。而且，我们这些本科生相互熟识，一般都三三两两散坐在比较靠前的位置上。很快我就发现，课堂上还有一位身材颇高、肤色略黑的听讲者，他总是独来独往，并始终坐在后排，课间休息时也不与我们交谈。不过，他听课非常认真，每堂必到，出勤率尚高于不少正式的选修生。不久后我们也知道了，这位旁听者就是来自安徽师范大学宿州专科学校的进修教师孟二冬。所以，我对二冬教授的第一印象就是沉默不语。

二冬教授留校后，曾经住在北大的教师宿舍区畅春园55楼。我们也是这里的老住户，不过，两家的居住时间并不重合，我们搬去蔚秀园之后，他们才入住。听说他们的房间比较大，但只有一间。为贪恋此处离图书馆近，二冬教授在这个筒子楼里住了很多年，他的几部重要著作大多是在这间寒舍中完成的。我手头就有他签字赠送的《中国诗学通论》（与袁行霈、丁放合著，安徽教育出版社1994年版）、《中唐诗歌之开拓与新变》（北京大学出版社1998年版）以及《登科记考补正》上中下三册（北京燕山出版社2003年版）。

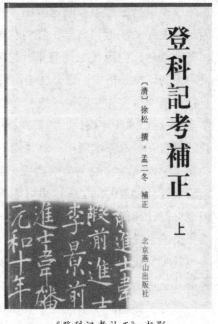

登科记考補正 上

〔清〕徐松 撰·孟二冬 補正

北京燕山出版社

《登科记考补正》书影

218

而以我不够专业的眼光来看，最难得，也是我最看重的是《登科记考补正》。在没有电脑可供检索、查阅的年代，全凭亲力亲为地翻检典籍，博搜详考，集腋成裘，成此一部巨著，可以想象，二冬教授为此付出了多少时间和心血。此书的完成，不仅有助于唐代文学研究，更为整个唐五代史的研究提供了一块坚实的基石。我一向敬佩那些在资料集、工具书上舍得投入大量精力的学者，他们在成就个人学术功业的同时，也令学界同人一并受惠。因而，正是这部书的面世，让我对二冬教授产生了敬意。

　　在原本很少的交往中，幸好由于一个特殊的机缘，让我们之间有过一次算得上是频密的接触。事情须从1980年代初讲起，彼时北大中文系和东京大学文学部中文研究室达成协议，为加强两校的学术交流与联系，每两年，由北大派出一名古代文学的老师到东大任教。首任赴日教师正是二冬教授的恩师袁行霈先生。而1999年，轮到我来东大。两年后的2001年3月31日，我的任期结束，派来接班的即为袁先生的这位高足。

　　翻查当时的日记，那天下午4点，中文研究室的助手沟部良惠小姐带二冬教授到我住的房间来。因为这套房子是执教东大的北大老师们的固定居所，所以，我有责任向二冬教授介绍屋内各项设施的使用情况，以及诸如垃圾如何以及何时丢放在何处、在哪里晾晒衣服等等。6点，我们一起穿过校园，步行至东大正门外的明憩居酒屋，参加中文研究室为我和二冬教授举行的欢送与欢迎会。学生之外，藤井省三和户仓英美教授都来了。那天大家喝了不少

219

清酒，还有一瓶冲绳的泡盛酒，聊得很高兴。但二冬教授初来乍到，和众人不熟，仍然没有太多的话。归来已过10点，藤井和二冬教授送我到家，还上来坐了片刻。

4月1日是我返京的日子。10点多，沟部仍陪二冬教授一起过来，这次还从前夜投宿的东大山上会馆带来了行李，二冬教授也就正式接替我成为这间屋子的新主人。12点过后，一位相熟的香港朋友赶来送行，我请三人到最近的根津地铁站附近吃了寿司，顺便向二冬教授指点了购买日用品及食物的超市和菜店位置。席间，还是我们三位女性聊得多，二冬教授照样很少开口。我明白，这并非他有意矜持，反倒是恂恂儒生的本色。

我对二冬教授也有抱歉处。因我派赴东大任教时，母亲突发脑溢血中风，导致偏瘫以致亡故，所以每到寒暑假，我都是归心似箭，在北京停留尽可能多的日子。中文研究室主任藤井省三教授了解我的难处，一律放行。但按照日本公务员法的规定（国立大学教师当时也属于公务员），即使假期无课，教师也不能随便离开日本。东大文学部部长终于对我的一再请假回家表达了强烈不满。而二冬教授接任后，这项政策开始严格实行，他因此缺失了很多与家人团聚之乐。

2003年的4月1日，完成了东大讲学任务的二冬教授回到了北大。第二年即2004年春，继三年前第一批支援西部高校讲学计划的启动者孙玉石、陈平原等教授之后，二冬教授也来到了新疆石河子大学。随后发生的故事尽人皆知，二冬教授也以恪尽教师职守而被树为典范。

不过，留在我记忆中的，仍是那位沉静平实的学者形象。无论外界怎样变化，他始终如一。

2015 年 8 月 9 日于圆明园花园

（原刊 2015 年 8 月 26 日《文汇报》）

我的美国朋友柯珮娜

安娜坐在我的宿舍里，我们的谈话显得比平时费劲。倒不是因为她的汉语不好，在中国学习、工作了五六年，她的中国话已经相当流利。我只是觉得，她今天似乎想说点什么不太容易谈论的话题。

我记起一件事，于是打破沉闷，告诉她，给柯珮娜的礼物还没有寄出去，因为想托人带走，可以快一点。安娜轻轻摇头，说："不用寄了。"

我心里知道不好，却还是忍不住问："为什么?"

答案是意料中的，但仍在我意料之外："我爸爸来信，说 Robert 打电话告诉他，柯珮娜已经死了。"她用的是"死"这个冰冷的字眼，因为她不知道其他合适的词。

我给了她机会。通知一个朋友的死讯，总是非常困难的事。

不久后，我收到了 Robert 的信，他详细叙述了柯珮娜得病的经过，直到她最后的一天。她的癌症由于发生在怀孕期间，使医生们一直不能确诊。女儿出生后半个月，她做了癌肿瘤切除手术，可惜已经太晚了。从 9 月 2 日到 11 月 22 日是一段可怕的时间。"她意识到她要死了，并且能够接受这个状况，但遗憾的是，她这么年轻就要死去，不能看到她的孩子们长大。""她一直非常勇敢地做着这许许多多的检查和治疗，同时充分认识到它们可能毫无效果。"最后，她累了，疾病夺走了她的生命。

使我非常感动的，不仅是柯珮娜面对死亡的态度，而且是她的爱。在她最后一个生日，11月21日，她离开这个世界的前一天，她还为两岁半的女儿凯瑟琳准备了一个玩具娃娃，亲手送给她。这一天，家人也为她举行了二十九岁生日祝典。柯珮娜毕竟是幸福的，她带着家人对她的爱离去，她走时并不孤单。她爱别人，也为人所爱。

Robert的信是从柯珮娜最后一次来中国讲起的，那时她已感觉不适。而她这次中国之行，是我永远不能忘记的。

1986年6月18日至7月9日，柯珮娜陪她母亲来中国旅游。这是她回美国后第二次来华。事先，她写信通知了我和安娜，到北京的时间及联系的办法也讲好了。已经是约定的那一天，我还没有得到她的消息，便跑去问安娜。安娜也没有接到柯珮娜的电话。我们猜想，她的日程安排大概有变化。又过了一天，中午11点，我从系办公室拿到一大包东西。这是柯珮娜送给我和安娜的礼物，因为没有找到我，留在了我的信箱里。在为我带来的1985年美国邮票的外封上，她匆匆忙忙写了几行字。她很抱歉没有见到我。结尾的两句话是："或许我下次在中国的时候会见到你。我不知道那是什么时候。"她的圆珠笔显然没油了，最后一个英文词连同用中文书写的"柯珮娜"的签名，都只留下笔尖划出的痕迹。

没有想到，这竟是她留给我的最后一封信，下一次的会面竟再无可能。也许，这些留言、这支笔已经有某种暗示的意义，而我当时毫无觉察。尽管我做了努力，给她上次来京住过的长城饭店打电话，请服务台帮忙查找柯珮娜，回答却是令人失望的："没有这位客人。"这一天已是她预订去西安的日子，我怀疑她已离京，又不知她住在哪里（后来得知，她这次住西苑饭店，离北大很近），以致失去了最后的见面机会。她已经来到北大，而我也在学校，却阴差阳错，失之交臂。

她回国后许久，才给安娜来信。其时她已住院。我看过那封信，她不愿意谈那些令人不快的治疗、药水等等。在我所见到的这最后一封信中，仍然充满了她对家人、对朋友的爱。

我写信去，以我爸爸为例，证明癌肿瘤切除后，她一定会好起来。我表达的其实只是我的愿望和希望，我没有能力帮助她。

她只有二十九岁，而我和她相处的时间不过一年半；加上以后的通信，我们认识也仅七年。但她属于那种使人难以忘怀的人，她有一种天生的魅力吸引你。在我记忆中的，永远是活生生的、很有个性的柯珮娜。

我很感谢北京大学的留学生陪住制度（尽管有关方面认为"陪住"的说法不合适，有主客倒置之意，可一时仍难以找出恰当的词语），使我认识了柯珮娜。其实，她并不是我的陪住对象，只是因为她和我的同屋安娜在一个班学汉语，我们的宿舍又很近，她常来我们房间，所以，我和她很快便熟识了，甚至先于我熟悉安娜。

她很瘦，又不像我们那样罩在宽大的衣服里，因而显

1980年6月李智龙（右）、柯珮娜（中）、安娜（左）化妆照

得两条腿格外细长。我最先想到的词是高脚鹭鸶。她的脸部轮廓鲜明，在我看来很漂亮。

我问柯珮娜她的中文名字的来历，她说是小时候在台湾，中国老师给她起的。她父亲在驻台美军中服务过。不过，这只是她想了解中国的起因。而她刚来时，汉语并不好，或者直白地说是非常差。可她的进步很快。偶有表达不清的地方，我们也有办法，可以查英文辞典。

柯珮娜最初给我的印象是幽默、开朗。她喜欢开玩笑，她说这是因为她的汉语不好，太严肃的话题谈不了。也许有这层关系，可我还是觉得，她是个能带来快乐的人。

我们一起去看《天鹅湖》，散场后，在门厅等一位送票给我们的演员。柯珮娜闲不住，开始在空荡荡的大厅里和安娜又蹦又跳，演起小天鹅来，嘴里还忙着伴奏，引得我大乐。我惊异地发现，她的动作还挺标准，原来她学过芭蕾舞的基本动作。

北大的冰场开放后，她又拉我去滑冰。我从没上过冰场，很难想象如何能在两片薄薄的冰刀上保持身体的平衡。她说这不难，可以和安娜一起教我。我颤颤巍巍地踏到冰面上，却不敢动。她很高兴，背了个相机，倒滑着连续给我和安娜拍照。这些系列照片骗了许多人，还以为我真会滑冰。其实，虽然她很热心，指导了多次，可我总是放不开，只能勉强移动一两步。看着她在密集的人丛中穿行自如，飞快地滑到我面前，冰刀一旋便停住了，真是非常羡慕。我觉得，她很会玩。

1980年春天，第一次在劳动人民文化宫举办书市。留学生办公室组织留学生和陪住的中国同学去参观。当时虽已比较开放，但谈起"性"的问题，我们这些中国学生还是面红耳赤。柯珮娜很好奇，想了解中国人对性的认识。她听说书市上有一本《性的知识》的小册子，就要我帮她去买。可是大庭广众之下，我觉得说出这个书名都很难为情。她笑过我的保守后，自己跑去买了两本，一本自己研究，一本准备送给她的中国同屋。翻完此书，她又大失所望，说太简单了。遇罗锦《一个冬天的童话》发表后，我对其中所述结婚初夜便得子的事情表示怀疑。她不客气地嘲笑了我的无知，然后就认真地和安娜商量如何给我启蒙。她终于找来了一本英文书，让我看其中关于怀孕过程的大量图片，她在一边很得意。

在我的观念中，西方人对性生活比较随便，感情也容易转移。特别是到了中国，环境、语言、生活圈子都改变了，许多留学生要找个临时朋友，随便玩玩。弄假成真，临时的取代了早在国内订过婚的朋友的事也是有的。像柯珮娜这样活泼的性格，本来就很引人注目。据我所知，明

226

确向她表示爱慕的就有一位瑞典留学生。可是，柯珮娜断然拒绝了。她告诉我，她在美国有男朋友，不愿意对他不忠实。这使我知道了她对 Robert 的爱情之深，知道了在感情生活方面，也有极其严肃的美国人。

也许是文化背景的差异，我们有时对问题的注意点不同。看过由意大利留学生主演的电影《不是为了爱情》，我说我不喜欢那个"四·五"英雄，他没权利因为他受难就要求补偿。而柯珮娜最不满意的是："怎么可以由两个男人商量谁应该要她，而不问问那个女孩的意见！"她很气愤，想不通。在她看来，那个女孩爱谁，谁才有资格得到她，而不是相反。她很认真。

我们相处得很好，但这也不妨碍她对我发表批评性意见，有时竟坦率得令我难堪。有一次，我在她房间里发现了一张学生名单。她给英语专业七六级的学生上口语课，其中很多学生显然来自农村。我一边颇带嘲讽地念着那些"淑珍""桂英"之类的名字，一边评论说"太土了"。柯珮娜很生气，说："我也是从农村来的（她爸爸有一个小农场）。你不应该看不起农村人。"过后，她还当着我的面，告诉安娜这件事。她用了一个英文词，并帮我查字典。我看见这个词的意思是"势利鬼"。

Robert 到北京来看她，我们一起吃饭。她要我为 Robert 起一个中文名字，要姓李，又要有"龙"字，因为 Robert 喜欢龙，还要有"聪明"的意思。我虽然想到几个同义词，可还是觉得"智"字比较常用。于是，我们不再叫他Robert，而叫他"李智龙"。柯珮娜挺满意。

李智龙的行李要从机场运来北大，路够远的。他们觉

227

得要一辆出租车送一个箱子不值得，还是骑自行车去取更好。那天下雨，他们回来时仍然兴高采烈。在中国人眼中，外国人都很有钱。可他们并不像我们那样好面子，喜欢装阔。他们乐意承认自己是平民。自己能干的事情，他们喜欢自己做。

柯珮娜要回国了，问我需要什么，她可以帮忙。不过，她马上声明："你可别要电视机之类的东西，我不会给你。"因为我集邮，回国后，她寄来很多珍贵的美国邮票。我回信表示感谢，说，我很珍惜这些邮票，它们包含着她的友谊，而友谊是千金难买的无价之宝。她误解了，来信时很不高兴，说："我并不想用金钱买你的友谊。"我做了解释，她又请人读了我的信（她回国后，看中文书的机会少了，难免有些生疏）。误会消除，我们仍是好朋友。

通信毕竟是不方便的交际方式，回国几年，她会不会有什么变化？我见到了一位从美国回来的中国学生，她和柯珮娜在一个学校。谈起柯珮娜，我的感觉和在北大时的印象一样，她还是那么真诚、坦率、热情。一位中国学生要生孩子，柯珮娜觉得自己很有经验，自告奋勇进行指导，反而被那位中国丈夫视为干涉私事。我为柯珮娜感到不平。

我想我了解她，她在中国生活过，这使她感到自己和这个国家有一种特殊的关系，对它负有自觉的责任感。她从另一个国家来，不会对我们这里的一切都满意，但她喜欢中国文化，爱她所认识的中国朋友。她寻找机会重返中国，不论是作为旅游团的导游，还是陪伴她的妈妈。她想了解中国的变化，想和朋友们见面。

即使当她匆匆结束了她的生命之旅，她的家人还是理解她的心愿，希望能把她的消息通知所有她在中国认识的人。她的家人还以她的名字，在卫斯联大学（Wesleyan U-niversity）设立了纪念奖学金，专供东亚研究之用。她虽然不在了，却留下了永恒的爱。

（原刊《随笔》1988 年 5 期）

至柔至强谢秀丽

　　谢秀丽是台湾诗人、目前在大陆也相当知名的美食散文家焦桐（本名叶振富）的妻子。2001 年，二人双双从《中国时报》副刊部副主任和"家庭主妇"版主编的位置上辞职，创办了二鱼文化公司，在文坛曾引起不小的轰动。

　　第二年，陈平原恰好去台湾大学讲学，有缘结识了焦桐和他的夫人，因此成为二鱼创社初期的一位重要作者，也让他们夫妇赔了不少钱。

　　和平原正相反，我认识秀丽倒在焦桐之前。第一次见面是 2004 年的 9 月 3 日，秀丽代表二鱼文化公司来北京参加国际图书博览会活动，下午造访我们的新居后，晚上到平原喜欢的一家潮州菜馆吃饭；两天后，应广西师范大学出版社贝贝特公司总编辑刘瑞琳之邀，我和平原又一起到该社，与秀丽再次见面、餐叙。

　　实际上，那时的秀丽已经是病人，我们听她绘声绘色地讲述如何实行"饥饿疗法"以"饿死"癌细胞的经过，实在是惊心动魄。不过，被秀丽的容光焕发以及对治疗有效性的乐观肯定所感染，我们——起码是我——对其已然病愈也深信不疑。现在想来，我们可能都更愿意相信那是事实。

　　第一面对秀丽的印象是开朗、温柔。叙述那段让人言及色变的患癌经历时，秀丽的语气相当平和。甚至更让人感觉到，在那个以体力的极限对抗病魔的生死抗争中，秀丽很以自己的"最终取胜"自豪。而说到焦桐，秀丽的声音中则满是疼爱。被她劝说接受断食疗法以调理血糖的焦桐，没过几天已忍受不住，不断打电话向秀丽诉苦，坚决要求秀丽把他从"集中营"接出来。谈起这件事，秀丽一边笑一边摇头，得出的结论是："还是女人的耐力强，男人不行。"

　　此后，自觉已经战胜癌病的秀丽，作为二鱼的当家人，仍然照常为出版忙碌。编焦桐喜欢的诗集，焦桐喜爱的饮

焦桐、谢秀丽夫妇

食美文，甚至为圆焦桐创办"两岸第一本精致饮食文化杂志"的梦，为《饮食》月刊赔进了两千万台币，秀丽向我们说起来，也是无怨无悔："因为焦桐喜欢嘛！"

而就在我们已经把秀丽当作健康人看待，完全忘记了她曾经患病的时候，可恶的癌细胞却并未远离，仍在滋生暗长。终于有一天，我们知道了秀丽癌症复发。以后，在台湾的几次见面，我们不断听到她或者焦桐叙说在上海、广州辗转寻医的过程。陈述中，秀丽对治疗效果一直抱有信心，虽然实际上病情是在不断恶化。我相信，她应当很清楚真实的状况，只是不愿意让朋友担心。更重要的是，她是这个家的主心骨，她不能放弃，必须坚持。

这以后，每次见到的秀丽还是那么开朗、温柔；当然，气色也越来越差。

最后一次见到秀丽是 2011 年 10 月 2 日。当晚，焦桐请我和平原在喜来登饭店的泰国餐厅吃饭，秀丽和他们的小女儿也来了。记得那天的宴请结束得比较早，因他们的大女儿已去英国留学，每晚都要定时和妈妈通电话。秀丽明显有浮肿，但我们当然都还是说着宽慰的话。那天，秀丽轻柔地爱抚女儿的动作与眼神，给我留下了很深的印象。

去年 12 月初到台北，已经听说秀丽的癌细胞转移到脑部。实在不敢打扰病人，又放心不下，于是在去机场的路上，我给焦桐打了个电话，问候秀丽。焦桐的回答是："我们会一直坚持治疗，直到最后。"

面对秀丽，我总会想到这样两段话：

天下莫柔弱于水，而攻坚强者莫之能胜，以

232

其无以易之。（《老子》）

妇人弱也，而为母则强。（梁启超译雨果语）

2013 年 3 月 20 日于京西圆明园花园

（原刊《文汇报》2013 年 4 月 7 日；收入《晒恩爱：怀念秀丽》，台北：二鱼文化 2013 年版）

崔大夫的上海品味与"告别演出"

一直觉得很神奇，在贵州那片贫瘠的山野中，怎么会让崔大夫找到了老钱，或者说让老钱找到了崔大夫。这段相遇故事发生的细节，从来没有向二人询问过：不熟的时候不好意思，太熟了更加不好意思——你们这么熟，竟然不知道？其实关于崔大夫，我不知道的事还有很多。

见到崔大夫当然晚于老钱，老钱先成为平原的师兄，过了几年，崔大夫才调来北京。崔大夫到北京，老钱才有了家。他们搬去了很远的刘家窑，那个他们在北京的第一个家我们没去过。然后有了燕北园的家，仍然显得局促，不便多打扰。直到他们买了枫丹丽舍的房子，崔大夫才算满意。加上随后我们也住到了育新花园，相距不远，登门的机会才多起来。而印象最深的是第一次在老钱家吃饭。

我们说是来庆祝乔迁之喜，实际的重头戏是在他们的新居品尝崔大夫的手艺。总有七八个人吧，崔大夫做了十来道上海菜，既照应了厨房的烹调，又是餐桌上周到的女主人。我很好奇，问崔大夫怎么可以做到兼顾两头，应付裕如？崔大夫揭秘说，像珍珠丸子这样费工的菜，她前一天晚上就先已做好，放在冰箱里，今天只需蒸熟即可。崔大夫的菜做得精美、精致，同时满足了我们的味觉与视觉，是我在朋友家吃过的最具有专业水准的宴席。

以崔大夫这样讲究的口味，我们每年几家朋友聚餐时，都会先征求崔大夫的意见，或者干脆就让她选餐馆。而无论谁做东，崔大夫都会被公推负责点菜。她也总是一边推辞，一边当仁不让，最后让我们皆大欢喜。偶然也有出乎我意料的时候。前年在五代羊倌吃饭时，崔大夫居然点了九转大肠这道菜。我想，崔大夫肯定认为，既然你们找的是鲁菜馆，就应当吃这道名菜。不过，她自此对这家餐馆印象不佳，去年春节再聚时，她就缺席了。我至今觉得很遗憾。

如果让崔大夫挑选，她偏爱的是上海菜。我们跟她去过朝阳区的蓝岛大厦，还有西直门的东方沪园等。老实说，

1990 年 1 月在老钱家

235

我觉得远不如崔大夫自己下厨做得好吃。而肠胃是一个人对文化最顽固的记忆，因此，虽然没有听到过抱怨，但我猜想，崔大夫对北方的粗粝，想必一直不能接受。只是老钱既已在北大落地生根，崔大夫也只得不情愿地接受和忍受北京她不喜欢的一切。她的品味还是属于南方，并且是上海。

对这一点的理解，是在崔大夫决意把家搬到泰康养老院之后。老钱家里的事，一向由崔大夫做主，这是朋友们都知道的。但能够如此不留后路地断舍离，即将所有的房产全部处理掉，以养老院为家，这个决定一般人绝对做不出来。但崔大夫差不多是作为既成事实告知我们的，她用不着和朋友商量，可能她也清楚，商量的结果只是徒增烦扰。由此可见崔大夫超强的决断力。

入住泰康后，老钱进入写作井喷期（老钱一向高产，只是现在更加心无旁骛），崔大夫则重新焕发了青春，让我们看到更本真的她。许多以前被环境限制或压抑的趣好，在这里得到了尽情的释放。崔大夫加入了合唱团，并且成为其间的主力。在餐厅就餐时，她也会熟练地在居中摆放的钢琴弹上几曲，可能还边弹边唱吧。可惜我无缘在场，只能发挥想象力。

不过，崔大夫的演唱，我们倒是看过录像。那是2017年11月19日在他们家里，推想应为中秋晚会上的节目，崔大夫唱的是弹词谱曲的《蝶恋花·答李淑一》，曲目的选择仍然不脱江南风味。我感觉舞台上的崔大夫少了一些平日的爽利，多了几分妩媚。崔大夫自己说唱得不好，老钱则是非常满足地专注倾听。显然意犹未尽，或者说，录像又勾起了崔大夫一展歌喉的欲望，我也应邀加入，与她合唱了三曲。崔大夫是经过训练的美声唱法的女高音，我以低八度配合她的演唱。曲终人散，我有一种非常畅快的感觉，好像崔大夫也很愉悦。

临走时，崔大夫还为我们带上了她现烤的蛋挞。原先还有点惊奇，口味如此挑剔的崔大夫，怎么可以接受养老院餐厅里的大锅菜？果然，后来便听说，崔大夫还是自己开伙了。我们那天去时，原打定主意不在那里吃饭，崔大夫于是以她认为最简便的方式招待我们——烘烤蛋挞。原料都是从网上采购的，稍微处理一下，放进烤箱几分钟，就可以上桌了。虽然崔大夫详细告诉了我们蛋挞皮和蛋挞液的品牌以及制作工序，我还是觉得西式点心做起来麻烦，没有尝试过。

本来想，以后还有机会和崔大夫一起唱歌，不料，转年就得到她生病的消息。再次聆听崔大夫的歌声是在今年1月28日，我们看的是学生转发的泰康之家新春联欢会现场录像。已经多日未进食、纯粹依靠输液的崔大夫，从病床直接登台，穿着一袭圣洁的白纱裙，容光焕发，完美地演绎了《我的深情为你守候》。我们几乎看不出这是个病人的演唱，但又很明白，崔大夫有意在用她最喜欢的歌唱方式，从容、优雅地向大家告别。这个告别也不是离去，而是永久的深情守候。

按照老钱的指示，在崔大夫身体和精神状态比较好的两天以后，我们和王得后、赵园夫妇一起去泰康看望住在单人病房里的崔大夫。我们的交谈一如往日平静，崔大夫照样表达着她对医疗细节的关注，比如要求知道营养剂的配方等等，也还在惦记着整理她的电脑。我问崔大夫，前天唱的是不是西洋歌剧里的片断，起码在我听来是这个味道。也许，从崔大夫口中唱出的歌声，无论是否国产，都天然带有了一种美声的西洋味。

也是在那天，病房里来过一位泰康之家老年芭蕾舞团的团长，她和崔大夫是校

崔大夫的"天鹅绝唱"

友。询问起来才知道，这位老人出身于圣玛利亚女校，该校后来与崔大夫就读的中西女中合并为上海第三女子中学，她们也算是校友了。这个老年芭蕾舞团是由七十多岁的老人组成，想象老奶奶们用足尖跳舞，我觉得实在不可思议。但在崔大夫和她的校友看来，这事也很平常。

我忽然有了一种觉悟：一直以为崔大夫身上的气质，比如绝对的理智，追求细节完美，做事干净利落，说话一针见血，都和她的医生职业有关。现在清楚了，连同她的爱吃沪菜、善于制作西式糕点，她的美声唱法、喜弹钢琴，直至她的"天鹅绝唱"，这一切应当都源自上海教会女校的教育。曾经读到过沪上洋场富豪家庭的女性故事，即使落难，成为街道工厂的女工，她们也依旧保持着令人敬重的

优雅气韵。猜想崔大夫在贵州就是这般境况吧。而与张允和所代表的更深浸润在传统文化中的"最后的闺秀"不同，崔大夫不是那种温润如玉的女性，而更像一块精光四射的钻石。上海教会女校的雕刻塑造了她的品味，也让她以理性的智慧照亮了自己的人生与世界。如今，这已成为极为稀缺的教养。

2019 年 3 月 16 日于京西圆明园花园

（原刊《我的深情为你守候——
崔可忻纪念集》，2019 年印本）

【补记】

崔大夫本名可忻，按说我们应当尊称"师嫂"，但大概由于王瑶先生门下多半习惯以"老钱"指称钱理群，连带崔大夫的称呼也发生变异。不过，崔大夫曾经总结说，"医学和音乐是我生命中的两大要素和亮点"（《歌声伴随我这一生》），因此，职业称谓用在 1960 年即从上海第一医学院毕业，此后一生都在从事医学教学、诊治与研究的崔大夫身上，确实再合适不过。

并且，上文通篇都只称"崔大夫"，原本也有特殊的语境，因此文乃是专为《我的深情为你守候——崔可忻纪念集》而写，无论作者还是读者，基本都在老钱和崔大夫的朋友圈。而这本书的编写本身就是一部传奇。"传奇"之说也可以放大到涵括崔大夫生命的最后时光。当然，按照崔大夫的品位，更准确的表述或许应为一出精彩绝伦的歌剧。我们亲眼见到，从高潮到落幕，崔大夫始终居于舞台中心。

如果从开始说起，崔大夫的病是 2018 年 11 月确诊的，甚至早于专科医生的诊断，崔大夫就已怀疑自己患了胰腺癌。得知消息后，由于此前一年曾陪伴陈平原出入肿瘤医院治疗，自认颇有经验，于是我也不自量力，给医学经验丰富的崔大夫提供了诸多未必可靠的信息，直到 2019 年元旦那天晚上 11 点，还在向崔大夫推荐艾灸疗法。接下来崔大夫的回复是我和她所有通信中最长的一封，分两次发来：

谢谢你们的关心，多次介绍了有关癌症的治疗经验给我。大概是老钱没有认真地介绍病情，让你们不知道我目前的状况……现在让我说明一下。11 月份在肿瘤医院已诊断为胰腺癌并肝转移，但没有穿刺活检的最后确诊。为此，12 月份我转到了协和医院，通过了胰腺科疑难会诊，并做了穿刺活检。得出诊断和治疗意见如下：1. 胰腺癌诊断没问题，虽是不好对付的腺癌，但病程也会"因人而异"（部分老年人发展可能慢一些)，不用化疗也可以，其他药也基本是对症处理，最后的疼痛可以看疼痛科，可以按分级治疗方案进行；2. 生活方面尽量放松，随意一点，有了这病，其他的病可以不要太在意，少用药物和不成熟的治疗方法为好。

这病可怕的是疼痛特别厉害，还有就是没有了胰腺分泌的酶，消化成问题。我现在状况还可

以，好像没有发展到疼痛的第二级（中等），还能
自己进食……我自己感觉已经不错了。至于生存
期的长短，我不在乎……已经八十多岁了，不是
这病也会得别的病死的。让你们知道一点我的真
实想法，不是我对你们的关心"不领情"，也不是
"不相信""瞧不上"……而是实在不需要。都过
12 点，影响你们休息了。抱歉！

最后提到的"不领情"等说法，乃是崔大夫以其西医身份，
担心我们误会她排斥中医。实则信中所表达的勘破生死、
从容面对的淡定，才是崔大夫最让人叹服的本色。而随后
由她"导演"、展开的一幕幕"剧情"，带给朋友们的也不
只是哀伤，更有惊艳！

　　上文写到的 2019 年 1 月 28 日在泰康之家新春联欢会
上的"天鹅绝唱"，还只是一部大戏的开场。继而，崔大夫
又花费了巨大的体力与精力，自己动手或指挥家人，全面
清理她使用过的电脑以及房间里的所有物品，直到最后实
在无力再坐轮椅回去，仍请学生把衣物书本等搬到病房，
逐一过目，确定去取。这一项浩大的工程花费了将近两个
月的时间。现在，那个房间还是保持着崔大夫最后完成的
样貌，无论何时走进都整洁温馨，一如主人刚刚离去。因
为完工后，崔大夫已吩咐老钱："房间就这样了，不能
再动。"

　　如果说，崔大夫把自己的工作室改变成为日后朋友或
学生们与她的灵魂相聚、寄托思念之情的空间，那么，她
同时也以影像、音乐与书籍的方式与我们日常相处。

在清理房间的同时，崔大夫也整理了她和老钱的照片，将那些她最喜欢、能够完美呈现二人精神气质的彩照洗印多张，赠送亲朋好友留念。我们3月28日去看望崔大夫时，即从一大盒照片中选出三帧带回。夫妇合影之外，崔大夫的单人照有两张。而不管是手搭在坐着的老钱肩头的室内照，还是倚靠在轮船码头的白色栏杆边，崔大夫的目光一律清澈，无论何时相遇，都让人安心。而聚合这些精心挑选的照片制作而成的易拉宝展架，后来也出现在崔大夫的告别会现场，并且至今仍摆放在其泰康之家房间的书柜前。

同一天，我们还得到了两篇崔大夫的文章，即《歌声伴随我这一生》与《别了，我心爱的医学》。从篇末所署时间，前者为2019年3月9日至16日，后者是紧接着的3月16日至23日，可知这是在老钱帮助下，崔大夫自述生平，以文字向亲友道别。而我们也知道，这是崔大夫在为她的奇思妙想——出一本纪念集所做的准备。

虽然"生祭"古来已有，但都是他人送别赴死或将逝者，由本人发动的情况不说绝无仅有，起码也是极其罕见。崔大夫却一反常规，她希望生前就能听到亲朋、学生要对她说的话，因为"死后就不知道了"。于是3月7日清晨，经过一夜深思熟虑的崔大夫向老钱提出了编纪念集的惊人构想。老钱不但欣然赞同，而且立刻贯彻执行。我们很快接到了约稿通知，当时无法预料崔大夫还能坚持多久，截止日期因此定为二十天内。上面那篇《崔大夫的上海品味》就是这样写出的，陈平原也同时提交了一篇《崔大夫病了》。仅仅一个月后，这本题名《我的深情为你守候》的

"崔可忻纪念集"就由活字文化赶印出来。而在陆续交稿和付印的那段时间，每天听老钱读一两篇回忆文章，并随口评点，也成为崔大夫最开心的时刻。

纪念集包括了崔大夫本人的著述、图像、声音以及朋友、家人写的印象记，分为五辑。辑一是崔大夫的三篇回忆文章，前述关于音乐与医学二文即置于卷首。辑二为《崔可忻图传》与《崔可忻年表》，分别以照片与文字展现了崔大夫的人生历程。辑三收录了崔大夫的医学著作与论文。辑四汇集了三十八篇各方亲友撰写的忆述。最值得一提的是第三辑中《关于建立医养结合数据库的设想（建议）》，此篇乃是崔大夫进入泰康后所写，体现了她对养老医学的最新思考。并且，这份设想本来就是准备付诸实践的，崔大夫在其中主动认领了"业务负责人"一职，以承担全部技术操作。可惜方案提交给泰康管理层后，未得响应，使得崔大夫以其长才为社区养老服务的最后心愿落空，实在令人叹惋。

最特别的其实是辑五，在书中显示为两个二维码，都名为《我的深情为你守候》。视频版保存的是新春联欢会上崔大夫的演出实况；而副题为"崔可忻老师演唱集"的音频版，则收辑了崔大夫所唱的三十首中外歌曲，绝大部分也是她在病床上录制的。6 月 12 日，当我们去看望已经相当衰弱的崔大夫时，正是在她的指点下，我下载了这些曲目，现在她的歌唱还收藏在我的手机里。

实际上，在交稿之后与拿到纪念集之间，4 月 1 日至 6 月 5 日，我们去了哈佛访学。因此，3 月 28 日的探望，在我们原以为那就是最后的告别。但崔大夫显然放心不下老钱，一直在尽力坚持。我们归来后，除了 6 月 12 日那次探访外，29 日因黄子平兄来京，我们又在崔大夫的病房相见。并且，这两次都是由久卧病榻的崔大夫做主，指示我们和王得后、赵园夫妇一起去昌平的全聚德与院内新开的山西面馆吃午餐。可以说，直到最后时刻，崔大夫仍保持了对生活乃至对生命的主动权。

8 月 4 日，崔大夫还是走了，她确实太累了。两天后，在北大国际医院举行的永生告别会上，代替哀乐的是崔大夫深情的歌声，各个时段神采奕奕的崔大夫也定格在照片中，注视着我们。

至此，崔大夫也完全刷新了我对她的认识和理解，她真正是一位具有大智慧的勇者。"告别演出"虽然落幕了，但她珍重生命，也不畏惧死亡，平静、完美、不留遗憾地处理身后事，已然成为一种经典，示范于我们这些生者。

2021 年 3 月 28 日于圆明园花园

（全篇原刊 2021 年 4 月 2 日《北京青年报》）

辑四

亲人篇

寻梦者的漂泊之歌

——父亲周年祭

11 月 30 日是父亲的周年祭。从熟悉的"爸爸"到颇为陌生的"父亲"，称谓的改变所蕴含的生死阻隔，的确需要时间来适应。

就在前两天，作家协会为《中国作家大辞典》的词条修订发来了原稿，这应该是父亲生前为自己的文学生涯所做的最简明扼要的总结。尊重父亲的自述，我们只在原文中补入了卒年：

刘岚山（1919—2004）笔名胡里、路里。安徽和县人。1937 年肄业于南京钟南中学高中部。历任重庆《新民报》校对，重庆南方印书馆助理编辑，上海《新民报》校对、记者，皖南游击队《黄山报》编辑主任，北京三联书店编辑部编辑，志愿军战地文化服务队小队长，北京人民文学出版社整理科长、稿件科长、编辑组长、编审。1939 年开始发表作品。1949 年加入中国作家协会。著有诗集《漂泊之歌》《乡下人的歌》《和平

的前哨》《乡村与城市》，散文集《领路的人》
《和英雄相处的日子》《人生走笔》等。

父亲一生的行迹，大致已包括在内。当然，这是剔除了血肉，只剩下筋脉的记述。

以父亲的读书而言，他确是在南京钟南中学高中部结束了学业。但出生于"五四运动"发生之年的父亲，其实并没有受过完整的现代学制教育。私塾两年半，小学一年，初中三年，再加上钟南中学的一两个月，就是他全部的学历了。当年十八岁的父亲，激于国难当头，抗战全面爆发，同时也为了躲避家里安排的婚姻，于是毅然放弃学业，投笔从戎。

单是如上简单的叙述，已可见出，父亲身上具有那个时代热血青年的基本质素。而接下来的人生经历，竟恍如父亲用他出版的第一本诗集《漂泊之歌》的命名做了预告。

先是投考设在长沙的中央陆地测量学校，结束军训后，因急于参战，父亲故意在考试中交白卷，以

《漂泊之歌》书影

被开除。再考入陆军第二预备师军官队，受训后，担任少尉分队长。部队开往衡阳的路上，父亲又被派去广西全县步兵学校迫击炮训练班接受培训。归队后，在并无弹药的迫击炮营做专司炮弹的火工长。依然无仗可打的父亲，最终还是从部队开了小差。

在衡阳驻扎的那段时期，离开家乡后沿途写诗的父亲，用积攒下的伙食津贴出版了《漂泊之歌》。在诗集短序的开头，年轻的父亲写道：

> 生命跟着时代的跃进，前年我舍离了可爱的家乡，漂泊在西南半壁里。
>
> 战争的狂热，燃炽着我青春的火苗；我爱祖国，我爱家乡——爱我所爱的一切，我要为它们去拼命在沙场，做亿万人中无名英雄之一个。

而那首被我认作预示了父亲宿命的《漂泊之歌》，在最后两节这样歌吟着：

> 我是个漂泊者——要走遍天下。
> 漂泊呵！
> 从花儿落了又开花！

走上漂泊之路的父亲选择了延安。但当他从湘潭只带着一本小地图、一本《漂泊之歌》，徒步走到延安时，他一心向往的抗大接待处的人，却以学校已迁往敌后、本部现

249

不招生的理由，拒绝了并无组织介绍信的父亲。已经身无分文的父亲大哭一场后，只得南还。途经咸阳时，却落入了国民党关押进步人士的"西北青年劳动营"。

投奔抗大遭拒显然极大地伤害了父亲。因此，当同牢的难友赵澍民劝说其一同逃跑，并以有组织关系，保证父亲可留在延安时，父亲也只是将曾经收留他的一位老人所送的几元钱相赠。不过，受到打击的父亲并未放弃追求进步，一如他始终无法忘情于他的诗人之梦。

此后，在重庆开书店，售卖进步书刊而遭逮捕；出狱后转赴中原解放区，直到1946年被疏散；为从事心爱的文学创作，又前往上海；代替中共地下党员袁水拍主编《新民报（晚刊）》"夜光杯"时，因有被捕危险，再入皖南游击区；一旦上海解放，便不顾上级领导的一再挽留，执意回到文人汇聚的沪上，最后还来到了新中国的政治、文化中心北京……不曾加入共产党的父亲，一直游走在革命与诗歌之间。这自然为他后来的政治审查带来了无穷的麻烦。

只是，在我眼中，父亲也由此定格为一生唱着漂泊之歌的寻梦者。并且，直到现在，此刻，我仍然感觉到他在梦游的路上。

2005 年 11 月 28 日于圆明园花园

（原刊 2005 年 11 月 30 日《新京报》）

漂泊之歌

刘岚山

我似海中的鸟，
宇宙是我的家；

我似流水里的落花，
随波到海角天涯；

我似匹无缰之马，
奔驰万里，到处为家；

我是个漂泊者——要走遍天下。
漂泊呵！
从花儿落了又开花！

1939 年 2 月

（刘岚山《漂泊之歌》，衡阳印本，1939 年 5 月）

父亲与《新民报》

去年 11 月 7 日的《新民晚报》上，为纪念《夜光杯》创刊六十周年，发表了以写作儿童诗著名的老诗人圣野先生的文章《想起了刘岚山同志》。题目中的刘岚山就是我的父亲，他已于 2004 年 11 月 30 日去世。圣野先生在文中深情回忆了父亲 1947 年编辑《新民报（晚刊）》期间对他的帮助："因为刘岚山同志在我刚刚起步时，热情地推了我一把，为我年轻的诗，走向外省市，走向全国各地，打开了道路。"由此使我对父亲早年在《新民晚报》工作的意义有了真切的了解。

从父亲的自传中，我很早就知道他与《新民晚报》（当时称《新民报（晚刊）》）渊源很深。假如算上《新民报》，其间的关系可追溯到 1941 年。当时，他辗转到达战时首都重庆，经《华中日报》一位副刊编辑的介绍，找到《新民报》总编辑赵纯继，被安排在报社做了校对。但父亲对办书店、搞出版兴趣更大，工作一年多以后，便辞职自立门户。

父亲再次回到《新民报》已是 1946 年夏。他在 1989 年写的《人生片断》中对此有追述：

一天，我跑到新民报（晚刊）社找赵超构先生，说我要找职业，问他要不要。他没有问我的来历，就说："好呀，你来吧，还是当校对。"我说："那好，我明天就来，谢谢赵先生。"……

　　第二天我就搬到了圆明园路新民报（晚刊）社，从此一住将近三年，经历了上海的风风雨雨。

父亲重回报社时，正值《夜光杯》创刊不久，因此，他与《新民报（晚刊）》的关系，主要也落实在这个文艺副刊。

　　在父亲的记忆中，《夜光杯》起先由吴祖光编，他来报社时间少，所以父亲和他不太熟识。吴祖光很快就走了，由袁水拍接任。袁为中共地下党员，当时在中央信托部工作，离报社很近。自他接手编务后，常来上班，父亲就是这样和他熟悉起来，并成为终生朋友。我现在还记得，"文革"以前，父亲曾经带我到袁水拍家做客，那时，袁已经是中宣部文艺处处

父亲1948年在上海

长。我以为他们只是作者与编辑的关系（1950 年代以后，父亲一直在人民文学出版社与作家出版社诗歌散文组工作），却不知道他们的友情早在《新民报（晚刊）》已建立。

经袁水拍之手，父亲在《夜光杯》发表了大量作品，包括诗歌、散文和评论。那三年是父亲创作的井喷期，他几乎每天都有新作完成。除《新民报（晚刊）》外，他还为《文汇报·笔会》、《东南日报》副刊、《大众夜报·海燕》、《时代日报》副刊、《新诗歌》、《诗创造》等报刊写稿。用他自己的话说：

> 一九四六至四九年在上海。过去的十年漂泊与囚徒生活，是我的人生探索和创作准备时期，虽然由于读书太少，又缺乏诗才，但毕竟有点"老成"和"意纵横"了。我用现在已经难以记清的笔名发表不少作品……（《〈乡村与城市〉自序》）

有些作品当时结集出版了，如诗集《乡下人的歌》（1947年）与散文集《领路的人》（1949 年），大部分则散失在报纸上。因为当年的剪报多半已经不存，故 1980 年代中，母亲曾按照父亲提供的并不完备的笔名录，诸如胡里、岚炭、山风、朱山、陈新、怀海、慕山、周庸、郑今、路里等，每日去中国社会科学院近代史所，翻检、抄录父亲遗漏在《新民报（晚刊）》上的诗文。记得母亲回来时曾说起：有时在一天的《夜光杯》里，可以发现两三篇父亲用不同笔名发表的各种体裁的作品。那时的父亲真是意气风发。

　　六十年后，圣野先生依然清楚地记得，我父亲当年常以胡里的笔名，在薛汕、沙鸥主编的《新诗歌》上发表民歌体的小叙事诗。有一篇题为《过兵》的，揭露了国民党军鱼肉乡民的罪行，给他留下了很深的印象。这首诗是父亲1945年3月写的，后来收入《乡下人的歌》，全文如下：

　　　　公路傍是一无所有；

　　　　除了几棵老秃树，

　　　　和一排没有门板的房子。

　　　　因为昨天有一队

　　　　脸黄肌瘦的兵，

　　　　打这里经过，还住了一夜。

　　除了诗作，父亲在《新民报（晚刊）》发表的最重要的作品，一是日后总题为《还乡杂记》的散文，约有五六万字；一为《作家访问记》，共十一篇。前者因父亲1949年3月离开上海前，将剪报本交给友人袁鹰代为保存，不幸遗失；后者则在"文革"中间，被已沦为"牛鬼蛇神"的父亲于抄家之前，自己亲手烧毁。虽由母亲重新抄出，所得终非全帙。这些残留的篇章，大部已收入1993年由安徽文艺出版社出版的《人生走笔》一书。

　　《还乡杂记》以父亲1946年的回乡经验为素材，描写了贫困农村的众生相。故事简短，语言朴素，每个人物的命运却让人挂心。若从史料价值看，《作家访问记》或许更值得重视。这些写于 1948 年的访谈，失而复得的有十篇，其中采访袁水拍的一文已散失。抄录各篇的题目，已可见其分量：《从文学转到考古的郑振铎》《魏金枝谈文艺》《叶圣陶与开明书店》《诗人臧克家》《穆木天与彭慧》《杨晦论现阶段文艺》《马思聪谈新音乐》《姚雪垠答问》《许杰谈文艺批评》《陈白尘谈新影剧》。有些采访父亲是花了大力气的，比如到上海近郊乡下访问姚雪垠的那次，就从下午一直谈到第二天凌晨。

我读这组《作家访问记》，很喜欢其中对叶圣陶的素描：

> 他经年穿着粗布中装，脚上的布鞋是家里做的，剃着光头，老老实实地像个乡下人，不大欢喜谈话，在书店里和同事们一同工作一同休息，这个世界的繁华就好像与他无关一样；但是，他却比任何口头喊着关心别人而实际上只关心自己的人都要关心别人一点，这不要说别的，开明书店之忠实于读者，从不出版一本很坏的书给读者，甚至连一本于读者无益的书也不经售，就是一个很好的证明。

父亲后来的进入出版社尽管别有原因，但叶圣陶先生与开明书店的榜样应该是一直深记心中的。这组访问记也有让我惊讶的地方，在 1948 年的国统区，不少作家包括父亲在内，都已对知识分子改造满怀热心与真诚。他们当然绝对不会想到，"改造"最终会演变成为一场旷日持久、波及广泛的政治迫害。

虽然初进报社时，父亲的职务是校对，但显然不久以后，他就参与了部分的编辑工作。圣野先生的文章提到，他在《新民报（晚刊）》1947年1月18日发表的第一首诗作《苦讯》，就是经我父亲之手刊出的。父亲在自传中曾经讲到，重庆时期，他之所以离开《新民报》，自办书店，出版"山野诗丛"，就是因为感到像他那样年轻的无名之辈，要在报刊上发表作品很不容易。所以，一旦自己有了发稿权，他自然会用来大力扶植青年作者。圣野先生的诗歌就是这样被发现和不断在《夜光杯》上刊登的。

出于对诗歌的热爱，父亲不只自己创作以及编辑来稿诗作，这一时期，他也在《夜光杯》的"书报评介"专栏发表了不少诗歌评论。现在家中还有一册历经劫难保留下的剪报，前面有父亲1950年11月写的题记，说明这是他1947年在上海开始写的一些评介与论说文字中的一部分，其他已经编成《为了读者》与《生活走笔》两个集子（均未出版），父亲因此觉得剩下的这些文章更显得凌乱无系统和拙劣。但他还是很珍惜地把它们剪贴起来，那原因是："由于写作的要求和迫使，我曾经看了不少书，作为读书笔记来看，这是值得好好保存的。"

这些留存下来的"书报评介"，有不少是关于新出版的诗刊与诗集。翻阅之后我才知道，当时在上海出版的《新诗歌》《诗创造》与《中国新诗》，父亲都为之撰写过评论。对他更喜爱的前两种刊物，甚至做到逐期追踪介绍，倾力推荐。他不但评说已经成名的诗人的作品，如臧克家的《泥土的歌》与《生命的零度》，更关注年轻诗人的写作。单是沙鸥，父亲起码就为他的三本诗集写过书评。圣野先生的文章也提到，他的第一本诗集《啄木鸟》于1947年8月印出不过一个月，《夜光杯》上就发表了父亲以"方元"为笔名写的评介。我在这些剪报中也找到了这则文字，隔着六十年的岁月，我仍然能感觉到父亲炽热的感情：

> 虽然，这是在杭州出版的一本小诗集，虽然，作者并不是一位赫赫有名的诗人，然而，这本小诗集——《啄木鸟》，却是诗的园地上芜杂的诗市场上，一朵壮实的小花，虽然，这小花还太嫩，而且还有一些是不能结果实的。

在中肯地指出了诗作的长处与短处后，父亲最后热情洋溢地说：

> 作者正是一个年轻的人，他的前途是光亮而远大的，这个集子就是一个证明。当然，更深入地生活是更需要的。

而圣野先生当时只是一名大学生，父亲在他诗歌创作的初期给予的帮助，显然影响到他一生的选择。不过，这篇书评的署名其实是"方才"，尽管"方元"也是父亲用过的笔名。

1948年冬，袁水拍潜赴香港后，《夜光杯》便由父亲接手代编。持续到次年3月，因金圆券暴跌，物价飞涨，加之辽沈、淮海、平津三大战役已经结束，国民党在上海的统治眼看不保，形势越发紧张。某日，父亲突然接到国民党市党部的通知，要《夜光杯》编辑前去开会。父亲本有左翼倾向，处此时局，更觉危险。经与朋友反复商量、研究，一致认为这很可能是个抓捕的圈套。于是父亲急忙脱身，转赴皖南游击区。

尽管当年的 7、8 月间，父亲又重回《新民报》做记者，但很快即转到新成立的《人民文化报》编文艺副刊，1950 年 2 月更是北上京城。《新民晚报》之于父亲从此成为一段历史。

2007 年 11 月 28 日于京西圆明园花园

（原刊《书城》2008 年 2 月号）

父亲的"书碑"

　　父亲刘岚山（1919—2004）是人民文学出版社的老编辑。他对自己的人生经历有过多次书写，各个阶段的划分颇为复杂。而在我看来，1952年8月调入人民文学出版社，应该属于其中最重要的分际。此前，他是一位名副其实的漂泊者，从安徽和县的家乡出发，足迹南至桂林，北及延安，西到重庆，东履上海，不但遍及大半个中国，而且，1951年3月更参加新华书店总店组织的战地文化服务队，前往朝鲜；可一旦进入人民文学出版社，此后的日子里，父亲再也没有与之真正脱离关系。即使1958至1961年，他一度在作家出版社（归作协领导）工作，但叶落归根，分离出来的作家社最终仍回归母体，成为人文社的一个副牌。

　　最初到人民文学出版社，父亲担任了总编室原稿整理科科长。这显然与他早年在出版社与报馆的工作资历有关。起码自1946年起，父亲就在《新民报（晚刊）》做过校对、记者与编辑，1949年又主编皖南新四军游击队总部机关报《黄山报》，重回上海后，则转到《人民文化报》编文艺副刊。

而原稿整理科这个在现行出版体制中已无存留的机构，对于 1951 年 3 月才刚刚成立的人民文学出版社而言，却相当重要。其职责是对各编辑部发排的稿件进行技术加工，如改正错别字、查对引文、加专名线、誊清原稿等，后来也对书稿提出问题与意见，甚至有否定书稿的事发生。大致而言，其设置的目的是为了改进与提高发稿质量，同时培训和提升编辑（主要是助编）的业务水平。辅仁大学出身的著名编辑龙世辉，1953 年由中央文学研究所毕业，初入人民文学出版社，即先经过了原稿整理科的训练。这段经历也是父亲与龙世辉一生友谊的基础。日后龙叔叔说起整理科，还大为称赞，认为它培养出了不少优秀的编辑人才。

　　此后，父亲又担任过总编室稿件科科长，具体负责稿费核定与平衡工作。1956 年，他才正式调进一编室（即后来的现代部），处理诗歌稿件。由此父亲又回到了他喜爱并熟悉的岗位，延续着《新民报（晚刊）》时期已经开始的编发优秀诗歌作品、扶植年轻诗人的工作。

　　1960 年，作家出版社设立了诗歌散文组，父亲先任副组长；作家社撤销，归并人民文学出版社之后，他又被提为组长。这个位置给了父亲更大的施展空间，多年的积累由此喷发而出，一些富有意义的编辑设想因此增加了付诸实行的可能性。

　　"文化大革命"中，父亲也由于说不清的历史问题受到冲击，打入"黑帮"行列。1969 年 9 月，更随同数千文化部系统的干部一起，来到位于湖北咸宁的向阳湖"五七"干校，开始了长达五年的强制性体力劳动。干校结束后，重返北京的父亲起初是在校对科，1976年才调回诗歌散文组，干他的老本行。"文革"浩劫过去，父亲又恢复了组长职务，继续勤勤恳恳、兴致勃勃地工作。家里书桌的玻璃板下压着一张他抄录的老友臧克家的诗句："老牛明知夕阳短，不用扬鞭自奋蹄。"那也是父亲的心声。

1982 年 11 月的父亲

1982年12月，由于癌症动了切除右肾大手术的父亲，听从医生的建议，出院后不再到出版社上班，并于1984年办理了退休手续。仿佛具有某种预感，生病前的6月，父亲写过一份《业务自传》，对他一生的编辑与写作进行了总结。这份父亲极为看重的材料（目前至少留下了四份草稿与清抄稿），可以视为他向一生珍爱的出版事业告别的致辞，也是我据以了解他在人文社工作状况的可靠依据。

本来，我对父亲当年的编辑工作并没有多少真切的了解。"文革"后的忙于学业与住校，使我没有更多关注父亲的出版活动。而早年的隔膜，除了自己的年幼无知，总在忙碌的父亲也没有很多余暇和我们闲话。印象中最清晰的是，"文革"前，我基本不知道父亲什么时候睡觉。起初，他有一个独立的小工作间，后来因宿舍调整，退还给出版社，就在新分到的卧室中用木板做了一堵墙，隔出半间充当书房。他就在那半间小屋中看稿、作诗、写评论，熬夜成为生活的常态。直到退休以后，他发表的一系列文学编辑经验谈，还取名为《编辑夜话》，那对父亲而言本是写实。这个记忆也写进了我的小学作文《我的爸爸》中。

没有写进作文的是家中每到周末的宴请。在父亲的小工作室里，星期天常常有客人来访，高谈阔论，然后是留饭。客人多半都是诗人，有过去的老友，也不乏因编辑书稿而新结识的作者。由于父亲的好客和乐于助人（如资助朋友子女、买书送人等），工资收入本不算低的家中常常发生"经济危机"，每到月底都要唱"空城计"，甚至于要向出版社预支薪水。执掌日常开支的姑妈也积累了经验，月初一拿到父亲给的生活费，便立刻把一个月需要的粮食、鸡蛋等买足。在我的记忆里，家里有点存款，反倒是"文革"中父亲被扣发工资以后——朋友多不再来往，也因为钱少而更加精打细算。

偶尔，父亲也带我去看他的作者和朋友，记得去过田间与臧克家家的四合院，虽然我完全不了解他们谈话的内容。还有一次，应该是文联组织的活动。秋收以后，一大群作家与演员乘车到北京郊区的一个村子，白天参观访问，晚上演出节目。我也跟了去，第一次有了后台看戏的体验。在一间大屋子里休息时，父亲指点我，那边一位瘦小的老人是萧三。我正好看到过他送给父亲的厚厚的《革命烈士诗钞》，于是跑过去问他："你是那个编《革命烈士诗钞》的萧三吗?"

这些零散的记述自然无法拼合、还原出作为诗歌散文组组长的父亲的编辑业绩，还是直接抄录一段经过他字斟句酌的《业务自传》吧:

"文革"前我主要抓诗歌、散文、儿童文学选题和部分组稿、发稿，一九七八年后主要抓诗歌选题和少数组稿、发稿。我直接担任责任编辑发的稿件已经不易查清，估计起码有八九十种，较突出者有下列事例:

(1) 为提倡民族风格的诗风，我提出并编选了《诗风录》(1958 年出版)，这在当时是有益的，现在还有史料意义。

(2)《毛主席诗词》第一次正式出版，韦君宜同志亲自抓此书，我担任责任编辑，为此受到奖励。

(3) 六十年代初，我提出选题并组织或部分担任责任编辑的两种书稿:一是"青年诗选"，包括李瑛、严阵、雁翼、张永枚、梁上泉等的诗集(请名家写序是严文井同志提出的);另一是曹靖华、杨朔、刘白羽、吴伯箫等散文选集。这两种书出版后，受到欢迎，起有好影响，我也因此受到表扬。

(4)《天安门诗抄》的选题是同志们早已提出的，我和朱盛昌同志促其实现。

（5）《艾青诗选》：这个选题是我在艾青同志还未落实政策之前提出和组稿的，由杨匡满同志任责任编辑。此书出版，影响较好，并为在新形势下，恢复和发展六十年代初以精选为主的出诗集方针开了路。

（6）《台湾诗选》：这是我们第一次出版台湾省诗人的诗选集。看到《告台湾同胞书》后我提出选题，在一无资料、二不了解情况下，走访了李纯青同志，摸到了一点情况。莫文珍同志担任责任编辑。此书出版，既有政治意义，艺术上也有好处，海内外反响较强。

（7）《白色花》：这本书的出版，在落实党的政策、体现二百方针的贯彻等方面，都不无某些意义。我提出选题并组织稿件。刘兰芳同志担任责任编辑。

（8）《散宜生诗》，聂绀弩同志的旧体诗集，我组稿并任责任编辑，此书较有特色，我在审稿意见中做出较有说服力的论断。

这还是经过删改的定稿，已经只剩下最简单的概要，初稿中的记述则要详细一些。

父亲说，由他责编发稿的书已不易统计，是因为当时的出版物上不署记编辑姓名，理由是反对突出个人。这与父亲1950年以来不断地自我检讨"资产阶级个人奋斗思想"，正是同一政治气候下的产物。

《诗风录》这本书其实带有明显的"大跃进"徽记。

由父亲执笔写作，而以"作家出版社编辑部"名义刊出的该书《序》曾断言，"中国诗歌的黄金时代就要到来了，它将把文学史上称之为高峰的唐诗远远地抛在后边"。日后父亲在《编辑夜话》中对此检讨说，"里面当然有的是昏话"。不过，这并不影响父亲对此书的感情，"文革"后，出版社处理旧书时，父亲还买了好几本藏在家中。因为在他看来，这不完全是一本跟风之作。全书由他精选的三十位诗人各个时期具有民族风格的一百一十三首作品组成，蕴含了父亲的诗歌创作理想。因此，二十多年后，他还是自信地表示："这本书为功为过，让历史评说吧。"（《编辑夜话·话题》）

1963 年起由作家出版社印行的"青年诗选"，当时并未标出名目，而是统一以出自叶然叔叔之手的木刻图案、相近的装帧风格，暗喻丛书之意。这套放在我家书柜最显眼位置、并列在一起的精装本诗集，包括了李瑛的《红柳集》、严阵的《琴泉》、雁翼的《白杨颂》、张永枚的《螺号》、梁上泉的《山泉集》、傅仇的《伐木声声》、王书怀的《青纱集》等，它们显然最得父亲钟爱。

为老作家出版的一套散文集，则有杨朔的《东风第一枝》、曹靖华的《花》、刘白羽的《红玛瑙集》、吴伯箫的《北极星》、方纪的《挥手之间》等，也都由作家出版社1961 年起陆续推出。这些书同样设计精致，有小巧的精装本。那时我所在的北京景山学校不采用统编教材，像杨朔的《香山红叶》、刘白羽的《日出》，以及吴伯箫回忆延安生产自救运动的《记一辆纺车》、方纪描述毛泽东重庆谈判的《挥手之间》，都曾在语文课上学习过，所以对这几本书感觉更为亲切。

《艾青诗选》《白色花》与《散宜生诗》（聂绀弩）的出版，都带有平反的意味。特别是在艾青的右派问题尚未解决时，父亲即提议组稿，确实需要一定的魄力与眼光。1981年出版的《白色花》为"七月诗派"的代表作选集，至今仍为学界所重视。而与此书同时，父亲还上报了《九叶集》选题，可惜未被当时的社领导批准。该书1981年由江苏人民出版社推出后，九位1940年代集结于《中国新诗》杂志的诗人群体，反因诗集而得名为"九叶派"。依照重要诗集付印后，父亲总要配以书评的惯例，他也专门为《白色花》与《散宜生诗》写过评论，刊登在出书当年的《诗刊》上。这几本诗选印行之际，正是我在北大中文系读书的时候，家中的签名本帮助我缩短了历史与当下的距离。

根据多年的编辑经验，父亲在"文革"后总结出作为国家级出版社应"坚持精选为原则的出书方针"。具体说来，即是"不揭橥丛书名义的分类出诗办法"。他列出的类别有四种：（甲）老诗人诗选；（乙）中年而有成就的"诗人丛书"；（丙）"青年诗丛"；（丁）"少数民族诗人丛书"。总的想法是，出好书的同时也出人。这份长远出版设想由父亲执笔，吸收了同事们的意见，意在为每年制订选题计划时提供参考。

1982年10月，大病前的父亲精选自1938年以来的诗作，集为《乡村与城市》书稿。他一直念念不忘："我是农民的儿子。"正"由于我的诗，都来源于祖国的乡村和城市，而且都是在乡村和城市写的"，遂以此名题（《乡村与城市·自序》）。诗选编成，父亲申请由人民文学出版社出版，获得批准。这是他第一次在工作了大半生的人文社为自己的书做责编（1955 年以作家出版社名义印行的《和平的前哨》，责任编辑为牛汀）。

刘岚山

乡村与城市

《乡村与城市》书影

在超期工作到六十五岁的那一年，父亲离开了熟悉的编辑岗位。一直想望的创作假期真正来临时，我本来以为他会兴高采烈、专心致志地写诗，父亲却好像若有所失。于是，我又为他从北大出版社、中国广播电视出版社接过几部书稿，让他能够不时再过把编辑瘾。其中，1997 年 12 月，由他担任社外编辑的《圣经文学词典》一度准备停出，已经基本看完书稿的父亲为此认真地写了一封信，凭着他丰富的编审经验，分析不能出版的原因："我想这部词典没有政治性问题是肯定的，只是由于我国和罗马教廷的关系问题还未解决，因而不能出版《圣经》，也就不能出版词典。除此之外，我想不出任何理由。"父亲还热心地向出版社提出了避免损失的建议。幸好后来一场虚惊过去，该书总算顺利面世。那大概也是父亲参与编辑的最后一部图书了。

为纪念诗歌散文组副组长、他的老搭档张奇，父亲曾经写过一篇题为《书碑》（《编辑夜话》）的文章。其中说道："书籍是精神食粮。作家是人类灵魂的工程师。然而，挑选与编辑作家的稿件以成书的人呢？是的，编辑怎样呢？"在引用了智利诗人聂鲁达的诗句"书本像明显的纪念碑"后，父亲做出了回答：

> 我在前面已生造了一个词，这就是不论生前或死后，不论有没有人提及，也不论书上署不署责任编辑姓名，一个忠诚尽职、有才能又肯干、做出贡献的责任编辑所编辑出版的有益于祖国、人民和社会主义现代化建设的书籍，固然是作家的著作，可是不也就是编辑的书碑吗？

如是，有上述那些足以长久站立在图书馆和读者书架上的诗歌、散文集所构建起的书碑，回顾在人民文学出版社做编辑的岁月，父亲心里应该还是感到欣慰和满足的吧。

2010 年 12 月 7 日父亲六周年祭

（原刊《书城》2011 年 2 月号）

失去的是最珍贵的

——怀念妈妈

人生谁无父母？但对于每个儿女来说，妈妈只有一个。

我的妈妈像很多过去年代的人一样，也有曾用名。老朋友都叫她"文罗"，那也是我喜欢的名字。不过，1950年2月，她和我爸爸一起从上海来到北京，算是正式参加革命工作，大概是作为新生活开始的标志，她自此更名为"夏虹"。我出生后，具有男女平等思想的爸爸为我起名时，只在妈妈的名字中加了个"晓"字。于是，不断向别人解释我为什么随妈妈姓，而我的哥哥、妹妹却与爸爸同姓，便成为经常性话题。我很感谢爸爸为我取了这样一个简便的姓名，这使妈妈与我同在。

虽然从名字来说，我似乎应该和妈妈更亲近，对她更了解，但直到数日前接到妈妈去世的噩耗，匆匆从东京赶回，面对永远沉默的逝者，我才痛悔地发现，我所知道的妈妈的事情竟然这样少！特别是在翻检遗物时，看到妈妈精心收藏的我们兄妹成长过程中各种琐碎的"文件"，这种无可追回的失落感更形强烈。

还是60年代末、70年代初在吉林插队时，于百无聊赖

270

中，有同学弄了本格言集给大家算命。我自己的命运如何已记不清，为爸爸、妈妈代算的结果倒至今未忘。测字所用的自然是妈妈的现名，那警句是："前门拒虎，后户进狼；慎之慎之，切莫要强。"我不知道这话言中了几分，只感觉妈妈的一生颇多艰辛。

我从来没有见过我的外祖父母，外公在妈妈幼年即已去世，外婆病逝时，妈妈刚进高中。在大家庭中掌管财务权的未曾出嫁的姑姥姥，成为妈妈的监护人。三年困难时期，妈妈把姑姥姥接到家里，我们叫她"姑奶奶"，可能是为了她的独身。插队的第二年，1970 年冬，我到设于湖北咸宁的文化部"五七干校"探亲，路经安徽老家，曾去看望过姑奶奶。那时，县城里那座属于她的大院已住进许多人家。姑奶奶蜷居在一间小屋里，每日用妈妈与一位堂舅寄她的钱，请人送柴米与水，景况凄凉。迨姑奶奶过世后，开始落实政策。地方政府问妈妈和堂舅那所大院如何处理，他们也毫不犹豫地按照当时共产党员们通行的做法，将房产交公。

我猜想，因为父母早逝的缘故，妈妈从小就有很强的自立能力。从她只言片语的叙述中，我大致得知，时逢抗战，生活动荡，她的学业也有中断。初中肄业后，她和两个要好的女友一起离开和县小城，去南京求学，考入南京女中。那段日子，生活很艰苦，三个女生挤住在一人的亲戚家中；可由此培养出的友谊，伴随了妈妈大半生。高中毕业，她先回和县做小学教员，这是那个年代职业女性从事最多的工作。而始终放不下上大学的念头，1947 年，妈妈又前往上海寻求机会。爸爸与妈妈相爱时，她已从小学

271

转到美国救济总署附属的上海民食调配委员会工作，大学对于妈妈终成未了愿。

我朦胧地感觉，妈妈也曾有过高远的抱负。初到北京，在干部稀缺的文化界，她很快被保送进华北革命大学学习。假如我没有记错的话，那所大学的校长是刘澜涛，"文化大革命"中，他也成为某"叛徒集团"的重要成

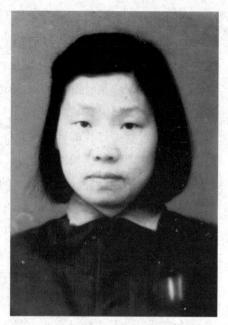

1950 年代初年轻的妈妈

员。革大培养的目标，就是后来流行的个人情况表格中，"本人成分"与"家庭出身"一栏最光荣的身份——革命干部。不过，到"文革"开始，如我父母这类"半路出家"的国家干部又遭甄别，因此，很长一段时间，我的"家庭出身"也改作颇为奇特的"自由职业者"。

至于妈妈的"革命"热情，倒是保持了一段时间。毕业分配，她到了华北人民出版社；以后转入通俗读物出版社，再并入人民出版社，那成了她作为职业妇女的最终归宿。1984 年，她从人民社退休。与这份简单的履历所浮现的"人往高处走"相反，妈妈在单位的实际感觉可称"每况愈下"。她工作最得力、心情最愉快的阶段显然是华北人

民社，她在那里入了党，并且还平生唯一一次与"长"字沾边，虽然那只是最低的一档。好景不长，自 1951 年至 1955 年，我们兄妹相继出生，原本体弱多病的妈妈消耗过多，高血压已成为她困扰终生、久治不愈的疾患。心有余而力不足的妈妈开始请病假，同时也应验了那句"身体是革命的本钱"的流行语。

对于曾经追求、向往新事业的妈妈来说，力不从心当然是很大的痛苦。我从她后来偶尔流露的三两句感叹中，可以体会她心情的苦涩。这与地位、荣誉无关，而是理想受到挫折的失败感。基于这一心理，妈妈于是把她年轻时的梦，转移寄托在子女身上。一度意气风发的妈妈，在我印象中，便只剩下儿女情长的一面。按照我自私的想法，倒觉得妈妈的失意是我们的幸运，家庭在她的心目中无疑占据头等重要的地位，她为此倾注了最多的感情与精力。

记得去湖北干校探亲，偶然听到过组织生活时，有人给妈妈提的意见："夏虹同志思想狭隘，经常挂在嘴边的就是孩子。"那说法当年属于"政治正确"，因为言下之意乃是令人不安的"革命意志衰退"。古人既已把"英雄志短"与"儿女情长"联系在一起，"革命"与"子女"也就被坚定的革命者置于二元对立的格局中，非此即彼，不容兼顾。我很庆幸，我的妈妈没有让"革命"革去了人性，这使我无时无刻不感觉到母爱的关怀。

"破四旧"开始后，家中的物品进行过一番大清理。我也从抽屉的深处，发现了妈妈细心收藏的我从幼儿园到小学全套的体检表与成绩单，"自由散漫"几乎是教师评语与自我总结中恒定不变的用词。这还不会让妈妈太费心，我的学习成绩毕竟名次在前。最令她劳神的还是我的体质。为了治疗软骨病，直到小学三四年级，妈妈还是督促我每天吃钙片与鱼肝油。这使我的身高在一个时期里突飞猛进，成长最快的一年，"五一"做的裤子，"十一"已短了一截。因此，"文革"停课之前，我一直以班里的最高个而自豪。

为了我的上小学，妈妈真可以说是费尽心机。她认为，那对于我是非常关键的时刻，因而毅然放弃了就近入学的方便。我还清楚地记得，她带我跑了两三个她打听到的好学校，陪我参加面试。不过，因为这些学校毕竟离家太远，虽然我的表现不错，学校仍心存顾虑，不敢录取。于是，我还是到了不必努力即可进入的街道小学。

我倒是毫无感觉，妈妈却不肯就此罢休。由于她的坚持，并且，景山学校一名已经招收的学生因举家迁往上海，名额出缺，校方终于同意将我作为替补。一个月后，我转学到这所新办的学校，那里进行的十年一贯制的教学实验，以及区别于普通小学的课程设置，对我此后的发展确实具有决定性影响。

我的偏爱文史，也可以说完全是妈妈培养出的兴趣。她把人民出版社藏书中大概唯一适合少儿的读物——"中国历史小丛书"一本本地借回家中，那是我在初级教育阶段看得最多的成套书。有此一段因缘，1977年报考大学时，我在虚晃一枪的"北京大学中文系"之后，填写的其他两个志愿便都是历史系。至今，有人读我的书，还会有"像是历史系而不像是中文系出身的人写的"一类的评价，我把此语当作很高的赞扬。

景山学校从一年级开始的全日制教育，与当时一般小学的半日授课不同。学校不提供午饭，对于需要换一两次车、路程四十多分钟的我来说，回家就餐绝无可能。幸好，学校所在的沙滩与位于朝内大街的人民出版社距离较近，于是，每天中午下课后，我就乘三站车到妈妈那里，在出版社的食堂吃饭。更奢侈的时期，是妈妈不知怎样说动了有关部门，给我在两位单身女职工合住的宿舍里加了张床，吃过午饭后，我还可以睡一小时觉。而宿舍里的一位"阿姨"，正是现任三联书店总经理的董秀玉。

　　并不是妈妈对我偏心，实际上，我们三兄妹在她心目中占有同等分量。从托儿所到小学、中学，每一次人生选择，大都是妈妈替我们把握。小学时成绩欠佳的哥哥，在以《我的妈妈》为语文考题的升学考试中，如实记述了妈妈如何为他补课、操劳，获得了前从未有的高分，出乎家

1963 年的全家福

人意料地考进了重点中学北京市二十二中。可想而知，妈妈为此付出了多少心血，又因此多么高兴！

妹妹跟在妈妈身边最久，哥哥和我先后到内蒙古、吉林插队后，她也在父母去干校的次年，随同其他家属，一起来到湖北咸宁。当时，爸爸、妈妈虽属同一干校，却因原工作单位的区分，划编在不同的连，爸爸在通称"向阳湖"的校本部种田，妈妈则在相距六十里外的汀泗桥烧石灰。妹妹随妈妈住，在地方中学上初中，假期则在连队劳动。后来，她独自回北京参加毕业分配，按照"全家留一个"的政策进入工厂；妈妈又同文化部"五七干校"的老弱病残们一道，转移至湖北丹江分校。一家人天各一方，身体衰弱的妈妈操心的时候更多了。

总算是干校解散，没有被分配（这意味着有问题、无单位接收）的父母侥幸重回北京，仍到原单位报到。我和哥哥也采用种种政策允许的手段，搜寻困退、病退的理由，先后回京，全家终于再相聚。

以进工厂、上大学而言，我和妹妹还算顺利。哥哥则波折甚多，最让妈妈放心不下。还在内蒙古插队时，钻牛角尖的哥哥已将学外语的兴趣移注于方言，全凭自学，无师自通地写了一部《丰镇方音调查》的草稿，并寄给方言研究的权威、北京大学中文系教授袁家骅审读。那年头，如此冷僻的学问还有人喜好，大概很让袁教授感动，此稿于是得到了相当不错的评价。为此，刚刚从干校回京的妈妈十分兴奋，她动用了各种长期封存的老关系，催促哥哥把稿子送给好几位专家鉴定，听取意见。由时任民族所所长的黄洛峰介绍的凉山规范彝文制订者陈士林先生对哥哥最

276

为欣赏，以后由他推动，哥哥才得以以"勤工俭学"名义进入民族所。在那里，他与苗语权威王辅世结缘，最终跳过了大学阶段，以同等学力，有幸成为王先生的研究生。其间，妈妈的鼓励与督促，无疑对改变哥哥的命运至关重要。

即使退休以后，妈妈也并不清闲。她知道，把写作看得重于生命的爸爸，对他1947—1949年在《新民报（晚刊）》（即今《新民晚报》）工作期间发表的诗文散佚一事始终耿耿于怀。妈妈又开始忙碌起来。一段时间，她每日乘车去美术馆附近的近代史所，根据爸爸提供的线索查找报纸，逐一辨别几乎每日变换笔名的爸爸的文章。由于那时复印技术还不流行，而且旧报纸易于损坏，不允许折叠，只能站着抄写，这对于患有多种心血管疾病的妈妈来说无疑非常吃力。仅仅根据1993年爸爸在安徽文艺出版社出版的《人生走笔》一书统计，二十万字、近三百页的书稿中，由妈妈抄录的《还乡杂记》与《作家访问记》便占了大约三分之一篇幅，则妈妈付出的时间与体力之巨不言自明。

现在回想起来，我真是惊异于妈妈的心怎么能够容得下如此多无穷尽的爱，并由此激发出超体能的力量。当时的感觉是，她总有操不完的心。可惜我们"身在福中不知福"，不能细心体会，有时竟把那种无微不至的关爱当作负担，无意中多次伤害了妈妈。但妈妈永远不会和我们计较，不管我们如何言辞莽撞，她还是一如既往地呵护着每一位家人。

妈妈身患多种疾病，自称"久病成医"，一力承担起全家人的保健责任，时刻关注着我们的身体健康。1982年冬，爸爸在小便多次带血后，才不经意地告诉了妈妈。妈妈当机立断，指令并陪同爸爸去医院检查。这个决定挽救了爸爸的生命，切片化验发现癌变已到中期，割去一个肾尚可控制住扩散。手术后，爸爸住在北医三院，从东直门外的家中到那里，单程也需要一个多小时。我们兄妹或上学或上班，白天多半无法到医院守候。妈妈于是风雪无阻，几乎每日早出晚归，奔波两地，照看爸爸。我们几人守夜尚可轮换，妈妈却以病弱之躯，独自支撑过数十个白昼。

一向乐观、健康的爸爸，一旦生起病来却都很凶险。1993 年 10 月的一个夜晚，我忽然接到妈妈的电话，告知爸爸因突发脑血栓，下肢不能行动。发病时，已在九十点钟，爸爸本想拖到明天再就医，仍然是由于妈妈的坚持，请来出版社的司机帮忙，及时送爸爸到协和医院治疗，才使得病情不致扩大。我 12 点赶到医院，劝说心力交瘁的妈妈先回家休息；但第二天一早，满怀焦虑的妈妈又出现在病房。好在经过一夜半天的点滴，下午爸爸的腿已可活动。爸爸没有过早地躺倒在病床上，这全得感谢英明果断的妈妈。以后的日子，又像上一回一样。

每次当家人生病时，妈妈都比一个健康人更操劳，投入的精力更多。而在我们恢复后，体力透支的她往往会病上一场。但我们太习惯于妈妈的生病，她的终日服药已让我们麻木到熟视无睹。我们很少会像她体贴我们那样，理解她的病痛。我们以为，她的医药知识足以保护她自己。一切错误就是这样无可挽回地发生了。

1999 年的新年，陈平原应邀去西安参加贾平凹新著《高老庄》的小说讨论会，我也一同前往。1 月 4 日晚回到北京，急忙打电话回家报到，哥哥却说出了令人震惊的消息：妈妈因脑血栓住院，病势危急。2 日晚，妈妈已感觉右腿麻痹。虽然爸爸与哥哥一再劝说她去医院检查，但这一次的妈妈同样固执，却是不肯麻烦家人，只加倍服药，认为睡一觉会好。谁知这次妈妈竟然判断失误，没有挺过去。第二天送往医院时，她已不能行走，血压也高达250度，人很快处于昏迷状态。拍片显示，妈妈的脑部血管已大面积堵塞。

此后，妈妈经历了几次生死搏斗，医院两度发出病危通知，我们随时处在失去妈妈的恐惧中。妈妈的体质弱，加以病情重，住院治疗非做长期打算不可。我们无法像她守护爸爸那样全力以赴，只能在医院请了位全天候的护工照看。在她两个多月的住院期间，我们每日轮值，白天去医院看护，带去她想吃的饮食。而在妈妈痛苦挣扎、牙关紧咬、血压激升的时候，我却充分体会到自己的无力。

受血栓压迫而右侧半身不遂，也使妈妈同时出现了说话困难的症状。平日让我们感觉烦扰的妈妈的唠叨，现在再也不会在耳边响起。直到这时，我才痛感到自己失去的是什么。我以前为什么不能静心倾听？我知道妈妈不会真的生我们的气，我想再听到她的絮叨，请求她多说话，问她："是不是讲话困难？"她点了头。为了妈妈的沉默寡言，在那个通告病危、留宿医院的夜晚，我暗中流下了眼泪。

那个春节，她是在医院度过的。病室里能够回家过年的人都走了，平时拥挤、嘈杂的房间显得很冷清。我们都去看她。医院于半夜时分送来一盒饺子，那是妈妈喜欢吃的食物。爸爸八十大寿，我们也切了块生日蛋糕带给病床上的妈妈。我还想起，前一年9月，适逢妈妈七十五寿诞，我和平原请全家人在安贞桥附近的"烧鹅仔"吃广东菜。

那次妈妈很高兴，但出来时乘坐的出租车，没开几步便与前面的车相撞，让妈妈历了一次险。这似乎不是好兆头。

辗转三个科室，妈妈的病情终于基本稳定下来。在护工的帮助下，她开始在病房的楼道里练习走路。她性子急，恨不得尽快康复，解除我们的负担，不免用力过甚，又几次血压超过二百。这样反反复复的情况，出院以后一直如此。加上长期卧床者易患的尿道感染、肌肉萎缩，妈妈被人搀扶行走的记录也就时断时续。

还在妈妈住院前，我已接受系里的委派，办好了去东京大学讲学两年的手续。临时撤换已来不及，带着万分的忧虑，我还是不得不踏上了东行路。临走前，我给出院半个多月的妈妈照了张相，她穿着淡黄色的太空服，安详地

1999 年 3 月 29 日病后的妈妈

280

坐在扶手椅上。假如不是肿胀的右手露出病征，照片中的妈妈仍和过去没什么两样。妈妈很喜欢这张相片，直到临终，那个相框一直摆放在她的床头。可我很清楚，自己欠妈妈的太多，过去总以为来日方长；而该当我回报时，却只能把无法自理的妈妈交托给请来的小保姆。

每到寒暑两个假期，我都尽可能早来晚走，回到北京，多一些时间陪伴妈妈。第一个暑假，她血压一直很高，情绪也波动不宁。虽然由于血栓的存在，她确如医生所预料，情智有所变化，但"关心家人胜过关心自己"的脾性仍丝毫未改。我们劝说她安静下来、按医嘱吃药的最有效手段，便是告诉她，谁已为了关心她而得病。当然，接下来必定要说明："现在已见好。"其实，我们都很明白，真正生病时是万万不可让她知道的，否则，在彻夜失眠之后，跟着来的就是血压升高。

1999年的年末我在东京，电视里的新年钟声刚刚响过，我马上拨通了家里的电话，向等在电话机旁的妈妈贺年。东京比北京早一小时，我对妈妈说的是："我先进入新世纪了。"并祝她在新的一年能独立行走。后来我才知道，那不是新世纪的开始，而只是新千年的发端。

新千年的春节我没能回家，学校的课程尚未结束。据平原后来告诉我，全家人聚餐时，妈妈说出的誓愿让大家极为振奋：练好走路，旅游新、马、泰。2月中旬我到家，借着给爸爸做寿的机会，我亲耳听妈妈自己说了一遍这个誓约。我以为，此后应该是一帆风顺，医生们说过，恢复的程度往往取决于病人的决心与毅力。

但愿望终究未能变成事实。长年不断的疾病已耗损了妈妈太多的体力，爸爸5月间再一次的脑血栓发作，又让她牵肠挂肚，身体抵抗力下降，尿道感染再度复发。虽说在爸爸顽强地重新站立起来之后，两人曾到一街之隔的东环广场，由照看他们的一对夫妻小张与小金扶着行走，一时间让我们看到了希望，可7月中，因药物反应而出现的皮疹，被妈妈误认作风疹，从此放弃了出门的机会。我7月底回家时，正是炎暑，只能劝妈妈每日多坐些时候，在家里活动；等天气凉快点，再出外锻炼。

不料，8月下旬我返回东京后，妈妈的身体竟急剧衰弱。先是尿道感染反复发作，难以治愈，接着又出现了癫痫症状。妈妈再一次在医院里度过了漫长的节假日，"十一"连续七天的休息，使医院的服务减省到最低点，一周未换的被单脏得惨不忍睹。我只是听说而已，病中的妈妈却是身历其境。不愿让她再受委屈，并且，所有的消炎药已对她或无效、或有药物反应，几至医生束手，家人于是把被预言为"一周之内最危险"的妈妈毅然接出了病院。

靠协和医院一位熟识的中医大夫开的方子，妈妈不仅撑过了一个星期，而且撑过了一个月。这一回，妈妈不再任性，吃药已不需要劝说或拌入水、米中。我又一次错误地相信，情况出现了转机。虽然我每周打电话回去，只有最后的两次她接过话筒，且无法像以前那样说上一两句，只低低地叫过一声我的名字，我还是愿意把事情往好处想。我嘱咐她，每天务必坐一会儿，这样有利于恢复身体机能，我还幻想着她能再度下地行走。妈妈虽然已瘦骨嶙峋，极度衰弱，坐姿让她更痛苦，但她仍拼命坚持，直到最后一日。

那几天，恰逢研究生时代的同窗好友季红真到东京短期访问，住在我那里。行期在即，我应该陪她多走几处。11 月 25、26 日是周末，两个下午和晚上，我们都在外面游逛，吃请回来，已在 10 点以后。我通常是在晚饭时分与家里通话：爸爸要到 11 点以后才起床，几次上午打去的电话，他都不能接；晚上 9 点（即北京时间 8 点）后，我也不应该打扰他们，妈妈睡得早，且容易惊醒。我就是这样错过了这个本来对我和妈妈都非常重要的周末。

我后来知道，妈妈走得很平静。11 月 27 日下午，爸爸照每日常规，坐在沙发上，把当日收到的报纸念给妈妈听。妈妈刚吃过午饭，脸向外躺着，眼睛看着爸爸，由专门照顾她的小金为她擦洗后，正用周林频谱仪烤褥疮。妈妈忽然身体微颤，大口吸气，只两下，便闭上了眼睛。爸爸还全然不知。坐在他旁边的小张感觉不对，起身查看，才告诉爸爸："阿姨走了！"那时是 2 点 25 分。

28 日晚上，我赶回家中，放置在大屋中的妈妈的小床已拆掉，房间显得空荡荡的。

第二天早上，到东直门中医医院向妈妈道别后，灵车载着她的遗体驶向八宝山。在那里，我们看了妈妈最后一眼。饱经病痛折磨的妈妈面容消瘦，一目微张。我明白，她虽然结束了自身的痛苦，却还有许多牵挂，许多不放心。

失去了妈妈，我才切身体会到母爱的珍贵与不可替代。我本来应该更早珍惜这份感情……

人为什么总犯错误？

2000 年 12 月 11 日于京北西三旗

（原刊《美文》2001 年第 3 期）

夏自强舅舅的 "燕大情结"

——《一生的燕园》序

本书作者夏自强是我的堂舅。直到阅读这本书稿时，我才发现自己对他其实了解很少。

说起来，自强舅舅是我们家在北京唯一的亲戚。"文革"前，上小学的我，每年总有一两次跟着父母，到西郊来看望姥姥和舅舅。那时交通不便，中关村对于居住在东城区的我们，已是非常遥远的地方。我们到这里只是走亲戚，北大虽然近在咫尺，也明知是舅舅与舅母工作的地方，却与我毫无关系，故从未动过参观的念头。

"文革"开始后，亲戚间也断了往来，因为两家都落了难。只有一位在农大读书的表哥凭借学生的清白身份，还在两处走动。不过，很快他就写信通报了到舅舅家的见闻：家中无人，门口被贴了一副"庙小妖风大，池浅王八多"的对联。问了邻居，据说姥姥已被赶回老家，舅舅与舅母进了"牛棚"。自强舅舅当时已是北大校党委委员、社会科学处副处长，罪名于是被定为"走资派"校长陆平的"红人"，忠实执行了"修正主义教育路线"；郑必俊舅母是技术物理系的党总支副书记，自然也逃不脱成为"黑帮"的命运。

284

接下来的是插队、去干校，直到返城，两家再通音问已是"文革"后期。而我自己真正与自强舅舅有了接触，则是在 1978 年 4 月考取北大后。入读前几年，舅舅还在北大工作，住在中关园，我一个学期大约总会登门两三次。1982 年后，"文革"前的北大党委副书记彭珮云就任教育部副部长，舅舅随即被调去做高等教育一司司长。人虽然离开了北大，家并没有很快搬走。记得姥姥去世时，我和妈妈还同舅舅全家及其他亲属，一起去八宝山参加了遗体告别。

再后来，舅舅举家搬到了位于北三环的教育部宿舍，空间距离远了，加上我们自己的事情也越来越多，除了春节的例行拜年，其他时间已很少前去探望。关于舅舅的消息，多半倒是从旁人那里辗转听说的，如与他同在全国高校古籍整理研究工作委员会、担任副主任的安平秋教授，在系里见到我时，便常会提及舅舅对他们工作的支持。虽然早在 1994 年舅舅即已离休，可他的社会职务并未减少，还是处在工作状态。作为国家教委全国高校设置评议委员会委员与巡视员，十年前他还是频繁外出，甚至远到国外考察。他也很体谅我的忙乱失礼，每次见面，总是温和地询问我们兄妹以及中文系的情况。他对文史哲各系教师的熟悉，让我觉得他似乎一直没离开过北大。

和舅舅真正在工作上发生交集而联系增多，实在 2011 年 6 月以后，彼时，北大高等人文研究院院长杜维明先生邀请我担任该院创设的"燕京中心"主任。而我之所以得到杜先生青睐，与我的专业研究领域——中国近代文学与文化应无多少关系，更多的倒是因为自强舅舅乃是燕京大学北京校友会常务副会长，实际主持工作，我在人脉和资

285

源上占有优势。而由我居间宴请，舅舅和其他两位校友会负责人与杜先生见了面，相谈甚欢。自此，燕京中心的各项工作也得到了燕大校友会的大力支持。

中心成立，我立即向自强舅舅讨教，表示希望先进行资料建设，以为研究的基础。舅舅告知，燕京研究院与燕大校友会已搜集了大量校史档案，包括从耶鲁大学购买的全套燕大英文档案缩微胶卷。我对此很感兴趣。舅舅也代表校友会表示，如果我们有地方存放，这批史料完全可以移交过来，供研究者使用。不过，因高研院的办公用房一直不足，空间狭小，此议最终搁浅。

文本档案的系统构建尽管一时难于上手，活的史料尚可设法弥补。鉴于燕大老人都已至耄耋之年，作为抢救史料的一项重要措施，燕京中心也启动了口述史计划，访谈加上录像，希望能够立体地保存和展示燕大学子的生命历程。第一批访问者名单即由舅舅提供。并且，2013 年 12 月 4 日，尽管已在病中，刚刚经过了三十次放疗，舅舅仍然勉力支撑，接受了长达四十多分钟的采访。

而燕大校友会与北大高研院燕京中心规模最大的一次合作，是在今年燕大学生返校日，即 4 月 26 日，举行了燕京大学建校九十五周年纪念活动。上午的纪念大会由校友会主持，从全国各地赶来参加的白发苍苍的燕大校友竟有三百多人。下午的"燕京大学与现代中国的博雅教育传统"国际学术研讨会则以燕京中心为主，邀请了来自国内外的十多位学者发表论文。不过，当时舅舅已经病势沉重，我在会议开场致辞中，特意提到了他的缺席："只是，非常可惜的是，我舅舅因罹患癌症，最近一直在住院治疗，不能出席今天所有这些他期盼和规划已久的纪念活动。但我知道，这样隆重的庆典与学术会议的如期举行，一定会让他感到快慰。"显然，当时一种不祥的预感，让我自觉必须借这个公开的场合表达我的致敬，同时也让不在场的舅舅成为校庆活动的参与者。

开会后的几天，舅舅的身体极度虚弱，我自己也因声带充血，说话困难。延至 5 月 4 日，我和陈平原才能一起去 301 医院探望舅舅。前一日已与必俊舅母商定，带去此次会议的全套资料（提要集与论文集），外加我在纪念大会现场所拍照片，并准备了一台小笔记本电脑，以便演示给舅舅看。不料，舅舅的状况之差远远超乎我们的想象。在我们进入病房后，他照例如平常一般温和地说了一句："好久不见了。"随后便昏昏睡去，直到我们离开，再未醒来。我很了解，舅舅一向礼貌周到、温文尔雅，可见其体力已经完全不支。

虽然我知道，自强舅舅对燕大感情深厚，为组织、编写有关燕大的纪念与研究书刊投入了大量精力，做了许多工作。不过，直到舅舅去世后，舅母提出，将舅舅生前所写燕大的文字汇编成书，并把全部复印稿交给我时，我才明白其分量之重。

按照现有文稿可知，舅舅对燕京大学的研究大致始于1997 年。当时，他作为燕京研究院副院长、《燕京大学人物志》副主编，不仅组织征集稿件，而且亲自动笔，编写了二十七篇小传。了解两辑《人物志》总共收录了六百多位燕大师生的生平事迹，总字数达一百五十多万，且大多附有传主照片，即可知四位年届七十的副主编任务之重。

而冠于全书卷首的，除了一篇《我从燕京大学来》，乃是侯仁之先生 1996 年赴美参加 "燕京大学经验与中国高等教育" 学术研讨会的英文发言译稿，以作为代序，另外一篇重头文章，即为舅舅执笔的《燕京大学概述》。此文完整表述了他对燕大历史的理解与评价。

以此书的编撰为起点，何况，高等教育本来就是舅舅毕生钟情与投身的事业，因此，对燕京大学教育经验的总结，也成为他热切关注与探究的话题。2008 年，由他主持的燕大北京校友会编写与印行了《燕京大学办学特色》一书。作为编写组组长，舅舅也承担了最多的工作。开宗明义的第一篇文章《燕京大学的教育理念与办学特色》自然由他撰写。并且，既然出身历史系，对燕大历史系办学特色的书写，他也自觉责无旁贷，而《经世致用的史学思想，科学严谨的史学方法》这一篇名，正概要地凸显了他所认同的燕大学脉。此外，舅舅也参与了关于政治系与生物系两篇文稿的写作，或摘编，或改编，体现了他对全书总体的负责。

由侯仁之先生担任院长的燕京研究院 1993 年正式成立后，新《燕京学报》随即于 1995 年 8 月创刊。显然，创办《学报》乃是落实研究院继承燕大优良学风宗旨的具体举措，发扬光大老《燕京学报》学术传统自为其题中应有之义。从新一期到 2012 年 8 月出版的终刊号新三十期，舅舅一直出现在因老成凋谢而人数越来越少的编委名单上。特别是在主要负责刊物约稿和编辑的副主编徐苹芳先生于 2011 年 5 月去世后，舅舅在最后一期的编刊上也倾注了更多心血。单是他异乎寻常地同期发表两篇文章，即《沉痛悼念雷洁琼老师》与《喜庆侯仁之先生百岁寿辰》，已可见其艰难时刻、挺身承担的高度责任感。

实际上，几乎每一位熟悉的燕大师长、学友离去，舅舅都会动情地写下缅怀文字。如发表在新《燕京学报》的《老而弥坚锐意求索——怀念费孝通老学长》、《送别新〈燕京学报〉的三位老编委》（为王钟翰、林焘、赵靖三位先生而作）、《悼念张芝联教授》，以及前述追悼雷洁琼先生之文；刊登在《燕大校友通讯》上的《不知疲倦的"大眼睛"——怀念（卢）念高》《我们这一辈人中的骄傲——怀念张世龙、吴文达、孟广平好友》与《站在改革开放的前沿，创"四个第一"的洪君彦》；还有为纪念专书写作的《出类拔萃的燕京传人——〈怀念林孟熹〉前言》《真情的孟熹》及《怀念苹芳》。并且，据我所知，舅舅应有更多关于燕大校友的追思文字。起码，2011 年 3 月，我所在的北大中文系为著名语言学家高名凯百年诞辰举办学术思想研讨会时，自强舅舅作为燕大校友会的代表曾经出席并发言。燕大校友的告别式上，也常常出现舅舅的身影，乘坐地铁到八宝山为徐苹芳先生送行，即为其中一例。遗憾的是，现在作为遗稿从他的电脑中找到的，仅有一篇 2012 年 5 月在北大生物系王平教授追思会上的发言。

我印象中的自强舅舅始终是面容和蔼，感情内敛。这与我读他回忆校友文字所感受到的勃发激情迥然不同。在纪念张世龙等三位学友的文章中，舅舅讲到了 1954 年 5 月 2 日，他与张世龙、孙亦梁三家一同举行集体婚礼的热闹场面。而我最感意外的是下面这段文字：

在粉碎"四人帮"的 1976 年，由于老潘（潘宪继学长）在公安局工作，得息比较早，就叫我和（吴）文达到他家去，告诉我们这一喜讯。我们，还有（刘）瑞琏大姐聊了好久，心情十分激动。到了后半夜，我骑车带着文达，从黄寺一直猛蹬，回到中关园。那时年纪尚轻，精力还很充沛。由此，校友间的联系开始增多起来。虽经历坎坷，由于大环境的变化，对青年时代的友谊倍感珍贵，有不少的话语要相互倾诉，面对时局的变化，又有不少信息要互相沟通。文达和（龚）理嘉家住对门，成为校友聚会的场所。……每次人数不一。在北大工作的几个则努力做好接待，每家提供各自的"拿手菜"。每次聚会都是欢声笑语，热闹非凡。

不过，回头想想，对于青春期特别长（我一直觉得，即使年过八十，舅舅依然显得年轻，可谓"鹤发童颜"）的舅舅来说，四十七岁确属年富力强；况且，"文革"结束，长期遭受迫害的知识者群体顿感心情舒畅，有这样痛快淋漓的情感释放也很正常。而参与聚会的吴文达为北大计算数学专业的元老，1978 年调任北京市计算中心主任；龚理嘉"文革"前为经济系党总支书记，80 年代曾与所长王选合作，出任计算机研究所总支书记。也就是说，当年参与聚会的燕大校友，正不乏日后在北大学科恢复与重建中大显身手的主力。

其实，在此之前，我一直对 1948 年即成为中共地下党员的舅舅为何对燕京大学这所教会学校怀有如此深厚的感

情困惑不解。何况，
由于这次参与编辑书
稿，我发现舅舅原来
担任过燕大进步学生
团体火炬社的社长，
并曾任学生会主席。
而地下党与进步学生
社团联手同校方的抗
争，曾经是我所认为
的民国大学普遍模式，
燕大怎么会出现例外？
其实，这样的疑问非
仅存在于如我一般的
局外者心中，对于过
来人的舅舅，也仍是

1949 年 10 月舅舅夏自强在燕大

需要直面的问题。作为解惑释疑的答案，也是舅舅本人为
求索真相留下的记录，他撰写了重新思考司徒雷登的《还
历史以本来面目》，以及《杰出的爱国学者与教育家——对
陆志韦先生的再认识》二文。通过对燕大两位校长及其办
校理念与实践的还原、体认，在中国社会变迁的时空背景
下，舅舅对二人的历史功过做了尽可能公正的评说。

　　概括说来，燕京大学最值得校友和世人怀念的，一是
其致力于办成"'现在中国'最有用的学校"，二是"中
西一冶"的文化理想，三是"燕大一家"的校园氛围。
除重视国文、历史这类人文科学的支柱性科系外，燕大首
创的新闻、社会学、医预等系，培养了大批当时中国亟需

291

的人才；并且，直到 1949 年后，燕大学子仍然是这些领域中的领军人物。而尽管是美国教会人士办学，但燕大在地化、世俗化的追求相当明确，中西融通的意识也十分自觉。大批西方教员授课，使学生的英文程度普遍很高。对于传统文化的研究，也在守成中有新创，多种古籍引得的编纂，可谓集中体现了借鉴西方科学方法的成功之道。舅舅专门撰文介绍的历史学家聂崇岐（《至当为归的聂崇岐先生》），适为其中的典范。燕大追摹的是英国书院式的教育管理方法，注重师生间的日常交流、情感互动。校长为学生主婚，学生去教授家聚餐，在燕大相当流行。而且，由于在学人数少，司徒雷登甚至能叫得出每个学生的名字，由此营造出校园内亲如家人的温馨气氛。早年这种精神与情感的洗礼，也凝结成为一种人生的底色。尤其是经历了各种政治运动的波折与磨难之后，回首初来处，燕大更显示出其感人迷人的独特魅力。因此，即使曾出任过外交部长的黄华，晚年回忆录中，对燕大也满怀感激之情。

而我所喜欢的舅舅那种纯粹、纯净的气质，现在想来，也应属于燕大精神的遗存。或许是一种偏见，我总觉得，燕大学子的心灵深处，人性与普世价值始终不曾泯灭，而一旦脱下世俗的铠甲，回归本心，度过美好青春岁月的燕大也就自然成为他们心中纯真的圣地。

2001 年 6 月，"未名湖燕园建筑"列入了第五批全国重点文物保护单位。《文物天地》的编辑随后找到我，希望请人撰文介绍。而我心目中最合适的作者当然是自强舅舅，他也毫不犹豫地接受了约稿。这篇介绍位于现在北大校园内历史建筑的文章，刊出时，却使用了"一生的燕园"这样一个相当感性的标题。我理解，这是舅舅对于燕大校园最本真的情感表达。而辑录他对燕大历史与人物评述的文集，也因此有了一个最恰切的书名。

《一生的燕园》书影

本书分为四辑：第一辑大致围绕燕京大学历史展开；第二辑全部采自《燕京大学人物志》；第三辑专收论说与忆述燕大师生的文章；第四辑均关涉 1949 年转折期的燕大往事。

我读这部书稿，重新认识了自强舅舅，也真正理解了他的"燕大情结"。

2014 年 8 月 20 日于京西圆明园花园

（原刊《书城》2015 年 2 月号；原书由北京大学出版社 2015 年出版）

诗人的梦想

——纪念表哥邢序凤

> 主席走遍全国，山也乐来水也乐，
> 峨眉举手献宝，黄河摇尾唱歌。
>
> 主席走遍全国，工也乐来农也乐，
> 粮山棉山冲天，钢水铁水成河。

上面这首《主席走遍全国》，在 20 世纪五六十年代曾经作为"河北民歌"，传遍大江南北。它不仅收入多种"大跃进"歌谣选，而且也编进小学语文课本，流播众口。当年家中有一幅李琦画的同名国画，毛泽东主席手持草帽，气势豪迈，让我印象深刻。不知什么原因，起初我一直以为，大名鼎鼎的郭沫若是此诗的作者。后来上了学，才发现其实不然。

不过，改正后的作者身份仍然不能算确切。所谓"民歌"，当然可能是在长久的流传过程中失去了原创者的姓名；但晚近出现的作品，创作者的情况不应该被覆盖得如此彻底。即使作为"陕北民歌"传唱了几十年的《东方

表哥年轻时

红》，经过研究者考求，我们现在也已经知道，其最初的编唱者是陕北农民歌手李有源。据此，"大跃进"中产生的民谣，自然也都应当属于有主名之作。

这里只说《主席走遍全国》。过了很久我才知道，它的作者原来是我的表哥邢序凤。我姑妈年轻时守寡，表哥是她唯一的儿子。50年代初，姑妈到我家，帮助父母照顾我们兄妹。表哥在南京航空学校上学，爸爸便义不容辞地负起经济支持的责任。大概也是受了爸爸的影响，表哥读的虽是工科，却对诗歌极为喜好。毕业后，分配到天津一家代号"一〇五"的军工厂做技术员，业余时间仍投入诗歌创作。

《主席走遍全国》最初好像发表在一个天津工人业余作者的文学刊物上。天津当时是河北省的省会，又被称作产业工人集中的有光荣革命传统的地方，而新中国培养的技术人员，也勉强可以列入工人阶级的队伍。具备这几种因素，表哥的这首更像歌词而并不像民歌的作品便脱颖而出，被选拔作为河北民意心声的代表。我曾见过表哥写作的初稿，上面有很多改动，可知并非随口吟出。

从图书馆查找的结果，也证实了我的记忆不错。1958年12月出版的《天津民歌选》第二集，排在篇首位置的便是表哥的作品。当时的题目还多出一字，为《毛主席走遍全国》。文字也大不相同："主席走遍全国，山也乐水也乐，峨眉点头含笑，黄河摆尾唱喏。主席走遍全国，工厂农村唱歌，全国热火朝天，只因毛主席来过。"显然，其中"唱喏"一词太文雅，而且句式不整齐，也缺少在重复中变化的民歌特征。

这些毛病很快做了修正，两个月后，由同一家出版社——百花文艺出版社又推出了《河北新民歌》第二集，再次收入此作。题目没有变化，内文除"棉山粮山顶天"一句外，其他已和后来传唱的完全一样。两个本子都署了作者名，且标出身份为"天津电器厂工人"。所谓"电器厂"，可能是一〇五厂对外公开的名称吧。

而到了1960年4月人民文学出版社印行的《河北歌谣》中，表哥的名字已被隐去，算是彻底消失在人民群众的汪洋大海中，取而代之的是"天津"这一地区名，虽然全文与《河北新民歌》所录一般无二。最终流传的定稿则出自郭沫若与周扬编选的《红旗歌谣》，我的误记郭为作者，因此也不能说是全错。一首"民歌"就是这样创造出来的。

那时，表哥刚参加工作不久，这个作品的成功给他带来了希望，从此，他写诗更勤奋、更努力。他把那些诗作以工工整整的字体，抄在用白报纸订成的小本子上，有好多册。其中当然不乏配合形势的作品，这在那个"政治标准第一"的年代，也很自然，不该深责。只是，他再没有一首诗像《主席走遍全国》那样知名。也就是说，这首"河北民歌"成了表哥诗歌创作的最高峰，而荣誉并没有落实在他的头上。

60年代初，表哥常到北京看望姑妈和我的父母。不过，那时我只是个小学生，对大人总是敬而远之，和表哥也算不上熟悉。真正接触多起来，是在1969年我去吉林插队以后。如果乘坐慢车去东北，从北京无法直达，一定要在天津中转。所以，每次南来北往，中途的落脚地便是表哥家。

那时，从天津西站出来，在马路对面的左侧，总可以先看到一〇五厂占地颇广的大楼。坐四站公共汽车，便到了西青道跃进里。那是一片工厂宿舍区，每座楼都十分相像。表哥就在这样毫无诗意的空间里，做他的诗人梦。

姑妈早几年已到了天津，因表哥先后有了两个孩子。他们的居室相当拥挤，我却住得很安心，从来没有做客的感觉。最长的一次，我竟在那里逗留了一个多月。

表哥年轻时得过肝炎，没医好，转成肝硬化。后来病情严重，医生禁止他吃盐，以致连含碱的食物也不能入口。看见他带着很响的咀嚼声，大口吞咽那些没有咸味的菜肴和发酵过的酸馒头，我为他对生活与生命的执着深受感动。

他也给我看他的诗册，希望我提意见。记不清当时说了些什么，多半是没价值的话。倒是一件涉及我自己的事，至今还记得。插队时，为了打发无聊光阴，我也开始学做旧体诗。1974年春，路过沈阳，我在爸爸的朋友家住了几日，胡乱看了好几本外国文学作品。回到集体户，便诌了一首七绝，取《贝多芬传》《叶甫盖尼·奥涅金》《沉船》《希望回忆录》《红字》的书名字眼填入句中，如把前两书组织成"贝叶"一词。当时很得意，于是也抄给表哥，请其批评。意见果然是否定性的，他的看法是，书名离开了内容便毫无意义。如今这首稚拙的少作，我已完全没有勇气拿出手。

一次，表哥清理他藏在床底的书箱，我意外地发现，他拥有许多苏联歌曲选。那是 50 年代他在南京读书时买的。而可以无所顾忌地大唱苏联歌曲，是我们插队生活中的一大乐趣。当时，音乐出版社五六十年代印行的《外国名歌 200 首》及其《续编》，因为是"文革"中的禁书，已很难找到。我们用的是手抄本，其中的苏联歌曲早已倒背如流。突然在表哥家中发现这些宝藏，我自然非常兴奋。看见我一首首地抄录我最喜欢的索洛维约夫-谢多依的抒情歌曲，表哥动了"惺惺相惜"之心，慷慨地将索氏歌集割爱相赠。可我还是藏好了原本，只将抄稿示人，这些新增加的曲目也很让我们这些北京知青开心了一阵。

表哥最终还是没能战胜疾病，不过五十岁，便被肝硬化导致的大出血耗尽了生命。现在回想他的一生，不管他作为诗人是否成功，诗歌毕竟在他艰难的人生之旅上，为他带来过慰藉与光亮，我相信。

2002 年 3 月 21 日于京北西三旗

（原刊 2002 年 4 月 28 日《今晚报》）